Kaya hat alles, was sie zu ihrem Glück braucht: eine kleine Buchhandlung auf dem Land, beste Freunde und ihr heißgeliebtes Shetlandpony. Für einen Mann, der länger bleibt als eine Nacht, ist eigentlich kein Platz in ihrem Leben.

Lasse ist überzeugter Großstädter und nur in Neuberg gelandet, weil er als Lehrer die erstbeste Vertretungsstelle annehmen musste. Als Kayas Nichte Milli in der Schule Mist gebaut hat, überredet sie ihre Tante, sich beim neuen Klassenlehrer als ihre Mutter auszugeben. Kaya tarnt sich mit einer falschen Brille und tritt zum Elterngespräch an. Ein »Blind Date« im wahrsten Sinne des Wortes, denn bald darauf gibt es ein Wiedersehen bei einer Scheunenparty, und Kaya ahnt weder, wen sie vor sich hat, noch, was sie mit ihrem Flirt anrichtet.

Ursprünglich hat Lisa Keil ›Bleib doch, wo ich bin‹ nur als Geschenk für ihre Freundinnen geschrieben. Denn sie hat schon ihren Traumberuf: Sie arbeitet als Tierärztin in einer ländlichen Praxis für Groß- und Kleintiere. Sie lebt mit ihrem Mann, zwei Kindern und zwei Pferden in einem Ort zwischen Sauerland und Soester Börde in NRW. In ihren ersten Roman sind ihre Erfahrungen als Tierärztin und als Stadtkind auf dem Land eingeflossen.

Weitere Informationen finden Sie auf *www.fischerverlage.de*

# LISA KEIL

# BLEIB DOCH, WO ICH BIN

ROMAN

FISCHER Taschenbuch

2. Auflage: April 2019

Originalausgabe

Erschienen bei FISCHER Taschenbuch
Frankfurt am Main, April 2019

© 2019 S. Fischer Verlag GmbH, Hedderichstr. 114,
D-60596 Frankfurt am Main

Satz: Dörlemann Satz, Lemförde
Druck und Bindung: CPI books GmbH, Leck
Printed in Germany
ISBN 978-3-596-70397-5

Für mein Connemarapony Sunday,
das mich schon fast mein halbes Leben
durch alle Träume trägt

»NEIN, NEIN UND noch mal nein!« Ich wuchte eine Gabel voll Pferdemist auf die Karre. »Du weißt, ich würde fast alles für dich tun, Süße. Aber das geht so nicht.«

Milli schiebt die Hände tiefer in die Taschen ihres Anoraks und schaut mich mit großen blauen Augen an. »Aber Kaya, du bist meine letzte Rettung und außerdem meine Lieblingstante.«

»Und deine einzige, also komm mir nicht so!« Ich schiebe die Karre Richtung Misthaufen. Milli läuft neben mir her und sieht wirklich zerknirscht aus. Eine Strähne hat sich aus ihrem blonden Pferdeschwanz gelöst und fällt ihr ins Gesicht.

Milli, die eigentlich Milena heißt, ist im letzten Herbst dreizehn geworden. So alt war ich, als meine große Schwester damals mit ihrem ganz besonderen Andenken an ihr Auslandssemester aus Nantes wiederkam. Geplant war diese Schwangerschaft selbstverständlich nicht, und welcher Mann daran beteiligt war, ist bis heute ein großes Geheimnis. Ich habe Milli ein paarmal gefragt, ob es sie stört, dass Cordula nicht damit rausrückt. Ich kann mir einfach nicht vorstellen, dass sie nicht wissen will, was ihr Vater für einer war und wie das damals gewesen ist. Aber zu diesem Thema schweigt Milli so beharrlich und stur wie ihre Mutter. Die beiden tun so, als wäre ein biologischer Vater das Unwichtigste, was man sich vorstellen kann. Inzwischen schneide ich das Thema nicht mehr an.

Abgesehen davon können Milli und ich über alles sprechen. Wir sind uns irgendwie ähnlich und verstehen uns blendend. Wenn in ein paar Wochen die Osterferien beginnen, wird sie die freien Tage bei mir verbringen, und das wird eine tolle Zeit. Wenn ich ihr nur endlich diesen Unsinn ausgeredet habe.

»Ich gebe mich auf gar keinen Fall als deine Mutter aus und gehe zu diesem Termin mit deinem neuen Klassenlehrer. Vergiss es!« Betont schwungvoll kippe ich die Schubkarre aus. »Das kann Cordula mal schön selbst machen.«

»Mama darf auf gar keinen Fall dahin!« Sie blickt mich mit einem Trotz in den Augen an, den ich sehr gut kenne. Aus dem Spiegel.

Ich stelle die Karre beiseite, greife nach dem Besen, der an der Stallwand lehnt, und fange an, das Stroh zusammenzukehren. »Und warum, wenn ich fragen darf?«

»Sie redet doch sowieso schon die ganze Zeit vom Internat. Und wenn sie erfährt, was ich angestellt habe, dann ist das für sie genau das Argument, das ihr noch gefehlt hat, um mich dahin zu schicken.«

»Aha, wir kommen der Sache schon näher. Was hast du denn eigentlich angestellt? Auf der Schultoilette geraucht, oder was?«

Sie schiebt das Kinn vor. »Ich habe geklaut.«

»Geklaut?«, frage ich möglichst gelassen. »Wo denn? Was denn?«

»Beim Praktikum. Ratten.«

»Ratten?« Entgeistert halte ich beim Fegen inne. »Was für Ratten? Und wo sind die jetzt?« Unsinnigerweise schaue ich mich hektisch um, als könnte sie die Tiere hier im Pferdestall ausgesetzt haben.

Obwohl sie ehrlich verzweifelt ist, muss Milli grinsen. »Nicht hier. Mama wollte doch, dass ich das Praktikum bei dieser Pharmafirma mache. Am vierten Tag sollte ich die Käfige von den Versuchstieren saubermachen. In dem einen saßen zwei junge Ratten, die waren total zahm, sind sofort auf meine Hand gekommen und haben sich streicheln lassen. Da habe ich auf einer Liste gesehen, dass sie am nächsten Tag getötet werden sollen. Ich habe gar nicht mehr lange nachgedacht, sondern die beiden in einen Karton gepackt, und dann bin ich gegangen.«

»Ach du Scheiße! Und wenn die jetzt mit irgend so einem Todesvirus infiziert waren oder mutiert oder so was?«

»Kaya, ich bin nicht blöd. Die waren einfach nur in der Versuchsreihe überzählig. Ich weiß selbst, dass es falsch war, sie mitzunehmen, aber gleichzeitig war es auch richtig, denn sonst wären sie jetzt tot und ... ich weiß auch nicht ...« Sie lässt sich auf einen Strohballen fallen und schlägt die Hände vors Gesicht.

»Ach, Kleine.« Ich setze mich neben sie und nehme sie in den Arm. Ehrlich gesagt finde ich, dass das eher eine Heldentat war. Und das, obwohl ich wirklich nicht der größte Rattenfan bin. Was mich zu der Frage zurückbringt, wo die beiden Geretteten jetzt sind.

Sie nimmt die Hände von den Augen und starrt auf ihre Stiefeletten. »Bei Justus«, lautet ihre knappe Antwort, als wäre damit alles gesagt.

»Aha. Und wer ist dieser Justus?«

»Der ist eine Klasse über mir. Er hat schon zwei Ratten und hat gesagt, dass für Thelma und Louise auch noch Platz ist. Sie sind voll glücklich da.«

»Und die Pharmafuzzis vom Praktikum machen jetzt Stress, oder was?«

»Keine Ahnung. Ich bin da einfach nicht mehr hin. Und gestern kam der Brief von der Schule. Ich habe ihn abgefangen. Mama hatte noch irgendeine Professorenkonferenz und kam erst spät.«

»Mensch, Milli, warum bist du mit dem Problem nicht gleich gekommen? Einfach schwänzen. Das ist doch sonst nicht deine Art. Jetzt haben wir den Salat.«

Endlich sieht sie mich an. »Ich weiß das selbst. Ich wollte es aber nicht wahrhaben, und mit jedem Tag wurde es schwieriger, da wieder rauszukommen.«

Ich seufze. So was kenne ich. »Kommen wir denn

durch mit deiner Idee? Dein Lehrer kennt Cordula doch bestimmt.«

»Nee, Herr Fries ist ja neu an der Schule. Und meine Mama ist ja sowieso nicht so zu begeistern für Elternabende und Schulveranstaltungen. Hält sie für Zeitverschwendung.« Das passt zu meiner Schwester. Sie liebt Milli, was aber nichts daran ändert, dass ihr Umgang mit ihr dem mit einem Forschungsprojekt ähnelt: zielorientiert, sachlich und effizient. Deshalb ist das mit dem Internat leider nicht völlig aus der Luft gegriffen.

»Na gut.« Ich gebe mich geschlagen. Ich weiß nicht, ob man für Lehrertäuschung ins Gefängnis kommen kann, aber ich werde Milli den Gefallen tun. Dafür schuldet sie mir aber zehn Karren Pferdeäpfel aufsammeln.

Ich stehe vom Strohballen auf. »Bring mir eins von Cordulas Karrierefrau-Outfits aus ihrem Schrank mit. Und die Ersatzbrille. Ich sollte ihr so ähnlich wie möglich sehen, vielleicht hat der Typ sie gegoogelt.«

Milli umarmt mich. »Danke, danke, danke!«

Ich küsse sie auf den Scheitel. Sie ist schon so groß. War es nicht erst gestern, dass ich die Kleine zum ersten Mal im Arm gehalten habe?

\*

Es ist Oktober, und durch die Zeitumstellung wird es spätnachmittags schon dunkel. Cordulas Baby ist da. Mein Vater hat mich von der Schule abgeholt und ist mit mir zur Stadtklinik gefahren. Ich finde Krankenhäuser ätzend, aber wer mag die schon? Mein Vater ganz bestimmt nicht, der hat schlimme Tage und Nächte dort verbracht, als Opa im Sterben lag. Das ist ewig her, ich war damals noch in der Grundschule, aber ich kann mich dran erinnern, weil er geweint hat, als er zum letzten Mal aus dem Krankenhaus kam. Väter weinen ja nicht so oft und meiner eigentlich nie. Aber da hat er richtig geschluchzt, und meine Mutter hat ihn stundenlang im Arm gehalten. Cordula hat mich am Ärmel gezupft und dann mit mir Tierkinder-Memory gespielt. Das war etwas Besonderes, denn meine große Schwester hat nicht oft mit mir gespielt und so einen Babykram sowieso nicht. Schach mochte sie ganz gern, aber da konnte schon damals nicht mal mehr ihr Mathelehrer gegen sie bestehen, und der hatte es ihr beigebracht. Als das mit Opa war, hat sie mich sogar gewinnen lassen. Wir haben nicht geredet, immer nur stumm die Kärtchen gewendet. Ich glaube, an diesem Nachmittag auf dem Wohnzimmerteppich waren wir ziemlich froh, dass wir uns hatten. Nach dem Abendessen ist Cordula wie immer in ihr Zimmer verschwunden und hat die Tür zugemacht. Mein Vater hatte noch rote Augen, aber ich habe ihn seitdem nicht mehr weinen sehen.

Vielleicht ist mein Vater so still, weil er an Opa denkt, als wir mit dem Aufzug in den zweiten Stock fahren und durch die endlosen sterilen Gänge laufen. Oder er schweigt, weil er jetzt selbst Opa ist. Und das ist bestimmt ziemlich krass, wenn man noch gar nicht damit gerechnet hat. Er hatte zwar ein paar Monate Zeit, sich an den Gedanken zu gewöhnen, aber seit gestern Nacht ist es eine Tatsache. Das kann einen bestimmt sprachlos machen. Wahrscheinlich ist er aber einfach still, weil er eben mein Vater ist, der nur das ausspricht, was es wert ist, gesagt zu werden. Für mehr bleibt ihm bei drei Frauen sowieso keine Redezeit. Sagt er. Resigniert, aber liebevoll. Beim Schreiben ist das anders. Da sprudeln die Worte nur so aus ihm heraus. Es wäre auch schlecht, wenn er als Journalist genauso wortkarg wäre, denn die Leute wollen von seinen Reisen lesen, als wären sie dabei gewesen.

Wir treten durch eine Glastür, die mit Störchen und Schnullern bemalt ist. Und dahinter ist alles anders. Überall hängen bunte Bilder und Babyfotos, es riecht nach Fencheltee und ist so warm, als würde man in Nizza aus dem Flugzeug steigen. Mein Vater klopft kurz an eine Zimmertür, öffnet sie und schiebt mich hindurch. Cordula sitzt in einem riesigen Krankenhausbett mit hochgestellter Lehne und sieht echt fertig aus. Sie hat blasse Haut, und die Haare, die sie sonst nie offen trägt, hängen ihr strähnig auf die Schultern. Mama dagegen ist energiegeladen wie immer. Sie strahlt uns mit geröteten Wangen an, schiebt mit Schwung den Stuhl zurück, auf dem sie an der Bettseite gesessen hat, stürzt zu uns und drückt erst mich, dann Papa an ihren weichen Oberkörper. Meine Mutter ist klein und dick, was ihr nichts ausmacht, und sie ist der herzlichste Mensch, den ich kenne. Nur wenn ich mal Mist gebaut habe, kann sie explodieren, dass man sie nicht wiedererkennt, aber das ist meistens schnell vorbei. Mit einem fetten Schmatz auf meine Wange entlässt sie mich aus ihren Armen, und ich trete zögernd zum Bett. »Herzlichen Glückwunsch zum Baby.« Ich weiß nicht, was ich sonst sagen soll oder ob ich meine Schwester umarmen kann.

Cordula lächelt matt, doch neben der Müdigkeit in ihrem Gesicht scheinen ihre Augen ungewohnt zu strahlen. Sie senkt den Blick. In ihrer Ellenbeuge liegt ein winziges Baby in einem riesigen Schlafsack. Sein Kopf ist rot und etwas zerknautscht. Trotz der Affenhitze hier drin hat es eine hellgelbe Wollmütze auf. Welpen sind niedlicher. Fohlen sowieso. Aber das sage ich natürlich nicht.

»Das ist also meine Nichte?« Das hört sich ziemlich erwachsen an, irgendwie cool.

Cordula nickt und hebt die Schultern dabei, als könne sie es selbst nicht ganz glauben. »Möchtest du Milena mal halten?« Ohne eine Antwort abzuwarten, streckt sie mir den Schlafsack mit Inhalt entgegen. Meine Schwester, die vier Wochen ihre Zimmertür abgeschlossen hat, weil ich ein einziges Mal heimlich an ihrer Stereoanlage war, und die mir nicht mal einen Schminkspiegel leiht aus Sorge, einen Scherbenhaufen zurückzubekommen, drückt mir ihr neugeborenes Baby in den Arm.

Ich starre erst sie, dann das kleine Bündel fassungslos an. Es ist warm und atmet. Ich muss daran denken, wie mein bester Freund Rob und ich nach dem Kaiserschnitt bei einer Boxerhündin die Welpen halten durften. Robs Vater ist Tierarzt und Mama seine Tierarzthelferin. Mama hat die Nabelschnur durchgerissen und uns gezeigt, wie wir die beiden Welpen mit einem Handtuch trockenreiben sollen. Dann durften wir sie halten, bis die Erwachsenen mit Operieren fertig waren. Mein Welpe hatte einen weißen Fleck an der Pfote, weshalb ich ihn Flecki genannt habe. Ich hätte ihn zu gern behalten, aber meine Mutter war natürlich mal wieder dagegen. Jedenfalls war es mit Flecki ein ähnliches Gefühl, ganz viel Lebendigkeit im Arm zu halten und irgendwie Angst zu haben, dass man sie fallen lässt.

Das Baby öffnet die Augen. Einen Moment befürchte ich, dass es sofort anfängt zu schreien. Meine Nichte schaut mich eine Weile nachdenklich an. Sie runzelt die Stirn noch etwas mehr und formt mit den Lippen ein kleines O. Dann scheint sie mich als akzeptabel eingestuft zu haben, denn sie schließt die Augen und schläft weiter. Ich weiß, dass man mit siebzehn noch kein Kind kriegen sollte, obwohl man fast erwachsen ist. Ich weiß, dass Cordula ganz andere Pläne hatte und es für sie jetzt ziemlich schwierig wird. Das Baby hat alles verändert. Aber für mich ist in diesem Moment alles gut. »Willkommen, kleine Milli!« Ich spreche leise, um sie nicht zu wecken, und wiege sie ganz vorsichtig auf meinem Arm.

Dann schaue ich schuldbewusst zu Cordula. »Darf ich sie überhaupt so nennen?«

Meine Schwester grinst und streicht sich eine Haarsträhne hinter das Ohr. »Tante Kaya darf das.« Wir tauschen einen Blick, und plötzlich ist es, als würden wir wieder in stiller Einigkeit Memory-Kärtchen umdrehen. Als ich Milli zurück in Cordulas Arme lege, flüstere ich: »Danke.«

Irgendwie habe ich das Gefühl, dass meine Schwester mich versteht.

\*

Milli ist das größte Geschenk, das Cordula mir machen konnte. Eigentlich ist es gar keine so schlechte Idee, dass ich meiner Schwester diesen Termin in der Schule abnehme. Sie hat sowieso nie Zeit, und Lust auf ein Lehrergespräch schon gar nicht. Sie darf nur auf keinen Fall davon erfahren, sonst sind wir geliefert. Ich schaue Milli eindringlich an.

»Ich mach das nur dieses eine Mal!«

Sie nickt eifrig, und ich drücke ihr den Besen in die Hand.

»Na komm, du kannst gleich anfangen, deine Schulden abzuarbeiten.«

\*

Durch das Gespräch mit Milli bin ich spät dran. Als ich vom Stall zurückkomme, kann ich gerade noch schnell unter die Dusche springen, bevor ich den Laden öffnen muss. Mein Buch-Café am Kirchplatz ist eine Mischung aus Buchhandlung, modernem Antiquariat und Bücherei – und mein ganzer Stolz. Es ist inzwischen ein Geheimtipp für Büchernarren geworden, die die Atmosphäre zwischen alter und neuer Literatur genießen. Ich habe es selbst aufgebaut, jedes einzelne Regal ist von mir zusammengeschraubt worden, und die alten Truhen, Stühle und Lampen habe ich liebevoll auf Flohmärkten zusammengesucht. Ich kann mich noch genau erinnern, wie ich die Kisten öffnete und die ersten Bücher einräumte – erst ehrfurchtsvoll eins nach dem anderen, dann packte ich mutiger mehrere mit beide Händen. Natürlich ist es inzwischen Routine geworden, aber nicht selten empfinde ich noch den alten Zauber, wenn mir der Duft von druckfrischen Neuerscheinungen entgegenschlägt oder ich in einem Nachlass eine alte Pferdebuchserie entdecke – vollständig und mit Motiven, die wie ein verblasster Traum vertrautes Herzklopfen auslösen.

Zum Föhnen reicht die Zeit nicht, und ich binde die feuchten Haare zum Pferdeschwanz. Zum Glück muss ich von meiner Wohnung ja nur die Treppe runterpoltern und stehe schon direkt im Laden. Eine Schiebetür mit der Aufschrift *Privat* ist das Einzige, was Arbeit und Freizeit trennt, aber mir gefällt es so. Wahrscheinlich weil es in der Tierarztpraxis nicht anders war, in der ich einen großen Teil meiner Kindheit verbracht habe und auch heute noch irgendwie zu Hause bin. Als ich aufschließe, steht vor der Ladentür bereits eine junge Frau. Sie tritt ein, und als sie sich überrascht umschaut, weiß ich, dass sie noch nicht hier gewesen ist. Weil das Haus von außen wie ein gewöhnliches Wohnhaus aussieht, sind viele erstaunt, wenn sie den Raum betreten, in dem die Wände bis obenhin mit Büchern bedeckt sind. Der Geruch der altmodischen Möbel vermischt sich mit dem Duft der Bücher, und jeder möchte am liebsten sofort anfangen zu schmökern. Das Erdgeschoss meines Elternhauses ist der wahrgewordene Traum eines Bücherwurms. Nach einem abgebrochenen Psychologiestudium stand ich mit zweiundzwanzig da und wusste nicht, was ich mit meinem Leben anfangen wollte. Ich kehrte also erst mal ohne Plan zurück zu meinen Eltern nach Neuberg. Die versuchten, sich nicht anmerken zu lassen, dass sie darüber nicht besonders glücklich waren. Sie wollten nämlich gerade ihr Leben als Weltenbummler wieder aufnehmen, das sie für uns Kinder unterbrochen hatten, als sie das Haus meiner Urgroßeltern erbten. Cordula war damals ein Kleinkind und meine Mutter mit mir schwanger. Ich war inzwischen anscheinend die Einzige in der Familie, die sich an Neuberg gebunden fühlte, und das spürten meine Eltern. Sie überließen mir das Haus, und mein Vater sagte: »Kaya, du bist kreativ und hartnäckig. Du musst einfach nur etwas finden, das dich selbst begeistert. Und dann leg los.«

Ich legte los. Reich werde ich mit meinem kleinen Laden bestimmt nicht, aber es ist genug für das Leben, das ich mir wünsche. Da Neuberg keine Bibliothek hat, fördert die Gemeinde großzügig meine kleine Kinderbücherei. Zudem schätzen die Leute meine gute Beratung und meine ansteckende Liebe zu Büchern, so dass ich immer neue Kunden gewinne.

Ich sehe der Frau einen Moment zu, wie sie schweigend die Buchreihen entlanggeht, ab und zu eins aus dem Regal zieht, es betrachtet und dann vorsichtig zurückstellt. Dann trete ich zu ihr.

»Kann ich Ihnen helfen?«

Sie dreht sich etwas unsicher zu mir. »Vielleicht. Ich suche ein Buch, aber ich weiß den Titel und den Autor nicht mehr. Eine Freundin hat gesagt, Sie würden es bestimmt finden.«

»Ich kann es versuchen«, antworte ich lächelnd. Solche Anfragen kommen häufiger. Es hat sich rumgesprochen, dass ich ziemlich erfolgreich bin, wenn es darum geht, ein bestimmtes Buch zu finden, das man nicht einfach im Onlineshop bestellen kann. Ein Kunde hat mich mal »Buchjägerin« genannt, was ich für eine wunderbare Berufsbezeichnung halte. Die gesuchten Bücher könnten unterschiedlicher nicht sein. Mal handelt es sich um ein vergriffenes Exemplar, mal um eine seltene Erstausgabe oder eine limitierte Auflage. Ich ziehe eine Karteikarte aus der Schublade des uralten Schreibtischs, der hinter der Theke steht.

»Erzählen Sie mir alles, was Sie über das Buch wissen.«

Wie sich herausstellt, ist das nicht sonderlich viel. Die Frau hat es vor zwei Jahren aus einem Hotelregal gezogen und als Urlaubslektüre verschlungen. Danach hat sie es zurückgestellt, aber die Geschichte hat sie nicht losgelassen. Trotzdem kann sie mir nicht viel mehr sagen, als dass es um eine Frau mit ungewöhnlichem Namen geht, der wahrscheinlich mit O beginnt. Am Anfang der Geschichte spielt sie als Kind im Garten, und dann folgt ihre ganze glücklich-traurige Lebensgeschichte.

»Fällt Ihnen noch etwas ein?«

Die Frau schüttelt bedauernd den Kopf. Wir vereinbaren einen Finderlohn, falls ich Erfolg habe, und ich notiere ihre Telefonnummer. An der Tür dreht sie sich noch einmal um.

»Ach ja, auf dem Cover waren gelbe Blumen.«

Ich notiere mir den Hinweis. Damit ist so manche Erstausgabe leichter zu finden. Ich liebe die Herausforderung, und oft braucht es nur ein bisschen Glück und die richtige Kontaktperson.

Wenig später wird es im Laden voll. Drei Schülerinnen wollen sich Bücher für ein Referat leihen, eine ältere Dame sucht einen Krimi für ihre Schwiegertochter, und Frau Schneider vom katholischen Frauenverein will für Karfreitag das Lesecafé reservieren. In diesem separaten Raum ist neben einer Anrichte mit großer Kaffeemaschine viel Platz für Leserunden und Buchclubs. Zu den Öffnungszeiten kann man sich an einen der Tische setzen, in einem eigenen Buch oder einem aus dem Lese- und Tauschregal blättern und Kaffee oder Sprudelwasser trinken. Jeder räumt benutzte Tassen und Gläser in die Spülmaschine und schmeißt was in die Getränkekasse.

Ich bin voll beschäftigt, als Amelie hereinkommt. Sie winkt mir nur kurz zu und nimmt dann mit einem Kaffee an einem der Tische Platz, bis ich Zeit für sie habe.

»Hi du, was machst du denn hier?« Ich ziehe mir einen Stuhl heran und setze mich so, dass ich die Ladentür im Auge behalten kann.

»Ich war in der Stadt shoppen und hab gedacht, ich könnte auf dem Rückweg vom Bahnhof doch mal meiner besten Freundin beim Arbeiten zuschauen.« Amelie war eine meiner ersten Stammkundinnen im Buch-Café, und ziemlich schnell hat sich eine enge Freundschaft entwickelt.

»Ganz schön frech! Warst du erfolgreich?«

Ich spähe neugierig in eine der drei Einkaufstüten.

Sie seufzt. »Viel zu erfolgreich. Und trotzdem habe ich das Gefühl, dass ich das perfekte Outfit für die Scheunenparty noch nicht gefunden habe.«

Es sind noch ein paar Wochen bis zur legendären Partynacht auf dem Bauernhof, aber Amelie plant ihr Styling gern langfristig. Ich tippe ihr mit dem Zeigefinger auf die Nasenspitze.

»Du brauchst doch nur feste Schuhe und eine regendichte Jacke. Und du wirst phantastisch aussehen!«

»Mag sein.« Sie legt ihren Kopf schief. »Was nichts

daran ändern wird, dass ich wahrscheinlich wieder keinen Mann kennenlernen werde.«

Ich muss lachen. Das alte Thema. Sie müsste sich einfach mal einen schnappen von denen, die ihr hinterhersabbern. Amelie sieht einfach gut aus. Sie hat eine Topmodelfigur, brünette lange Haare und mandelförmige Augen. Aber sie hat auch hohe Ansprüche, denen kaum ein Mann gerecht werden kann. Mal fünf gerade sein lassen für ein bisschen Spaß oder zumindest die Chance auf mehr gibt es bei ihr nicht. Ich sehe das nicht so eng.

Natürlich will ich irgendwann dem Mann fürs Leben begegnen, aber bis es so weit ist, muss ich mich eben mit den Männern für eine Nacht begnügen. Wir leben glücklicherweise nicht mehr in Zeiten, in denen ich sehnsuchtsvoll am Fenster sitzen muss und Blümchenmuster auf Tischdecken sticke, während ich auf einen Bräutigam warte.

Ich zwinkere Amelie zu. »Du weißt ja: Man muss viele Frösche küssen, bis man einen Prinzen findet. Und bis der auftaucht, kann man mit den Fröschen durchaus Spaß haben.«

Sie runzelt die Stirn. »Aber hast du gar keine Angst, dass du ihn dann vor lauter Fröschen gar nicht bemerkst? Dass dir gar nicht auffällt, dass Frosch Nummer 27 ein Prinz ist?«

Ich winke lachend ab. »Irgendwie wird er sich schon zu erkennen geben. Außerdem weiß ich ja genau, wie er sein soll.«

Amelie lehnt sich zurück und verschränkt die Arme. »Na, da bin ich jetzt aber gespannt.«

Ich lege den Kopf zur Seite und denke kurz nach. »Also, ich muss mit ihm reden und lachen und traurig sein können. Er muss damit klarkommen, dass mein Leben schon ziemlich voll ist mit Herzensangelegenheiten, und nicht versuchen, die zu verdrängen. Er muss sich also auch mal gut ohne mich beschäftigen können, aber natürlich soll er unglaublich gern mit mir zusammen sein und da sein, wenn ich ihn brauche.«

Amelie schmunzelt, und ich merke selbst, dass diese Beschreibung wohl kaum für eine Fahndung reicht. Aber irgendwann wird es sich einfach richtig anfühlen. Der Wunsch zu bleiben wird stärker sein als der Wunsch zu gehen, und mit jeder Kurve, die einen aus der Bahn werfen könnte, rutscht man näher zusammen.

Amelie stützt ihr Kinn auf beiden Händen ab.

»Ich wusste gar nicht, dass du so romantisch sein kannst.«

Ich grinse. »Bevor ich es vergesse: Der Sex muss natürlich auch göttlich sein.«

Sie verdreht die Augen. »War ja klar, dass das jetzt kommt. Ist ja auch eher selten, dass du eine Party allein verlässt.«

Sie übertreibt. Ich habe nichts gegen einen One-Night-Stand ab und zu, aber ich bin keine Nymphomanin. Und das Beste an Partys sind nicht die Männer, sondern die Freundinnen, die einen sowieso viel besser verstehen.

Ich will Amelie gerade von Millis Bitte erzählen, da sehe ich neue Kunden an der Tür. Ich nicke ihr entschuldigend zu. Sie erhebt sich und sammelt ihre Tüten ein. »Ich muss sowieso los. Wir telefonieren in den nächsten Tagen noch mal, oder?«

Erst als ich nach einem langen Tag im Bett liege, kann ich in Ruhe über Millis Lehrergespräch nachdenken. Vielleicht war es ein Fehler, sich darauf einzulassen. Aber ich habe es Milli versprochen. Und was soll dabei schon groß schiefgehen?

## 2

**ICH BETRACHTE MICH** zweifelnd im Spiegel. Cordulas graues Kostüm passt perfekt, und mit dem straffen Dutt und den dunkel geschminkten Augenbrauen sehe ich meiner Schwester tatsächlich ziemlich ähnlich. Aber als Nichts-als-Jeans-Trägerin weiß ich nicht wirklich, wie ich mich mit dem kurzen Rock bewegen soll, und drehe mich unsicher hin und her. Glücklicherweise hat Milli im Schuhschrank ihrer Mutter ein Paar Ballerinas gefunden, denn wenn ich jetzt noch auf Cordulas geliebten Absätzen laufen müsste, würde ich verzweifeln.

Milli klatscht begeistert in die Hände. »Yeah, so könntest du die gesamte Schulkonferenz täuschen.«

»Milli, wenn das auffliegt ...« Mir ist ganz flau im Magen.

»Das fliegt nicht auf. Du machst das, Tante Kaya!«, jubelt sie und erntet einen bösen Blick. Ich kann es nicht leiden, wenn sie mich Tante nennt, weil ich mir dann uralt vorkomme, und das weiß sie genau.

»Wie sieht er überhaupt aus, dein Herr Lehrer?« Ich zupfe an der Nylonstrumpfhose herum. Irgendwie möchte ich wetten, dass ich die erste Laufmasche habe, bevor ich überhaupt in der Schule angekommen bin.

»Oh, der sieht voll gut aus«, flötet sie, »ein bisschen wie Bryan Adams.«

Ich drehe mich mit hochgezogenen Augenbrauen zu ihr um. »Woher kennst du junges Ding denn Bryan Adams?«

»Ist das dein Ernst? Der ist voll cool. Weißt du noch, wie wir diesen Zeichentrickfilm mit den Wildpferden geguckt haben? Der hat die ganze Musik davon gemacht. So wie Bryan Adams auf dem Cover der CD aussieht, genauso sieht Herr Fries aus. Na ja, fast genauso.«

Ich muss lachen und schüttele den Kopf. Es ist schon lange her, dass Milli und ich den Film über den wilden Mustang Spirit gesehen haben, aber ich kann mich noch erinnern, wie beeindruckt sie war. Von ihrer Traumlehrerbeschreibung glaube ich kein Wort. Wahrscheinlich sieht er eher aus wie Hansi Hinterseer. Als letztes Accessoire meiner Verwandlung in mein Schwesterherz setze ich ihre Ersatzbrille mit dem schwarzen Rahmen auf. Sofort verschwimmt alles. »Viel sehen werde ich von diesem Herrn Fries sowieso nicht. Wie viel tausend Dioptrien hat deine Mutter? Ich muss aufpassen, dass ich mich nicht aus Versehen mit einer Stehlampe unterhalte.«

Unser Plan ist einfach und hoffentlich gut genug. Ich werde besorgt und fürsorglich auftreten, beteuern, wie leid Milli das alles tut und wie schwierig es für sie war zu entscheiden, was richtig ist. Wenn das noch nicht reicht, werde ich an sein Herz appellieren und erzählen, dass es für Milli nicht leicht ist mit der alleinerziehenden Karrierefrau als Mutter und dem täglichen Pendeln zwischen der Wohnung in der Stadt und der Schule in Neuberg. Dieser Meinung bin ich übrigens wirklich. Vor zwei Jahren hat meine Schwester eine Stelle als Dozentin an der Uni angenommen und ist mit Milli in die Nähe ihres Arbeitsplatzes gezogen. Für die Kleine bedeutete das einen Wechsel von der Klitzekleinstadt in die Großstadt, weg von Freunden und gewohnter Umgebung in ein neues Zuhause, in dem sie viel allein ist. Sie wehrte sich mit Händen und Füßen dagegen, die Schule zu wechseln, und nimmt deshalb jeden Tag mehr als zwei Stunden Zugfahrt in Kauf. Und ein Leben zwischen den Welten. Ich glaube, in keiner fühlt sie sich richtig zu Hause. Und ich hoffe, sie weiß, dass ich mich jedes Mal freue, wenn sie bei mir ist.

Eigentlich bin ich für meine Schwester bestimmt nicht die bevorzugte Millibetreuerin, wenn die Schulferien sich mal wieder nicht nach ihren Kongress- und Seminarplänen richten. Ich befürchte, ich bin immer noch so eine Art Notlösung in Ermangelung geeigneter Alternativen. Da Cordula jetzt aber schon seit sieben Jahren immer wieder auf diese Notlösung zurückgreift, kann ich damit gut leben. Beim ersten Mal war Milli sechs Jahre alt. Sie war vom Kindergarten bereits abgemeldet, und die Schule hatte noch nicht begonnen, aber meine Schwester war gerade mit ihrer Doktorarbeit beschäftigt und hatte weder Zeit noch Nerven, die Tage mit ihrer lebhaften Tochter zu verbringen. Meine Eltern waren für eine Reportage weit weg auf irgendeiner Insel in Asien oder so. Ich hätte fast eher damit gerechnet, dass Cordula die kleine Milli in ein Flugzeug setzt und dorthin schickt, als dass sie sie in meine unqualifizierte Obhut gibt, aber da ich anscheinend die Einzige mit unverplanten Semesterferien weit und breit war, bekam ich einen unerwarteten Anruf und durfte Milli für eine ganze Woche zu mir nehmen. Meine Schwester brachte mir nicht nur Milli, sondern Gepäck für eine Weltreise, inklusive Nordpolexpediton, ein Portfolio voller Impfpässe, Untersuchungshefte und Zusatzversicherungen und ein mehrseitiges, akkurat formatiertes Dossier über die Betreuung von Milena Mahler, dessen Inhalt mir nur zum Teil bekannt ist, weil ich bei »Bitte nur eine erbsengroße Menge Zahnpasta« aufgehört habe zu lesen. Überraschenderweise überlebte Milli die Woche trotzdem, und es folgten weitere, denen meine Nichte mit Begeisterung und meine Schwester weiterhin mit Skepsis entgegensah. Dennoch scheint sie sich inzwischen an die Notlösung gewöhnt zu haben. Manchmal glaube ich, sie merkt, dass es Milli auch ganz guttut, wenn bei mir statt Fordern und Fördern einfach mal Leben und Lachen auf dem Programm steht. Das würde Cordula natürlich nie zugeben, und vielleicht bilde ich es mir auch nur ein. Wenn sie Milli nach einer Woche abholt und die schon bei der Begrüßungsumarmung von Tiefkühlpizza bis Äpfelklauen alles ausprudelt, was sie eigentlich für sich behalten sollte, wirft Cordula mir über ihre Schulter ein Stirnrunzeln zu und zupft seufzend ein Pferdehaar von der Jacke. Aber dann zückt sie ihren Kalender, um mit mir zu besprechen, ob ich beim nächsten Kongresswochenende notfalls Milli nehmen könnte, falls sie niemand anderen findet, und das ist es, worauf es ankommt.

Letztes Jahr hätte ich meine Milli-Lizenz allerdings fast verspielt. Ich wollte mit ihr unbedingt zur Pferdemesse Equitana fahren, und weil es da am Wochenende viel zu voll ist, hatte ich uns für donnerstags Karten besorgt und Milli für die Schule eine perfekte Magen-Darm-Virus-Entschuldigung geschrieben. Meine Nichte ist Klassenbeste, und es gab nichts zu verpassen, aber weil sie das Pflichtbewusstsein ihrer Mutter geerbt hat, brauchte es etwas Überredungskunst, um sie für den Ausflug zu begeistern. Wir schauten uns die Pferdeshows an, stöberten nach Reitstiefeln und kauften ein neues Lederhalfter und Leckerchen mit Lakritzgeschmack, so dass Milli ihr schlechtes Gewissen bald vergessen hatte. Was passiert ist, kann man eigentlich nur als Unglück im Glück bezeichnen. Es gab eine Aktion, bei der junge Reiter die Möglichkeit bekamen, auf einem Lipizzanerhengst der Spanischen Hofreitschule zu reiten, und Milli wurde tatsächlich ausgewählt. Mit strahlenden Augen durfte sie im großen Ring auf einem imposanten Schimmel sitzen, der von einem Mann in der klassischen Uniform der Wiener Hofreitschule geführt wurde, während aus dem Lautsprecher barocke Musik erklang. Der Rest der Geschichte ist digital. Jemand knipste ein Foto von dem kleinen Mädchen auf dem schicken Pferd und stellte es ins Internet, ein anderer erkannte Milli, mailte der vermeintlich stolzen Mutter das Bild, und noch bevor wir unsere überteuerten Messepommes aufgegessen hatten, hatte ich Cordula am Handy und konnte mir einen Vortrag über Verantwortungslosigkeit und schlechten Einfluss anhören. Meine Schwester kann ähnlich aufbrausen wie Mama, aber leider dauert es bei ihr eine Ewigkeit, bis sie sich abregt. Unser Ausflug hatte jedenfalls zur Folge, dass ich für Cordula als Millis Betreuungsperson abgeschrieben war und sie eine tabellarische Liste von Eliteinternaten in ganz Deutschland erstellte, die wochenlang wie ein Damoklesschwert über ihrem Schreibtisch hing und sowohl Milli als auch mir Albträume bescherte. Ich denke, ich habe es Mamas Einfluss zu verdanken, dass diese Liste irgendwann in einer Schublade verschwand und Milli acht Wochen nach dem Ritt auf dem Lipizzaner wieder ein Wochenende bei mir verbringen durfte. Unter strengsten Sicherheitsauflagen versteht sich. Inzwischen bin ich wieder Notlösung Nummer eins, aber ich weiß, dass das auf ziemlich wackligen Füßen steht.

Deshalb habe ich keine Ahnung, was ich machen soll, wenn Millis Lehrer ihr ernsthaft Schwierigkeiten machen will. Ich muss das irgendwie verhindern. Milli hat alles auf eine Karte gesetzt. Und diese Karte bin ich.

Ich atme einmal tief durch und lege die Brille zurück ins Etui, das ich in die schicke kleine Handtasche gleiten lasse. »So, mein rattenrettendes Töchterlein. Deine Mutti setzt dich jetzt am Bahnhof ab und wird sich dann die Standpauke über deine schlechte Erziehung anhören.«

Milli lächelt gequält. »Das werde ich dir nie vergessen!«

Ich klopfe dreimal auf die alte Kommode. »Ach, Süße, drück einfach die Daumen, dass deine Chaostante es nicht vermasselt.«

*

Als ich pünktlich um vier an die Tür des Lehrerzimmers klopfe, ist mir schon etwas mulmig zumute. Sollte ich direkt auffliegen, würde ich so tun, als wäre es meiner Meinung nach abgesprochen gewesen, dass statt der Mutter die Tante zum Gespräch kommt. Aber unser Plan, Cordula aus der Sache rauszuhalten, wäre damit wahrscheinlich zunichte. Und die würde zur Furie werden, wahrscheinlich erst mal unsere Eltern in Frankreich verrückt machen, Milli statt ins Internat gleich ins Bootcamp schicken und mir für immer den Umgang verbieten.

Diese Gedanken sind nicht gerade das ideale Rezept

gegen meine Nervosität. Noch dazu fühle ich mich mit der Brille wie ein Maulwurf im Nebel und überlege kurz, wie hoch das Risiko ist, wenn ich auf das Ding verzichte. Doch es ist zu spät, denn die Tür wird mit einem dynamischen Ruck geöffnet, und ein Mann tritt auf mich zu. Er ist einen Kopf größer als ich, trägt Jeans und einen dunklen Pullunder zum hellblauen Hemd. Mehr kann ich durch die fiesen Brillengläser nicht erkennen.

Er räuspert sich. »Guten Tag. Sie sind Frau Mahler, nehme ich an. Schön, dass Sie es so kurzfristig einrichten konnten.« Mann, entweder hat der Typ gestern gesoffen, oder es hat ihn ein Horrorvirus erwischt. Seine Stimme gleicht einem Reibeisen. »Sie müssen entschuldigen, ich habe eine verschleppte Halsentzündung, und Stimme schonen funktioniert in meinem Job leider nicht.«

Er scheint das lustig zu finden, also lächele ich freundlich. Irgendwie müssen wir ja miteinander warm werden.

»Das tut mir leid. Gute Besserung.« So, jetzt könnten wir mal zum Thema kommen. »Sie sind also Millis Klassenlehrer?«

»Ja, ich habe Milenas Klasse vor zwei Monaten als Vertretung übernommen. Beim letzten Elternabend haben wir uns noch nicht kennengelernt, glaube ich.« Er macht eine vorwurfsvolle Pause. Das geht ja gut los.

»Ja, dafür möchte ich mich entschuldigen. Leider bin ich sehr beschäftigt und schaffe es nicht immer, an solchen Veranstaltungen teilzunehmen.« Ich finde, ich mache meine Sache gar nicht schlecht. Zumindest scheint er keinen Verdacht zu schöpfen, wenn er mich mit Vorhaltungen konfrontiert, die meinem Schwesterlein gelten. Ich entspanne mich etwas.

»Ich schlage vor, dass wir im Besprechungsraum weiterreden.« Er öffnet eine Tür gegenüber vom Lehrerzimmer. »Möchten Sie etwas trinken?«

Ein Schnaps wäre nicht schlecht, denke ich. Laut sage ich: »Nein, danke. Mir wäre es lieb, wenn wir direkt zur Sache kommen könnten.«

Er hält mir die Tür auf, und ich betrete einen kleinen Raum. An einem Tisch stehen drei Stühle. Mir schlägt der Geruch von Kopierpapier, billigem Putzmittel und ewig geschlossenen Fenstern entgegen. Er zieht einen der Stühle zurück. »Das kann ich verstehen. Es ist ja auch nicht so ein schöner Anlass. Setzen Sie sich doch.«

Ich schaffe es, mich mit dem kurzen Rock halbwegs elegant niederzulassen, und versuche, ein möglichst betretenes Gesicht zu machen. »Ich will gleich sagen, dass Milli das Ganze wirklich leidtut.«

Er setzt sich mir gegenüber. »Das glaube ich Ihnen. Trotzdem müssen wir aufgrund der Schwere des Vorfalls nach einem bestimmten Verfahren vorgehen. Sie bekommen dabei gleich noch die Möglichkeit, sich zu äußern.«

Inzwischen kriege ich Gänsehaut. Eine Folge *Lie To Me* ist nichts dagegen. Wahrscheinlich führt der mich gleich in einen Glaskasten und schließt mich an einen Lügendetektor an. Da klopft es an der Tür.

»Ach, da ist Herr Kellermann, der Mathematiklehrer meiner Klasse. Kennen Sie ihn?« Hoffentlich nicht, denke ich und schüttele den Kopf. »Er wird von unserem Gespräch ein Protokoll erstellen, das dann in Milenas Akte kommt.«

Ein zweiter Zeuge und schriftliches Beweismaterial waren nicht eingeplant. Ich habe keine Ahnung, ob der Mathelehrer mal irgendwann irgendwas mit Cordula zu tun hatte. Am liebsten würde ich die Flucht ergreifen. Aber da steht der kleine dicke Mann schon vor mir und drückt mir die Hand. Unwillkürlich schließe ich die Augen und warte auf ein Zeichen der Irritation oder Empörung. Doch er wendet sich kommentarlos ab, schlurft zu dem dritten Stuhl und lässt sich mit einem Seufzen draufsinken. Dann zückt er einen Kugelschreiber und lässt ihn erwartungsvoll klicken. Das Startsignal für den Verhörspezialisten.

»Ich werde Ihnen gleich den Sachverhalt zu Milenas Verstößen, so wie wir ihn rekonstruieren konnten, vorstellen. Danach haben Sie die Möglichkeit, sich dazu zu äußern. Dann werden wir versuchen, gemeinsam eine Konsequenz für Milenas Verhalten zu entwickeln. Sind Sie damit einverstanden?«

Und bist du damit einverstanden, dass ich dir gleich auf die Schuhe kotze? »Ja, natürlich«, sage ich zuckersüß, und der Herr Lehrer legt los. Er erzählt mir genau das, was ich schon weiß, aber seine Wortwahl und sein Tonfall würden eher dazu passen, dass Milli den Firmentresor leergeräumt hätte und mit dem Porsche vom

Chef nach Amsterdam abgehauen wäre. Als der selbsternannte Staatsanwalt endet, schauen mich die beiden erwartungsvoll an. Ach ja, Zeit für die Verteidigung, dafür bin ich schließlich hier.

»Milli hat die Ratten nicht als Streich oder in böser Absicht mitgenommen. Sie konnte einfach den Gedanken nicht ertragen, dass sie getötet werden sollen. Sie weiß, dass es trotzdem falsch war. Vielleicht können wir der Firma den Schaden ersetzen? Mir wäre es recht, wenn wir das möglichst schnell und unkompliziert aus der Welt schaffen könnten.« Mir war schon klar, dass das dem Herrn Lehrer zu einfach wäre. Kein Wunder, dass seine Stimme sich so anhört, vielleicht sollte er sie wirklich mal ein bisschen schonen. Macht er natürlich nicht.

»Das Unternehmen sieht glücklicherweise von einer Anzeige ab. Nichtsdestotrotz bleibt es eine Straftat, die Konsequenzen nach sich ziehen muss, als Zeichen für Milena, aber auch für die anderen Schüler. Hinzu kommt, dass das Praktikum verpflichtend ist. Sie kann es ja schlecht während des laufenden Unterrichts nachholen.«

Mir kommt eine rettende Idee, mit der ich hoffentlich auch Mister Überkorrekt zufriedenstellen kann. »Wie wäre es, wenn Milli in den Osterferien das Praktikum nachholt? Das wäre doch gleichzeitig auch eine Strafe, denn die Ferien sind dann futsch.« Ich drücke unauffällig die Daumen.

»Das wäre zumindest eine Möglichkeit. Ich weiß

allerdings nicht, ob sie so kurzfristig irgendwo einen Platz bekommt.«

»Das kriege ich hin. Ich habe schon etwas in Aussicht.« Das entspricht nicht ganz der Wahrheit, aber ich bin mir ziemlich sicher, dass ich die ideale Lösung gefunden habe. Herr Fries neigt abwägend den Kopf hin und her und macht mich langsam wütend. Etwas schärfer als ich will, sage ich: »Ich muss jetzt einfach mal sagen, dass Milli eine Gewissensentscheidung getroffen hat. Das mag nicht richtig gewesen sein, aber ich finde, man muss ihr hoch anrechnen, dass es mutig war und für die Ratten eindeutig das Beste, was ihnen passieren konnte!« Ich verschränke die Arme und lehne mich zurück. Aus den Augenwinkeln ahne ich, dass der Mitschreiber beifällig nickt, und auch Herr Fries ist zumindest kurz mal sprachlos. Seinen Gesichtsausdruck kann ich nicht deuten, was vor allem daran liegt, dass ich sein Gesicht durch die Brillengläser nur verschwommen sehe. Er fängt sich schnell wieder.

»Milena hat besonders durch das stillschweigende Schwänzen bei uns Lehrern sehr viel Vertrauen verloren. Ich werde also unangekündigt kontrollieren, dass sie das Ersatzpraktikum auch wirklich macht. Außerdem möchte ich, dass sie mir ihren Praktikumsbericht vor den Zeugniskonferenzen in einem zwanzigminütigen Vortrag vorstellt.«

Wow, Rattendiebstahl scheint zu den Kapitalverbrechen zu gehören. Aber weil Herr Fries sich anscheinend endlich zufriedengibt und keine weiteren Maßnahmen in petto hat, schicke ich ein versöhnliches Lächeln in seine Richtung. »Dann macht Milli also das Praktikum und hält den Vortrag, und dafür müssen Sie ihre ... meine ... äh ... mich nicht mehr kontaktieren?« Oje, Kaya, du schaffst es noch, auf der Zielgeraden eine Bauchlandung hinzulegen.

»Milena soll mir bitte bis nächste Woche Bescheid sagen, wo sie das Ersatzpraktikum ableisten wird, und eine Bestätigung des Betriebs mitbringen.«

Jaja, alles klar, ich will einfach nur weg, und als ich endlich im Auto sitze, bin ich völlig erledigt. Die zehn Karren Pferdemist sind nichts dagegen. Selbst mit hundert Karren wäre ich für diese Tortur noch definitiv unterbezahlt.

# 3

**DIESER JOB SOLLTE** wirklich besser bezahlt werden. Von wegen Lehrer haben vormittags recht und nachmittags frei. Wenn ich auf die Uhr schaue, ist vom Nachmittag nicht viel übrig, und zumindest für Milenas Mutter hatte ich nicht eine Sekunde recht. Ich finde es ja gut, wenn Eltern für ihre Kinder einstehen, aber dass sie in ihrer Tochter nur die glorreiche Retterin der Ratten sieht, ist extrem subjektiv. Schließlich hat sie sich neben den beiden Tierchen auch noch eine freie Woche ergaunert, während ihre Mitschüler die Zeit beim Praktikum absitzen mussten. Deshalb finde ich die Idee, es in den Ferien nachzuholen, eine gute Konsequenz. Vorausgesetzt, Milena findet tatsächlich einen Betrieb, der sie relativ spontan als Praktikantin nimmt, aber Frau Mahler schien davon ja überzeugt. Wahrscheinlich ist das hier auf dem Land alles einfacher, da fragt man mal eben Ilse von der Bäckerei, oder irgendein Onkel ist der Dorfschreiner oder was weiß ich. Jedenfalls kann ich jetzt in den Ferien auch noch Praktikumsbesuche machen, um zu gucken, dass Milena sich nicht nur eben eine Bescheinigung abholt. Die Schwänzerei hätte ich der ruhigen, aufmerksamen Schülerin nicht zugetraut, aber nach zwei Monaten kenne ich meine Klasse natürlich noch nicht wirklich, und man schaut den Leuten halt nur vor den Kopf. Aus Milenas Mutter bin ich überhaupt nicht schlau geworden. Jung und hübsch, aber aufgetakelt wie für ein Bewerbungsgespräch im Management. Dann immer dieser fahrige Blick, ich hatte teilweise das Gefühl, sie schaut mich gar nicht an, sondern durch mich hindurch. Ihre Miene war verräterischer. Ich bin mir sicher, dass sie ihre kleine Rattendiebin gerne noch schärfer verteidigt hätte und es sie einiges an Beherrschung gekostet hat, diplomatisch zu bleiben. Ich habe es daran gesehen, wie sie sich auf die Unterlippe gebissen hat, wenn ich etwas gesagt habe, was ihr nicht passte. Irgendwie machte sie das trotz ihrer Patzigkeit sympathisch. Ich lehne mich seufzend auf dem Stuhl zurück und sehe, dass Rudolf Kellermann inzwischen seine Sachen zusammengepackt hat und im Begriff ist zu gehen.

»Danke, Rudolf, für deine Unterstützung und vor allem für deine Zeit.« Verständlicherweise war keiner meiner Kollegen begeistert von der Idee, nach Schulschluss noch zu einem Elterngespräch zu bleiben, aber der gutmütige Kellermann hatte wohl Mitleid mit dem Neuen und hat sich erbarmt.

Er nuschelt in seinen Bart. »Schon in Ordnung, Lasse. Haste doch gut gemeistert. Ich wusste gleich, dass du ein Frauenversteher bist.«

Ich ziehe skeptisch die Augenbrauen hoch. Den Titel hätte ich mir als Allerletztes verliehen.

Herr Kellermann grinst. »Tu nicht so. Ich war auch mal so jung und knackig, da war das alles noch leichter. Vor allem mit den Damen.« Der kleine dicke Mann schlurft zur Tür und dreht sich noch mal um. »Rein von der Physik bleibe ich aber der attraktivste Mann der Schule.«

Wie gewünscht bin ich mit dieser Aussage überfordert.

Er grinst noch breiter. »Die größte Masse hat die stärkste Anziehungskraft.« Damit schließt er die Tür und lässt mich mit meiner ersten Physiklektion seit meiner ziemlich lausigen Abiprüfung allein.

Ich bin an diesem Tag der Letzte, der die Schule verlässt, und der Hausmeister ist mit Sicherheit erleichtert, dass er endlich abschließen kann. Draußen auf der großen Treppe vorm Haupteingang sitzt ein einsamer Schüler und scheint auf etwas zu warten. Ich habe ihn nicht im Unterricht, aber ich kenne ihn. Anders als in der Stadt sind hier fast alle Schüler ziemlich angepasst gekleidet, da sticht dieser mit seinen bunten Haaren und den alternativen Klamotten sofort heraus. Bei mir als Exilkölner gibt es dafür sofort einen fetten Sympathiepunkt. »Justus?«

Er sieht überrascht hoch, steht auf und wartet, bis ich auf seiner Stufe angekommen bin. »Sie wissen, wie ich heiße?«

Ich zucke mit den Schultern. »Falls du es noch nicht wusstest: Du fällst ein bisschen auf.«

Er grinst und strubbelt sich durch seinen zurzeit grasgrünen Wuschelkopf.

»Worauf wartest du?«

Er schiebt die Hände in die Taschen des »Gegen Nazis«-Kapuzenpullis. »Um ehrlich zu sein – auf Sie. Ich wollte mit Ihnen reden.«

»Okay. Worum geht es denn?«

Er schluckt. »Es geht um Milli ... Ja, also wegen dieser Sache ... Ähm ... Bekommt sie viel Ärger?«

Daher weht der Wind. »Das kommt wohl darauf an, was man unter viel Ärger versteht.«

Er runzelt die Stirn. »Würde es helfen, wenn ich sage, dass sie die Ratten in meinem Auftrag mitgenommen hat?«

Ich schaue ihn ernst an. »Hat sie das denn?«

»Ja.« Er nickt nachdrücklich, und ich weiß sofort, dass er lügt. Ich lege kurz meine Hand auf seinen Arm und schüttele den Kopf. »Es ist wirklich nett von dir, dass du für Milena den Kopf hinhalten willst, aber es ist keine gute Idee. Ihr bleiben die Konsequenzen trotzdem nicht erspart, du stehst als Anstifter da, und der Ärger wächst doppelt und dreifach und so weiter.« Ich male mit dem Finger eine steile Kurve in die Luft, und er legt den Kopf schief.

»Exponential meinen Sie.« Schüler können solche Besserwisser sein.

Ich zucke die Achseln. »Keine Ahnung. Bin ich ein Mathelehrer? Jedenfalls ist es meistens so: Wenn man nicht die Wahrheit sagt, um Ärger zu vermeiden, kommt der Ärger umso größer zurück.«

Er nickt mehrmals, wahrscheinlich in erster Linie, um einem längeren Vortrag zu entgehen. »Okay, aber was ist jetzt mit Milli? Sie müssen wissen, dass sie es nicht so leicht hat in der Klasse. Sie ist eine ziemliche Außenseiterin. Also nicht so auf die nerdige Art. Sie ist halt irgendwie anders. Was Besonderes.«

Ich erwidere seinen Blick.

»Du hast sie ziemlich gern, hm?«

Er macht eine unentschlossene Bewegung, die sowohl ein Nicken als auch ein Schulterzucken sein könnte. Ich lasse das so stehen.

»Mach dir keine Sorgen. Milena holt das Praktikum nach und bereitet ein Referat vor, und damit ist das mit den Ratten für mich erledigt. Sind die übrigens bei dir?«

»Wer?« Sein Gesichtsausdruck reicht als Antwort. »Ich habe gleich gedacht, dass Milenas Mutter nicht aussieht, als ob Ratten ihre bevorzugten Haustiere sind. Kümmere dich gut um sie, damit sich Milenas Einsatz gelohnt hat, ja?«

Er grinst. »Ich mag Lehrer eigentlich nicht, aber Milli hatte recht: Sie sind echt in Ordnung.«

Ich spreche leise, als wolle ich ihm ein Geheimnis erzählen. »Soll ich dir was verraten? Lehrer sind auch nur Menschen.« Ich setze mich in Bewegung Richtung

Parkplatz und drehe mich noch mal um. »Soll ich dich zu Hause absetzen? Das mit den Bussen bei euch ist ein Albtraum. Man hat ja Glück, wenn einmal in der Stunde einer fährt.«

Er winkt ab. »Ich hab's nicht weit. Aber danke.«

Ich nicke ihm zu. »Dann auf jetzt. Ein paar Wochen müssen wir noch durchhalten bis zu den Ferien.«

Als ich im Auto sitze, wird mir klar, dass mir die Ferien eigentlich egal sind. Die freie Zeit wird mir noch deutlicher machen, dass ich inzwischen zu oft falsch abgebogen bin und der Rückweg schwierig wird. Außerdem will ich ja gar nicht zurück. Also zurück nach Köln schon, lange halte ich es hier nicht mehr aus in diesem ... Was ist das überhaupt? Neuberg – für ein Dorf fast zu groß, für eine Kleinstadt viel zu klein, es gibt anscheinend nicht mal ein Wort dafür. Doch zurück nach Köln bedeutet, eine neue Wohnung zu suchen, denn Patricia hat unsere sofort gekündigt und ist geradewegs zu ihrem Neuen gezogen. Es bedeutet, einen neuen Job zu suchen, denn an der alten Schule macht meine Exfreundin gerade Karriere an der Seite des Oberstufenleiters. Der ihr Neuer ist. Wahrscheinlich heißt es, neue Freunde zu finden, denn die alten Freunde sind ja auch Patricias Freunde. Obwohl die sich bestimmt betont nett und unparteiisch verhalten würden, müsste ich bei ihren mitleidigen Blicken und ihrem gehauchten »Lasse, wie geht's dir damit? Kommst du klar?« aufstehen und gehen, anstatt wie Patricia stundenlang meine Seele zwischen den Rotweingläsern auszuschütten, was für Freunde eindeutig unterhaltsamer ist.

Ich könnte zu meiner Mutter, die würde sich freuen, und wir kommen gut miteinander klar. Aber mit dreißig zurück zu Mutti klingt mir einfach zu erbärmlich. Bleibt noch das Gästezimmer meines kleinen Bruders. Wir lieben uns, aber wir sind völlig verschieden. Wenn Mark und ich uns eine Bude teilen müssten, würde das innerhalb kürzester Zeit scheitern. Brudermord nicht ausgeschlossen. Also brauche ich eine neue Wohnung, die in Köln ungefähr so leicht zu finden ist wie ein FC-Fan, der im Gladbachtrikot ins Stadion geht. Alles in allem wäre es wieder das, was ich gerade irgendwie in den Sand gesetzt habe und wozu mir ein zweites Mal die Kraft fehlt: ein Neuanfang.

Mit der Schule habe ich es hier eigentlich ganz gut getroffen. Selbst die Schulleiterin ist entspannt und unkompliziert. Als ich wegen Milena bei ihr war, hörte sie sich geduldig meine Schilderung an, aber als ich das weitere Vorgehen mit ihr besprechen wollte, rückte sie ihre Brille zurecht und unterbrach mich.

»Herr Fries, das überlasse ich Ihnen. Sie werden schon wissen, was das Richtige ist.« Damit war das Gespräch für sie erledigt. Sie wird also akzeptieren müssen, dass ich für die Schülerin einen relativ angenehmen Ausweg gewählt und auf weitere Disziplinarmaßnahmen verzichtet habe. Wenn es ihr nicht passt, kann sie mich ja zur Strafe versetzen lassen. Was sie nie tun würde, denn ein Vertretungslehrer wurde hier so verzweifelt gesucht, dass sie mich sozusagen blind übernommen haben.

Als ich wegen meiner schnellstmöglichen Versetzung aus persönlichen Gründen beim Schulamt war, schüttelte die Sachbearbeiterin nur bedauernd den Kopf. »Herr Fries, eine Versetzung mitten im Schuljahr. In Köln. Das wird schwierig.«

Ich dachte nicht lange nach. »Es muss nicht Köln sein. Hauptsache zeitnah. Von mir aus auch weit weg.«

Der Gesichtsausdruck der Dame änderte sich, und sie zog eine Mappe aus einer Schublade. »Vielleicht habe ich hier etwas für Sie. Die Stelle ist befristet, aber Sie könnten direkt nach den Weihnachtsferien anfangen. Kennen Sie Neuberg?«

Natürlich kannte ich Neuberg nicht, aber der Schulleiterin reichten meine Bewerbungsunterlagen und ein kurzes Telefonat, um mir zuzusagen, und wer auf der Flucht ist, hat keine Wahl. Ich unterschrieb.

Das erste Mal war ich in Neuberg an einem nasskalten Novemberwochenende, um mir zwei Wohnungen anzusehen. In der Ortsmitte steht eine Kirche auf einem gepflasterten Platz, um den sich ein paar kleine Läden angesiedelt haben. Außer einer winzigen Drogeriefiliale und einem dieser hässlichen 1-Euro-Shops, die anscheinend wie Löwenzahn überall überleben können, sehen die Geschäfte aus, als würden sie allesamt von Hausfrauen zum Zeitvertreib betrieben, denn allein die unzureichenden und unregelmäßigen Öffnungszeiten müssen es unmöglich machen, Gewinn zu erwirtschaften. Es gibt auch ein altes Kino, dessen Außenfassade vermuten lässt, dass seine Leinwand kaum größer ist als ein Flachbildfernseher der gehobenen Mittelklasse, aber statt dafür wenigstens kultiges Programmkino anzubieten, weisen die Plakate in den Glaskästen auf die üblichen Blockbuster und Kinderfilme hin. Um diesen Kern herum stehen die Häuser, die es wahrscheinlich schon gab, als Neuberg noch ein echtes Kuhkaff war. Teilweise sieht man ihnen ihr Alter unschön an, zum Teil sind sie renoviert und hübsch zurechtgemacht, so dass man sie in einer dieser Landliebe-Zeitschriften abbilden könnte neben Apfelkuchenrezepten mit Dinkelmehl und Anleitungen, wie man aus Holzpaletten Serviettenhalter basteln kann. Es gibt auch einen Bahnhof, den man eigentlich nicht so nennen kann. Zwei Gleise an einem grauen Platz, bei dem nicht ganz klar ist, ob es ein Wendehammer für den Bus oder ein Parkplatz sein soll. Das winzige, verwitterte Bahnhofsgebäude ist immer abgeschlossen, und nur ein hölzerner Unterstand bietet drei unbequeme Sitzmöglichkeiten. Von meinen Kollegen weiß ich, dass er außerdem der inoffizielle Jugendtreff ist. Die Kinder vom Bahnhof Neuberg – da soll noch mal einer sagen, auf dem Land würde der Nachwuchs besser aufwachsen. Weil das aber trotzdem viele glauben, wird das Ganze umstellt vom Stolz aller Bausparkassen: neuen Einfamilienhäusern in allen Größen und Formen, je nach Budget und Baugrundstück. Verputzt, verklinkert, mit Holzfassade oder in Fachwerkoptik – der Traum jeder jungen Familie.

Die erste Unterkunft, die ich mir anschaute, befand sich im Ortskern und war eine Einliegerwohnung bei einer älteren Dame, die eher Gesellschaft als einen Untermieter suchte. Nach zehn Minuten war mir klar, dass ich jeden Tag aufs Neue zu nett sein würde, den angebotenen Kaffee auszuschlagen, und somit den Rest meiner Tage auf ihrer durchgesessenen Couch neben dem zauseligen Wellensittich sitzen würde, versorgt mit trockenen Tütenplätzchen und gläserweise Erdbeermarmelade. Ich lehnte ab, durfte aber trotzdem ihren selbstgemachten Holunderlikör probieren, dessen erster Schluck mich befürchten ließ, dass sie mich zur Strafe vergiftete. Die zweite Wohnung lag am Rand von Neuberg und hatte einen wirklich beeindruckenden Blick auf den kleinen Fluss, der den Ort in zwei Hälften teilt. Ich fragte zweimal nach, als mir die Warmmiete genannt wurde, denn für den Preis hätte ich in Köln nicht mal einen Abstellraum bekommen. So kam ich als überzeugter Städter zu einer Wohnung und einem Job jenseits vor allem, und wahrscheinlich wäre ich besser den Jakobsweg gewandert oder hätte als Hilfsarbeiter auf einer Bohrinsel angeheuert. Stattdessen sitze ich mit einer halbkurierten Erkältung in meinem Polo auf einem leergefegten Schulparkplatz und blase Trübsal. Damit muss jetzt einfach Schluss sein. Ich muss endlich nach vorn schauen. Als ich das tue, fällt mein Blick auf ein Plakat, das jemand unerlaubt an die Schulbushaltestelle gehängt hat. *Scheunenparty mit Liveband und DJ/Feiern, Tanzen, Cocktails!*

Das ist es. Einfach mal wieder Party machen, als ob es kein Morgen gäbe. Ich kann mich kaum erinnern, wann ich das zum letzten Mal gemacht habe. Aber ich kenne einen Experten auf dem Gebiet. Ich knipse das Plakat mit meinem Handy und schicke das Bild meinem Bruder. Der Club – oder wie man es nennen will – befindet sich in einem der Nachbarorte, aber wenn ich ihm sage, dass er bei mir pennen kann und ich sogar fahre, dann muss er einfach kommen. Ich bin fest entschlossen. Diese Party wird der Anfang vom Rest meines Lebens.

»KAYA?«

Rob ist einfach der Hammer. Ich könnte ihn um drei Uhr nachts anrufen, und er würde trotzdem so freudig ans Telefon gehen, als würde ich mich genau im richtigen Moment melden.

»Hallo, mein allerliebster Lieblingstierarzt!«

Er lacht leise. Ein Laut, der mir jedes Mal sofort ein Alles-wird-gut-Gefühl beschert. »Was willst du von mir? Muss ich Achterbahn die Zähne raspeln?«

»Nein, mein edles Ross verputzt sein Heu in null Komma nix. Es geht um Milli.«

»Deine Nichte Milli? Was ist mit ihr?«

Ich lege eine doppelte Portion Begeisterung in meine Stimme. »Du kannst doch bestimmt in den Osterferien Hilfe in der Praxis gebrauchen!?«

Er klingt plötzlich skeptisch. »Worauf willst du hinaus?« Ich erkläre ihm das Problem in Kurzfassung. Natürlich lasse ich die Sache mit meinem Gastauftritt als Millis Mutter lieber aus. Rob ist der Vernünftige von uns beiden, und ich habe jetzt absolut keine Lust, dass er es vielleicht schafft, mir ein schlechtes Gewissen zu machen.

Rob heißt eigentlich Robert, aber so nennt ihn keiner. Wir verbringen quasi schon unser ganzes Leben gemeinsam. Rob ist drei Jahre älter als ich und freute sich, dass meine Mutter mich mit zur Arbeit nahm und er jemanden zum Spielen hatte. Weil die Praxis ins Wohnhaus integriert war, liefen wir Kinder im Alltag einfach so mit, und das war der Beginn einer unvergleichlichen Freundschaft. Mit ihm hab ich Höhlen gebaut, Pfeil und Bogen und meinen ersten (und einzigen) Joint. Er beschützte mich vor den wilden Rüpeln auf dem Grundschulhof, und ich schrieb ihm einen Liebesbrief für die rothaarige Sara, in die er in der sechsten Klasse verknallt war. Wir fuhren zusammen ins Zeltlager und zum Rockkonzert und bequatschten all das, was man mit sonst keinem besprechen kann. Es gibt kaum einen Menschen, der mich so gut kennt wie er und umgekehrt. Als er nach dem Abi zum Studium wegging, hinterließ er eine riesige Lücke in meinem Leben. Wir telefonierten oft, und wenn er hier war, schaute er immer kurz bei mir vorbei, aber es war nicht das Gleiche, und ich hatte das Gefühl, dass wir uns immer mehr voneinander entfernten. Kurz vor Ende seines Studiums war ich eine Zeitlang überzeugt, mich in ihn verliebt zu haben, weil ich ihn so sehnsüchtig vermisste. Doch er kehrte nicht allein zurück, sondern brachte Miriam mit, die mit ihm studiert hatte. Es hielt nicht lang, aber trotzdem (oder gerade deshalb) besann ich mich auf unsere Freundschaft und wollte nicht mehr als das. Dann starb sein Vater unerwartet, und er musste kaum ein Jahr nach dem Staatsexamen die Praxis übernehmen und weiterführen. Eine schwere Zeit, die uns einmal mehr zusammenschweißte und uns zeigte, wie sehr wir uns aufeinander verlassen können.

Deshalb weiß ich, dass er mir meine Bitte nicht abschlagen wird, auch wenn er erst mal theatralisch seufzt. »Ich finde Schülerpraktikanten total anstrengend.«

»Aber Milli doch nicht. Die ist cool.«

»Okay, okay. Gerda hat Urlaub, also kann sie sich vielleicht wirklich nützlich machen.«

Perfekt, dass Robs Sprechstundenhilfe in den Ferien nicht da ist. »Das wird sie ganz bestimmt! Danke, danke, danke!«

»Übertreib nicht. Ist schon gut. Ich werde schon mit ihr auskommen.«

Habe ich schon erwähnt, dass Rob der beste Freund ist, den man sich wünschen kann?

\*

»Du bist echt nicht mehr zu retten. Das hast du ehrlich gemacht?« Amelie schreit fast ins Telefon, und ich bin froh, dass ich den Hörer gerade nicht am Ohr habe, weil ich die Pilze für meine Pizza kleinschneide.

»Was sollte ich denn machen? Milli würde im Internat eingehen wie ein Primelchen. Und dieser Herr Fries hat ein Drama aus der Geschichte gemacht, da hätte Cordula sie wahrscheinlich gleich ins Heim für Schwererziehbare gesteckt.«

»War der Typ denn schon älter?«

»Nee, ich glaube nicht. Aber ich kann es total schlecht sagen. Wegen der Brille war das wie Tauchen im trüben Wasser.«

Amelie prustet in den Hörer. »Wenn ich mir das vorstelle ... Da hätte ich zu gern Mäuschen gespielt. Hast du keine Angst, dass das irgendwann auffliegt?«

»Na ja, ein gewisses Restrisiko bleibt. Aber Cordula hasst Schulveranstaltungen aller Art und meidet sie, wenn es nur irgendwie geht. Bisher läuft alles nach Plan.«

»Und zur Strafe MUSS Milli jetzt zwei Wochen mit Rob verbringen?« Sie kichert. »Kannst du mich nicht auch mal zum Praktikum bei ihm anmelden? Der Typ ist so heiß!« Mit dieser Meinung ist sie nicht allein. Nahezu jede Frau bekommt in seiner Gegenwart weiche Knie und kann ihre Augen nicht von ihm lassen. Ich kann nicht leugnen, dass er einfach verdammt gut aussieht. Er ist groß und hat dunkle Haare und strahlend blaue Augen. Zum Ausgleich für seine Arbeit hat er sich einen kleinen Fitnessraum eingerichtet, und er schafft es, dass er trainiert und straff, aber nicht affig und aufgepumpt aussieht. In Kombination mit seiner natürlichen Freundlichkeit und seinem Humor könnte man ihn ohne Frage unter dem Begriff *Traummann* verbuchen. Amelie schwärmt schon länger für ihn, aber er ignoriert charmant jeglichen Annäherungsversuch, wie er es auch bei den Reitstallmädels und Hundebesitzerinnen schafft.

»Kommt er denn wenigstens mit zur Scheunenparty?«, hakt sie nach.

»Leider nein. Ich habe ihn gefragt, aber er hat mal wieder Notdienst.«

»Wie immer.« Amelie versucht, sich ihre Enttäuschung nicht anmerken zu lassen. »Aber die Planung läuft schon. Ich hab mit den anderen ausgemacht, dass wir dich so um neun abholen und dann hindüsen.«

Ich muss lachen. »Das ist ja spät am Abend. Kannst du dich so lange wach halten?« Amelie ist alles andere als eine Nachteule und liegt gern um neun im Bett.

»Doofe Nuss!«, sagt sie liebevoll, »Versuch du lieber mal, abmarschbereit zu sein, wenn wir klingeln.«

Das sagt die Richtige. Ich bin echt schnell im Bad und in den Klamotten, was man von meiner besten Freundin nicht behaupten kann. Wenn ich sie abhole, ist sie nie fertig. Fertig ist jetzt meine Pizza, deshalb beenden wir das Telefonat mit dem üblichen Gute-Nacht-Geplänkel.

Mein letzter Gedanke vorm Einschlafen gilt Milli, die so erleichtert war, als ich ihr Bericht erstattet hatte, und die Idee mit dem Tierarztpraktikum richtig gut fand.

Leider fallen jetzt unsere geplanten Milli-Kaya-Ferien aus. Aber irgendwie glaube ich nicht, dass mir langweilig werden wird.

\*

Es dauert noch einige Zeit, bis ich nach meinem Besuch bei Millis Klassenlehrer aufatme, aber mit jedem Tag werden Komplikationen unwahrscheinlicher. Wenn Herr Fries irgendwelche Zweifel verspüren würde, hätte er sich längst bei Cordula gemeldet, und die resultierende Explosion wäre nicht zu überhören gewesen. Ich habe überlegt, ob ich mal vorsichtig bei meiner Schwester nachhorche, was es so Neues gibt. Aber sie hat einen siebten Sinn für Verschwörungen, und das Letzte, was wir brauchen können, ist Cordula, die Witterung aufnimmt. Also habe ich die Füße stillgehalten, und es scheint zu funktionieren. Rob hat uns eine schicke Bescheinigung getippt mit Praxisstempel und Tierarztunterschrift. Letztere sieht bei ihm aus wie von einem Drittklässler und wirkt deshalb ziemlich gefälscht. Aber sollte der Lehrer in diesem Fall misstrauisch werden, darf er Rob gern anrufen. Hauptsache, Cordula bleibt außen vor. Als Milli den Zettel abgegeben hat, wirkte Herr Fries wohl gnädig. Nichtsdestotrotz musste auch sie sich noch mal etwas über Vertrauen, Respekt und Benehmen anhören, damit der Pädagoge was getan hat für sein Geld. Zum Glück für ihn und mich hatte ich damit nichts mehr zu tun, und meine süße Milli ließ den Vortrag bestimmt mit Engelsgeduld und ehrlicher Einsicht über sich ergehen. Als sie mir davon erzählte, hatte ich fast das Gefühl, sie wollte ihren Lehrer vor mir in Schutz nehmen.

Jedenfalls mache ich mir keine großen Sorgen mehr wegen Millis Rattenklau und meinem Aliasauftritt, als ich eine Woche später bei Franz und Helga am Küchentisch sitze. Den beiden gehört der Stall, in dem auch mein geliebter Achterbahn steht, und wann immer ich Zeit habe, schaue ich nach der Stallarbeit auf einen kleinen Kaffeeklatsch vorbei. Franz war der beste Freund meines Opas, und obwohl der schon vor langer Zeit aus Neuberg weggezogen war, blieben sie einander verbunden. Als mein Opa starb, war es für Franz ein ähnlicher Verlust wie für meinen Vater und uns Enkelinnen. Aber er machte es sich zur Aufgabe, für uns da zu sein, und ich glaube, meinen Opa würde es freuen, dass Franz und Helga für mich so etwas wie Ersatzgroßeltern geworden sind.

Helga schüttet frische Schokokekse auf einen Teller, und mir läuft das Wasser im Mund zusammen. Ich bin so dankbar, dass sie es für neumodischen Kram hält, nur an Weihnachten Plätzchen zu backen. Als sie anfängt, mir Neuigkeiten zu berichten, bleibt mir jedoch der Keks im Hals stecken.

»Deine Schwester soll endlich mal wieder im Ort gewesen sein. Weißt du was davon?«

Ich huste und nehme einen großen Schluck viel zu heißen Kaffee. Wenn das stimmt, bedeutet es nichts Gutes. Ich versuche, nicht in Panik zu geraten.

»Äh, ich glaub nicht. Ich hab nichts von ihr gehört.«

Helga gießt mir Kaffee nach und nickt beharrlich.

»Doch, ich bin mir sicher. Es muss was mit der Schule gewesen sein.«

Hilfe, das wird ja immer schlimmer. Der Appetit ist mir jedenfalls vergangen. Ich zucke hilflos mit den Achseln, aber Helga lässt nicht nach.

»Ich wüsste ja schon gern ...«

»Lass gut sein, Helga. Was hat Kaya damit zu tun?«

Franz schaut von seinem Landwirtschaftlichen Wochenblatt auf und steht mir bei.

»Sie war wohl letzte Woche zu einem Gespräch bei Millis Lehrer. Hört man so«, brummelt er und wendet sich wieder seiner Zeitung zu.

Ich schließe für ein paar Sekunden erleichtert die Augen. Natürlich. Das war ich. Als Cordula.

»Ich hätte es ja schon nett gefunden, wenn sie mal kurz vorbeigeschaut hätte. Man sieht sie ja kaum noch. So ist das, wenn sie erst mal in der Stadt sind.«

Helga geht zum Herd und rührt den Eintopf.

»Ich bin mir sicher, dass sie nur wenig Zeit hat. Bei mir war sie ja auch nicht.«

Irgendwie muss ich meine Schwester in Schutz nehmen. Natürlich könnte sie öfter nach Neuberg kommen, aber in diesem speziellen Fall ist sie unschuldig.

»Sie besucht euch bestimmt beim nächsten Mal.«

Helga seufzt, und Franz faltet entschlossen die Zeitung zusammen und grinst.

»Hauptsache, du haust uns nicht noch mal in die Stadt ab.«

Ich lache.

»Da macht euch mal keine Sorgen. Mich werdet ihr

nicht los. Neuberg ist für mich der schönste Ort auf der Welt.«

\*

Endlich ist Scheunenpartysamstag, und ich wäre tatsächlich startbereit, als um kurz nach neun die Mädels klingeln, wenn ich nicht verzweifelt meinen Hausschlüssel suchen würde. Dass der verschwunden ist, ist bei mir leider Normalzustand, und ich sehne den Tag herbei, an dem man mit seinem Fingerabdruck die Haustür öffnen kann, auch wenn das natürlich das Risiko erhöht, dass man den Finger abgehackt bekommt. Ich habe mit der Suche definitiv mehr Zeit als mit der Auswahl meines Outfits verbracht, als ich ihn schließlich in der Tasche einer Jacke finde, die ich meiner Meinung nach seit Wochen nicht getragen habe, womit ich entweder an Kobolde oder an eine frühe und heimtückische Form von Demenz glauben muss.

Nachdem ich meinen überschaubaren Fundus an Röcken und Kleidern durchgesehen hatte, habe ich mich letztendlich doch wieder für eine Jeans entschieden und dazu ein enges T-Shirt. Die Natur hat mich nicht gerade sehr üppig bedacht, was meine Oberweite angeht. Mit siebzehn war das ein Drama, inzwischen habe ich mich mit meinen »Zweimal 'ne Handvoll« angefreundet, und in einem körperbetont geschnittenen Shirt kommen sie ganz gut zur Geltung. Heute ist es ein schwarzes mit Motiv – Calvin und Hobbes betrachten den Sternenhimmel. Das finde ich für eine Open-Air-Party mehr als passend. Ach ja, Open Air. Im Rausgehen greife ich mir meinen olivgrünen Parka. Nach drei Tagen Dauerregen ist es heute zwar trocken geblieben, aber wir haben April, und wenn es tatsächlich nicht nass wird, dann aber mit Sicherheit kühl. Während ich in meine Jodhpur-Stiefeletten schlüpfe, fangen die Mädels an, ungeduldig zu hupen. Ich quetsche mich auf die Rückbank, und wir starten ins Nirgendwo.

Als wären wir plötzlich wieder Teenager, geht es mit dem typischen Durcheinandergequatsche und Gekicher von fünf Mädels im Auto durch Felder, Wälder und Kuhdörfer zur allerbesten Party des Jahres. Die Scheunenparty ist wortwörtlich aus einer Schnapsidee entstanden. Ein paar junge Männer hatten den Einfall, auf dem Bauernhof des einen ein Open-Air-Fest mit allem Drum und Dran zu veranstalten, und das wurde ein so großer Erfolg, dass es inzwischen seit Jahren stattfindet und zum Kult-Event geworden ist. Viele kommen wie wir jedes Jahr, um sich die Bands auf der Bühne anzugucken und die unvergleichliche Atmosphäre zu genießen. Da es sich um einen echten landwirtschaftlichen Betrieb handelt, gehört festes Schuhwerk zum Party-Outfit, woran man sehr gut erkennt, wer zum ersten Mal dabei ist.

Als wir ankommen, ist der einsam gelegene Bauernhof zum Mekka aller feierlustigen Menschen der Gegend geworden, und schon am Einlass grüßen einen die ersten bekannten Gesichter, von denen ich manche nur hier treffe. Amelies Cousine Nele und die zwei anderen Mädels, die ich nur flüchtig kenne, stürzen sofort Richtung Partyscheune, in der ein DJ auflegt. Amelie und ich wollen uns etwas zu trinken besorgen, doch am Bierstand herrscht wildes Gedränge. Zum Glück kann ich einem Kerl direkt an der Front mit einem süßen Lächeln Wertmarken zustecken, und er bringt Bier für uns mit. Dann quetschen wir uns zur Bühne durch und schauen uns die Band an. Die Musik ist klasse, es regnet nicht, und wir treffen ständig Leute, die wir kennen. Besser geht's nicht. Oder doch? Ich werfe Amelie einen fragenden Blick zu, und sie weiß sofort, was ich meine, und hebt grinsend den Daumen. Ich kann vorher so gut und reichlich zu Abend essen, wie ich möchte, nach zwei Bier und einer Stunde Tanzen möchte mein Magen gefüttert werden. In irgendwelchen Clubs oder Diskotheken muss ich das ignorieren, aber hier ist auch daran gedacht worden.

»Du bist unmöglich, Kaya. Wie kannst du nur trotzdem so schlank sein?« Aber sie folgt mir Richtung Pommes und Currywurst.

»Das könnte ich dich fragen.« Amelie trägt einen kurzen schwarzen Fransenrock und ein graues, glänzendes Shirt mit tiefem Ausschnitt. Dazu eine dicke, grobgeflochtene Silberhalskette, eine hellbraune Wildlederjacke und dunkle Schnürstiefel. Alles perfekt kombiniert und mit Stil, sie könnte direkt auf den Laufsteg steigen.

Wir erobern uns einen Sitzplatz und teilen die Fritten und die Wurst schwesterlich.

»Schade, dass Rob mal wieder nicht kommen konnte.« Amelie versucht, das möglichst beiläufig klingen zu lassen.

»Tja, Traumjob Tierarzt.« Ich verziehe das Gesicht. »Die Arbeitszeiten sind eher ein Albtraum.«

»Sag mal, Kaya, ich hab dich das noch nie gefragt ... aber ...« Sie stockt.

Ich schaue sie überrascht an. »Raus mit der Sprache. Was willst du fragen?«

Sie holt tief Luft. »Also, dass du und Rob wie Pech und Schwefel seid, weiß ja jeder, aber ich kann mir nicht vorstellen ... Ich meine, ist da nie mal was gewesen zwischen euch?« Ich gebe ein unbestimmtes Räuspern von mir und weiche ihrem Blick aus.

»Du musst nix dazu sagen, ich dachte nur ...«

»Warte.« Ich unterbreche sie. »Ich überlege gerade, wie ich dir das am besten erkläre.«

\*

Es ist Spätsommer. Rob hat ein halbes Jahr vorher Examen gemacht und arbeitet in der Praxis seines Vaters. Miriam und er haben sich getrennt, und sie hat einen Job in Norddeutschland auf einer Seehundaufzuchtstation. Die beiden sind freundschaftlich auseinandergegangen, aber er hat mir erzählt, dass sie nur selten telefonieren und sich dann meistens über die Arbeit unterhalten. Es ist der letzte Samstag im August, und es regnet in Strömen, als mein Handy klingelt und Rob sich meldet.

»Ich hab Bereitschaftsdienst auf dem Reitturnier und bin bei den Pferdekontrollen gerade klatschnass geworden. Könntest du mir vielleicht trockene Klamotten vorbeibringen? Meine Ma hat welche zusammengepackt. Du müsstest sie nur abholen.«

»Klar, das mach ich. Wo stehst du?«

»Hinter der Reithalle. Den blauen Bulli kennst du ja.«

Ich halte direkt vor der Praxistür, wo Ingrid, Robs Mutter, mir schon eine große Plastiktüte entgegenstreckt.

»Danke, Kaya. Ich komm hier nicht weg. Die Notsprechstunde ist rappelvoll.«

Am Reitverein angekommen, habe ich das Problem, dass mich die Ordner von der Freiwilligen Feuerwehr nicht aufs Gelände fahren lassen. »Tut mir leid. Ohne Veranstaltererlaubnis musst du unten auf dem Hängerparkplatz parken.« Also stelle ich mich auf die Wiese und muss quer über den ganzen Turnierplatz bis zur Reithalle laufen. Natürlich hab ich Spezialistin absolut nicht dran gedacht, mir einen Schirm oder eine Regenjacke mitzunehmen. Bereits auf halbem Weg bin ich nass bis auf die Haut. So wie die Reiter und Pferde auf dem Abreiteplatz, die allesamt wenig begeistert aussehen. Als ich endlich die Bullitür öffne und auf den Beifahrersitz klettere, sehe ich aus, als wäre ich gerade in voller Montur durch den See geschwommen. Rob muss unfreiwillig grinsen, und ich strecke ihm seine Klamottentüte entgegen. »Du schuldest mir was, mein Freund!«

»Wie wäre es mit der Hälfte meiner trockenen Klamotten?« In dem Moment klingelt sein Diensthandy, und als er auflegt, kann er sich das Lachen kaum verkneifen. »Die haben die weiteren Prüfungen abgesagt. Der Boden wird zu rutschig. Ich bin hier fertig für heute.«

»Na toll. Und jetzt?« Unwirsch streiche ich mir eine nasse Haarsträhne aus dem Gesicht, aber dann muss ich selbst losprusten.

Rob reicht mir ein kariertes Flanellhemd aus der Tüte. »Hier, zieh das an.«

Ich fange an, mir das triefende T-Shirt über den Kopf zu ziehen.

»Kaya! Geh bitte nach hinten, wo keine Fenster sind.« Er starrt nach vorn durch die Windschutzscheibe, als gäbe es da was sehr Spannendes zu sehen.

»Was ist denn mit dir los? Hier ist kein Mensch. Und wir saßen bestimmt schon hundertmal nackig zusammen im Planschbecken. Vom Nachtbaden am See mal ganz abgesehen.« Weil er nicht reagiert und keine Anstalten macht, sich zu entspannen, klettere ich zwischen den Sitzen nach hinten und tausche das nasse T-Shirt gegen das viel zu große Hemd. Während ich die letzten Knöpfe über meinem türkisfarbenen BH verschließe, begegne ich plötzlich seinem Blick im Rückspiegel.

»Ha, erwischt!« Während ich wieder nach vorn klettere, spotte ich: »Herr Schürmann, Sie sind ja gar nicht so ein artiger Junge. Wenn das ...«

Bevor ich weiterreden kann, zieht er mich an sich und küsst mich. Erst fest und unnachgiebig, als er merkt, dass ich mich nicht wehre, wird sein Mund weicher. Zärtlich fühle ich seine Zunge an meinen Lippen, und ich kann nicht anders, als sie einzulassen. Ich rieche seinen vertrauten Geruch, fühle seine Hände, die sanft unter dem Hemd meinen Rücken streicheln, und mir wird warm zwischen den Beinen. Ich lasse mich auf seinen Schoß gleiten und spüre sofort, dass auch er erregt ist. Mit beiden Händen umfasse ich sein Gesicht, der Kuss wird heftiger und fordernder. Als seine Hände nach vorn wandern und über meine Brüste streichen, lehne ich mich mit einem Seufzen zurück und lande mit meinem Rücken auf der Hupe. Das Geräusch ist wie ein Weckruf. Ich drücke Rob sanft, aber bestimmt von mir weg.

»Es tut mir leid. Das ist eine ganz schlechte Idee. Wir müssen damit aufhören.« Ich lasse mich auf den Beifahrersitz fallen. Rob sieht mich nicht an und schweigt. Mir ist plötzlich ganz kalt. Leise frage ich: »Bist du sauer?«

Er wirft mir einen kurzen Blick zu. »Ich bin nicht sauer. Schnall dich an, ich fahr dich zu deinem Auto.«

Ich muss schlucken. »Du bist doch sauer. Rob, ich will dich einfach nicht verlieren.«

Er seufzt. »Du kannst mich gar nicht verlieren. Können wir das Thema jetzt einfach lassen.« Er lässt den Motor an und legt mit Schwung den Rückwärtsgang ein. Bis wir am Parkplatz ankommen, sagt keiner ein Wort. Rob hält neben meinem Wagen und lässt den Motor laufen.

»Sind wir noch Freunde?«, frage ich kleinlaut.

»Ja, Kaya, das sind wir. Aber tu mir einen Gefallen: Steig in dein Auto, fahr nach Hause und lass mich jetzt einfach.« Ich will ihm einen Kuss auf die Wange geben, aber er hebt abwehrend die Hand und schaut demonstrativ in die andere Richtung.

Ich sitze heulend in meinem Auto, während der Regen auf das Dach prasselt. Irgendwann bin ich allein auf dem Parkplatz. Ich vergrabe mein Gesicht in dem Ausschnitt von Robs Hemd, atme seinen Geruch ein und weiß nicht, ob ich das einzig Falsche oder das einzig Richtige getan habe.

Zwei Tage später steht Rob vor der Tür und fragt, ob ich Lust auf Kino habe. Wir können über alles sprechen, aber über das Reitturnier haben wir nie wieder ein Wort verloren.

\*

»Hallo?«, holt Amelie mich zurück in die Gegenwart, »Bekomme ich jetzt was zu hören? Also ich finde, ihr wärt ein Traumpaar!«

Ich zucke mit den Schultern. »Das bekommen wir immer wieder gesagt. Aber es gehört eben mehr dazu, als dass irgendwie alles passt. Wir sind auf andere Art verbunden.«

»Rein freundschaftlich?«

»Ja. Nein. Wir lieben uns. Aber nicht wie ein Paar. Eher wie ...« Ich schaue nachdenklich an mir runter und finde die Antwort. Ich strahle Amelie an. »Calvin und Hobbes.«

Sie lacht. »Klar, ein Kind und sein zum Leben erwachter Stofftiger in tiefer Freundschaft vereint. Und ich dachte, ich bekomme jetzt ein paar heiße Details zu hören.«

Ich schüttele den Kopf. »Zwischen Rob und mir wäre mal fast was passiert. Aber es hat sich falsch angefühlt, und da hat mein Kopf ganz laut *nein* geschrien. Ich weiß einfach, dass wir als Paar scheitern würden. Und die Verbindung zu Rob ist mir zu wichtig, um sie für eine einmalige Sexgeschichte aufs Spiel zu setzen. Für One-Night-Stands suche ich mir lieber Typen, die ich dann auch gut wieder gehen lassen kann.«

Sie rümpft die Nase. »Ach, das mit deinen One-Night-Stands kann ich sowieso nicht verstehen. Für mich wäre das nix.« Ich zucke mit den Schultern. »Das mag sein, und das betonst du ja auch immer wieder. Aber vielleicht schätzt du die Sache für eine Nacht auch völlig falsch ein. Es geht gar nicht um den schnellen, unverbindlichen Sex.«

Amelie zieht spöttisch die Augenbrauen hoch, und ich lenke ein. »Na ja, natürlich auch. Aber ganz ehrlich – bis auf wenige Ausnahmen mache ich es mir selbst deutlich besser als irgendein Kerl, den ich gerade erst kennengelernt habe.«

Amelie läuft rot an, allerdings braucht es dafür nicht viel. »Süße, seit John zurück nach Vermont ist und ihr einen Schlussstrich gezogen habt, warst du meines Wissens mit keinem in der Kiste. Ich kann also nur schlussfolgern, dass auch du dir selbst eine verdammt gute Liebhaberin bist.«

»Hör jetzt auf damit.« Sie boxt mich auf den Oberarm, worauf wir beide lachen müssen.

»Was ich eigentlich sagen wollte«, setze ich unbeirrt meinen Vortrag fort, »wenn man eine Party nicht allein verlässt, dann hat man sich in der Regel ohne Worte auf ein Spiel geeinigt: so gut es geht, dem anderen das zu sein, was er gerade braucht. Im Rausch der Nacht und für die paar Stunden schafft man das – sowohl die Rolle für den anderen zu spielen als auch ihm seine abzunehmen.«

Amelie verschränkt die Arme. »Du klingst wie eine Anwältin für Partyaffären.«

»Vielleicht bin ich das ja. Mich selbst habe ich jedenfalls überzeugt. Wo ist mein nächster Mann für eine Nacht?« Ich tue so, als ob ich mich suchend umblicke, und Amelie grinst.

»In deinem Plädoyer verschweigst du aber die Nachteile.«

»Kurze Halbwertszeit und manchmal ein leicht fader Nachgeschmack, wenn der Morgen graut. Peinliche Restzeit sollte man auf das Minimum begrenzen. Und natürlich nie ohne Gummi.«

Amelie sieht mich kopfschüttelnd an. »Du spinnst total. Aber es sei dir gegönnt. Und da du ja ganz ansehnliche Exemplare abschleppst, scheinst du irgendwie eine Antenne zu haben, welcher Mann genauso denkt.«

Ich neige mich zu ihrem Ohr, als wollte ich ihr ein Geheimnis erzählen. »Da brauchst du keine Antenne. Nicht schwul und nicht liiert. Dann muss schon viel schiefgehen, damit ein Mann nein zu unverbindlichem Sex sagt.«

»Du meinst, ich könnte mir hier irgendwo einen ausgucken, und du schleppst ihn ab?«

»Was? Wieso nicht du selbst?«

Sie schaut mich entgeistert an. »Weil ich One-Night-Stands ablehne.«

Ich muss lachen. »ICH soll also mit einem Typen ins Bett steigen, den DU aussuchst, um dir zu beweisen, dass Männer eben so sind, wie sie sind?«

Sie kneift die Augen zusammen. »Das wäre moralisch sehr verwerflich.«

»Also genau das Richtige für mich.« Ich grinse über ihr erschrockenes Gesicht und füge hinzu: »Wir entschärfen das Ganze. Sind wir uns einig, dass Männer auf einer Party in der Regel nur Zeit in ein Gespräch mit einer Frau investieren, wenn sie auf mehr aus sind?«

Amelie nickt, und ich fahre fort: »Also sind, sagen wir, dreißig Minuten reden gleichzusetzen mit potentiellem Geschlechtsverkehr.«

Amelie nickt weiter nachdenklich. »Auf eine ganz rudimentäre Formel runtergebrochen, aber ich stimme zu.

Was jetzt? Ich such einen aus, du quatschst ihn an, und wenn er sich dreißig Minuten mit dir unterhält, dann gilt er als abgeschleppt, und ich gebe offiziell zu, dass du recht hast?«

Das reicht mir nicht. »Allein fürs Rechthaben mache ich das nicht. Wenn es klappt, bist du als Nächste dran.«

Sie guckt gequält, aber ich lasse nicht locker. »Wette ist Wette.« Ich halte ihr die Hand hin.

Sie zögert kurz und schlägt ein. »Dafür kommen wir bestimmt in die Hölle.«

Die letzten Pommes sind kalt, und wir werfen sie in die Abfalltonne und bleiben unter einem Baum stehen. Ich trete von einem Bein aufs andere. Es ist ziemlich kalt. »Los, such einen aus.« Ich stupse meine beste Freundin mit der Schulter an.

»Bin ja schon dabei.« Eine gefühlte Ewigkeit lässt sie mit den Händen in der Jackentasche ihren Blick schweifen. Schließlich nickt sie mit dem Kinn Richtung Cocktailbar. »Dritte Bank links. Hellblaues Hemd und schwarze Jacke.«

Ich weiß, warum er Amelie aufgefallen ist. Anders als die meisten sitzt er allein dort, und irgendwie sieht es aus, als ob er nicht richtig hierhergehört. Seine dunkelblonden Haare sind kurz und stehen vorn etwas hoch. Er hat eine gute Figur, trägt Jeans und weiße Turnschuhe und tippt gerade etwas in sein Smartphone. Eigentlich gefällt er mir, und ich kann mich über Amelies Wahl nicht beklagen, aber sein Gesichtsausdruck lässt mich zögern. Ich drehe mich zu Amelie um. »Er sieht ziemlich schlechtgelaunt aus.«

Sie lächelt spitzbübisch. »Meinst du, ich will verlieren?«

Diese kleine Schlange. Sie hat mit Absicht jemanden ausgesucht, der so gar nicht nach Flirtlaune aussieht. Ich straffe die Schultern, lockere meine Haare mit den Händen auf und marschiere zielstrebig los. »Challenge accepted.«

# 5

*Sorry, Bruderherz. Schaffe es heute nicht. Have fun usw. Wir sehen uns.*

Ich starre ungläubig auf mein Handy. Mark hatte mir hoch und heilig versprochen, sich heute mit mir auf dieser Party zu treffen. Nachdem alle anderen Versuche gescheitert waren, ihn in mein neues Zuhause einzuladen, hatte ich das für ein gutes Lockmittel gehalten, denn normalerweise lässt mein kleiner Bruder keine Gelegenheit zum Feiern aus. Und jetzt versetzt er mich eiskalt. Mal ganz abgesehen davon, dass er aus Köln mindestens zwei Stunden Anfahrt gehabt hätte und dementsprechend lange weiß, dass er nicht kommen wird. Ich hasse ihn. Meine kurze Begeisterung für die Idee einer Partynacht ist längst verflogen, und seit Wochen ist heute der erste Tag, an dem meine Halsentzündung halbwegs abgeklungen ist und meine Stimme wieder normal klingt. Ganz bestimmt wäre ich nicht auf eine Party am Ende der Welt gefahren, wenn ich geahnt hätte, dass Mark mal wieder spontan was Besseres vorhat. Jetzt sitze ich hier auf einer unbequemen Festzeltbank neben einer

Bar aus Strohballen. Die »Cocktails« heißen Treckersprit und Bauerpower, bestehen aus einer wilden Mischung aus Fruchtsaft und harten Spirituosen und werden von Jungs gemixt, die, wenn überhaupt, das Alter für legalen Alkoholkonsum gerade erst erreicht haben. Was habe ich Stadtmensch mir unter einer Scheunenparty vorgestellt? Einen Club, der mit Fachwerktapete und künstlichen Maiskolben mottotreu dekoriert wurde? Vielleicht noch einen ehemaligen Heuschober, komplett modernisiert und ausgebaut? Aber es besteht kein Zweifel – ich befinde mich auf einem echten Bauernhof. Für meine weißen Sneakers wird das eine Abschiedsparty, denn die haben schon jetzt schlammfarbene Flecken.

Ich muss zugeben, dass das Ganze einen kultigen Festival-Charakter hat und die Liveband nicht mal schlecht ist. Sie spielen massentaugliche Cover, die die kleine Frontfrau mit ihrer rauchigen Stimme gut rüberbringt. Es ist gut was los, und Mark hätte hier bestimmt seinen Spaß gehabt. Ich suche in meinem Handy alle wütenden Emoticons zusammen und schicke sie ihm. Er antwortet prompt mit einem grinsenden Smiley. *Was kann ich dafür, wenn du gleich bis hinter den Mond flüchtest?*

Irgendwie hat er ja recht. Ich habe es so gewollt. Ich musste unbedingt weit weg von allem und jedem und kann mich jetzt schlecht beklagen, dass mir das ziemlich gut gelungen ist. Ich bin schon als Kind weggelaufen, wenn mir alles zu viel war, und anscheinend habe ich diesen Fluchtreflex noch immer nicht im Griff. Ich taste in meiner Jackentasche nach dem Autoschlüssel. Bevor ich hier vor lauter Selbstmitleid noch auf die Idee komme, mir ein Glas Treckersprit zu bestellen, fahre ich zurück und mache mir Gedanken, wie es mit mir weitergehen soll.

»Hi!«

Als ich gerade aufstehen will, lässt sich jemand neben mich auf die Bank fallen und lächelt mich freundlich an. Erst beim zweiten Blick erkenne ich sie. Milena Mahlers Mutter hat keine Brille auf und trägt die langen blonden Haare offen. Das strenge Kostüm hat sie gegen Jeans, T-Shirt und Parka getauscht. Auf dem Shirt betrachten ein Comicmännchen und ein Comictiger den Sternenhimmel, aber ich hebe schnell wieder meinen Blick, damit sie nicht denkt, dass er den hübschen Brüsten darunter gilt. Ihre Augen strahlen mich an.

»Sie auch hier?«, höre ich mich sagen und verleihe mir sofort den Preis für die dämlichste Frage des Tages.

Sie lacht auf. »Hast du mich gerade gesiezt? Hör auf damit, dann komm ich mir ja uralt vor. Ich bin Kaya.« Sie streckt mir ihre Hand hin.

Ich zögere verwundert. Beim Gespräch in der Schule hatte ich das Gefühl, dass sie mich ziemlich ätzend fand, und jetzt will sie, dass wir uns duzen. So richtig recht ist mir das nicht, aber wahrscheinlich macht man das auf dem Land so. Die Leute müssen ja viel mehr miteinander klarkommen, man trifft sich eben überall. Bevor es zu kompliziert wird, reiche ich ihr die Hand. »Lasse.«

Als wäre das ein Stichwort, sprudelt sie los. »Lasse, ich muss dir leider sagen, dass der Partypolizei aufgefallen ist, dass du nicht gerade in Feierlaune bist. Das müssen wir dringend ändern. Vielleicht hilft es ja, wenn wir uns einfach ein paar Minuten nett unterhalten.«

Als sie merkt, dass ich eigentlich gehen will, legt sie einen süßen flehenden Ton in ihre Stimme. »Bitte sag ja! Wenn du mir jetzt einen Korb gibst, dann sind wir schon zwei mit schlechter Laune, und die Partypolizei wird uns verhaften oder so was.« Sie grinst und schaut mich mit großen Augen an. Ich seufze.

»Na gut. Unter einer Bedingung: Wir sprechen nicht über das Berufliche. Das hat hiermit nichts zu tun und bleibt völlig außen vor.«

Sie legt nachdenklich den Kopf schief und nickt dann. »Einverstanden. Welches Thema ist dem Herrn denn genehm?« Sie lächelt und scheint mir unsere Diskussion in der Schule wirklich nicht krumm zu nehmen.

Ich verschränke die Arme. »Du hast mich angesprochen. Dann musst du dir auch was einfallen lassen.«

»Vielleicht kannst du mir ja erst mal erzählen, was dir auf dieser absolut tollen Party die Laune verdorben hat?«

»Das sieht man mir also deutlich an, ja?«

»Nur ein bisschen«, lügt sie freundlich, und ich muss gegen meinen Willen lächeln.

»Siehst du, schon viel besser.« Sie nickt zufrieden. »Also, was ist passiert? Du hast doch nicht etwa den Fehler gemacht und den widerlichen Treckersprit probiert?«

Sie dreht sich kurz zu den Cocktailstrohballen um. Jetzt muss ich sogar lachen.

»Das nicht. Aber ich war kurz davor.« Soll ich mehr erzählen? Ich gebe mir einen Ruck. Was soll's. Ist ja alles kein Geheimnis. »Mein unmöglicher Bruder hat mich versetzt, und es tut ihm nicht mal richtig leid.«

Sie nickt verständnisvoll. »Geschwister können einem manchmal echt gestohlen bleiben.«

»Hast du auch welche?«

»Eine große Schwester. Die hat auch nie Zeit, wenn ich sie brauche. Ist dein Bruder älter?«

Ich schüttele den Kopf. »Nee, drei Jahre jünger. Manchmal habe ich das Gefühl, es sind Jahrzehnte.«

»Das kenne ich.«

Wir schweigen kurz, und weil sie an mir vorbei Richtung Bühne guckt, kann ich sie ungehemmt ansehen. Sie ist wirklich hübsch. Ich muss zugeben, dass sie mir schon bei dem Termin in der Schule gefiel trotz ihres spießigen Outfits und ihrer Bissigkeit. Ihre langen blonden Haare und die großen Augen sind der Wahnsinn. Sie hat sich heute nur wenig geschminkt, und auf ihrer Nase schimmern zarte Sommersprossen. Als sie mich wieder ansieht, hole ich Luft. »Versteh mich nicht falsch, ich mag meinen Bruder sehr. Aber er macht einfach, was er will, ohne viel nachzudenken. Das war schon immer so.«

Sie stützt die Hände hinter sich ab und lehnt sich leicht zurück. »Warum ärgert dich das? Lass ihn doch.«

Ich seufze. »Du hast ja recht. Aber es war auch schon

immer so, dass ich den Unfug ausbaden muss. Als großer Bruder bekam im Zweifelsfall ich den Ärger, weil ich ja aufpassen sollte.«

Sie schmunzelt. »Sprechen wir noch darüber, dass er dich versetzt hat?« Sie sollte Psychologin werden. Vielleicht ist sie es ja.

Ich zucke grinsend die Schultern. »Wahrscheinlich nicht. Dass mein Bruder nicht gekommen ist, war eigentlich zu erwarten, also sollte es mich auch nicht ärgern. Aber plötzlich kam es mir total dumm vor, dass ich aus der Großstadt aufs Dorf gezogen bin, und irgendwie ist das alles nicht so, wie ich es mir vorgestellt habe. Diese Party ist wieder so ein Kulturschock, und eigentlich wollte ich gerade gehen, und dann ... tja, dann kamst du.«

Sie stupst mich mit dem Ellbogen an. »Anscheinend genau im richtigen Moment. Wo kommst du denn her? Und wo wohnst du jetzt?«

»Ich komme aus Köln. Und jetzt wohne ich in Neuberg.«

»Neuberg ist doch kein Dorf!« Sie wirkt ehrlich empört. »Ich wohne da auch. Wir haben einen Bahnhof, einen Marktplatz und zwei Gaststätten. Und sogar ein Kino.«

Ich seufze ergeben. »Das klingt nach Weltmetropole.«

Sie kichert. »Na ja, fast. Warum bist du denn aus deinem geliebten Köln weg, wenn dich das Landleben so nervt?«

Ich zögere. »Das ist eine lange und komplizierte Geschichte.«

Sie nickt wissend. »Ich nehme an, eine lange und komplizierte und weibliche Geschichte.«

»Sieht man mir das auch an, oder was?« Die Frage klingt patziger, als ich wollte.

Sie schüttelt den Kopf und lächelt beschwichtigend. »Nein. Das war nur gut geraten.«

Ich lenke ein. »Können wir das Thema wechseln?«

Sie zuckt mit den Schultern. »Klar.«

Ich suche in Gedanken nach einem unverfänglichen Thema, das nichts mit der Schule, mit ihrer Tochter und ganz besonders nichts mit dem bescheuerten Rattenkonflikt zu tun hat, und irgendwie fällt mir das schwer. Kurz bevor sie wahrscheinlich aufsteht und mich einfallslosen Langweiler sitzenlässt, frage ich: »Liest du gern?«

Ein Strahlen geht über ihr Gesicht und raubt mir den Atem. Sie sprudelt los. »Wow, du wirst diese Frage so bereuen, denn ich kann ewig über Bücher reden, ohne dass mir langweilig wird. Ich habe ... Nein, warte, das ... Also ich lese ganz viel, und ich liebe es!«

Ich muss lachen über ihre Begeisterung. »Hast du denn einen Geheimtipp für mich? Irgendein Buch, das dir in letzter Zeit gut gefallen hat?«

Sie denkt kurz nach und nickt dann entschlossen. »Es heißt *Die Wahrheit und andere Lügen*. Ich hab es in einer Nacht verschlungen und noch wochenlang davon geträumt.« Sie schaut mich an. »Soll ich dir davon erzählen?«

Irgendwas an ihr ist wie die Strömung in einem Fluss, die einen einfach mitzieht. »Auf jeden Fall. Aber nicht spoilern. Vielleicht will ich es noch lesen.« Ich sehe sie erwartungsvoll an, und sie zeigt zustimmend mit dem Zeigefinger auf mich und sagt mit Nachdruck:

»Ich hasse es, wenn jemand über ein Buch zu viel verrät.«

Bestimmt fast so sehr, wie wenn jemand deiner Tochter das Rattenklauen verbieten will. Der Gedanke lässt mich grinsen. Kaya ist nicht zu bremsen und erzählt so packend von ihrem Lieblingsbuch, dass ich einfach mehr davon will.

# 6

**WIR REDEN ÜBER** Bücher, über Reisen und über Bier. Wir sind uns oft einig, und wenn wir uneinig sind, dann auf eine freundlich-interessierte Weise. Sein Tabuthema Job umschifft Lasse geschickt, auch wenn ich einige Male versuche, ihn aufs Glatteis zu führen. Entweder er wechselt sofort das Thema, oder er tut so, als müsse ich längst wissen, was er arbeitet. Eigentlich spielt es ja keine Rolle, aber ich würde seinen Beruf schon gern kennen. Geheimagent wird es wohl nicht sein. Eher etwas, was ihm unangenehm ist. Hoffentlich nicht Pferdeschlachter oder so was. Ich überlege gerade, ob Pferdeschlachter so süße Lachfältchen neben den Augen haben können, als plötzlich Amelie neben uns steht.

Sie ignoriert Lasse, und ich finde es erstaunlich, dass sie ihn anscheinend nicht mal jetzt ansprechen kann. Mit einer Amelie-typischen Mischung aus vorwurfsvoll und amüsiert schaut sie mich an. »Kaya, du quatschst jetzt seit anderthalb Stunden, was übrigens dreimal dreißig Minuten sind, und es ist fast eins. Ich gehe jetzt jedenfalls wieder tanzen. Kommst du mit?«

Ich werfe einen Blick zu Lasse. »Wie sieht's aus?«

»Ich weiß nicht«, sagt er gedehnt.

Das lasse ich nicht gelten. »Ich aber. Wir ärgern jetzt deinen Bruder. Du wirst nämlich eine Hammerparty erleben, und er kann in seinem lahmen Köln versauern. Los geht's!« Ich schnappe mir seine Hand, und nach kurzem Widerstand lässt er sich mitreißen. Amelie sieht mich kopfschüttelnd an, und ich zwinkere ihr zu.

»Du kannst aufhören. Du hast gewonnen«, raunt sie mir zu.

»Weißt du was?« Ich gebe ihr ein Küsschen auf die Wange. »Ich glaube, wir fangen gerade erst an.«

Lasse braucht einen Moment, um vor der Bühne warm zu werden, und macht erst mal ganz männertypisch nicht mehr, als dass es gerade eben als tanzen durchgeht. Doch die Stimmung ist ausgelassen, und Amelie und ich bewegen uns so locker zur Musik, dass er bald nicht anders kann, als es uns gleich zu tun. Seine schlechte Laune scheint verflogen, und mit dem verschmitzten Lächeln sieht er richtig gut aus. Im Stillen bedanke ich mich bei Amelie, dass sie mich zu diesem Typ geschickt hat, der mir selbst wahrscheinlich gar nicht aufgefallen wäre. Wenn er glaubt, dass ich es nicht merke, beobachtet er mich, und das macht mich auf eine angenehme Art kribbelig. Wenn ich ihn dann ansehe, schaut er schnell weg. Irgendwas an ihm ist anders als an anderen. Ich habe sonst überhaupt kein Problem damit, mir den zu nehmen, den ich haben will, aber etwas verunsichert mich bei ihm. Obwohl er mir richtig gut gefällt, traue ich mich nicht in die Offensive. Gefällt er mir zu gut?

Die Band spielt plötzlich ruhigere Töne, und die Sängerin beginnt *Please forgive me* zu singen. Ich muss kurz an Milli denken, die mir doch erst neulich irgendwas von Bryan Adams erzählt hat. Bestimmt würde ihr die weibliche Interpretation gut gefallen. Ich hebe den Blick und begegne seinem. Zum ersten Mal weicht er nicht aus. Mein Herz klopft, und meine Knie sind ganz weich, als ich auf ihn zugehe. Dann bin ich so nah, dass ich ihn riechen kann, nicht nur sein dezentes Aftershave, sondern seinen ganz eigenen Geruch, der mich anzieht. Ich möchte mein Gesicht in der Kuhle zwischen Hals und Körper vergraben, ich möchte mit meinen Händen über seinen straffen Oberkörper tasten, ich möchte ihn endlich küssen, ich möchte alles. Immer noch blicken wir uns an, dicht voreinander, das Knistern zwischen uns ist fast ohrenbetäubend, die Welt drum herum verstummt. Etwas passiert in seinen Augen, er kneift sie ganz kurz zusammen und senkt den Blick. Er neigt sich vor, doch nicht um mich zu küssen. Dicht neben meinem Ohr sagt er leise, aber klar und deutlich: »Es tut mir leid. Das geht nicht. Es geht einfach nicht.«

Damit dreht er sich um und verschwindet zwischen den Leuten. Alles tanzt. Ich stehe ganz still.

\*

Plötzlich ist Amelie neben mir. »Süße, was stehst du hier rum? Und wo ist der Typ?«

Ich fühle mich, als hätte sie mich gerade geweckt. »Weg.« Wie ein Roboter setze ich mich mit großen Schritten in Bewegung. Ich brauche was zu trinken.

»Weg? Wie denn weg? Und wieso?« Amelie trabt fassungslos neben mir her. Ich bleibe kurz stehen und starre sie an. Ich komme mir vor wie ein Zombie.

»Ich habe nicht die leiseste Ahnung.« Ich laufe zur Cocktailbar, meine beste Freundin an meiner Seite.

»Das widerlegt unsere Dreißigminutentheorie aber gewaltig. Das ist hart.«

Ich verzichte darauf, das zu kommentieren, und winke stattdessen Hannes zu, der die Cocktails ausschenkt.

»Kaya, du Party-Queen, was darf's sein?«

Mir gelingt kein Lächeln. »Zweimal Treckersprit.«

»Igitt, ich will keinen«, schreit Amelie entsetzt auf.

»Ich weiß.« Meine Stimme klingt tonlos. »Die sind beide für mich.«

Hannes starrt mich entgeistert an. »Für dich? Hast du eine Wette verloren, oder was?« Wenn der wüsste, dass er damit fast ins Schwarze getroffen hat.

»Krieg ich jetzt meine Drinks?«

Er wirft Amelie einen fragenden Blick zu. Die zuckt mit den Schultern, und er schiebt mir zwei Plastikbecher mit bräunlicher Flüssigkeit zu. Als ich die Wertmarken aus der Hosentasche fummeln will, winkt er ab. »Lass mal. Geht auf mich.«

Die Rezeptur von Treckersprit ist geheim. Es wird vermutet, dass einfach alles zusammengeschüttet wird, was die Bar so hergibt. Jedenfalls riecht es vielversprechend hochprozentig, und ich nehme direkt drei große Schlucke. Es schmeckt widerlich und ist genau das Richtige. Ich will den Becher gerade wieder ansetzen, als Amelie mich mit einem scharfen »Kaya!« bremst.

»Süße, lass mich einfach, ich ...« Ich bemerke, dass sie fasziniert über meine Schulter schaut.

»Dreh dich nicht um ... oder ... Ich weiß nicht ...« Denken Sie nicht an ein grünkariertes Känguru. Natürlich drehe ich mich um. Da steht er. Lasse. Die Hände in den Jackentaschen. Er schaut mich an. Und sieht zumindest einigermaßen schuldbewusst aus. »Zu spät, Arschkeks«, denke ich und weiß nicht so ganz, ob ich es auch so meine. Der Treckersprit zeigt seine Wirkung, und ich kann keinen klaren Gedanken fassen.

»Soll ich ...?«, setzt Amelie an.

»Nein, das krieg ich schon hin.« Ich stelle die zwei Plastikbecher ab, stecke die Hände in die Hosentaschen und schlendere auf ihn zu. Ich bin gerade ganz froh, dass ich mit meinem Besäufnis noch nicht weit gekommen bin.

»Kann ich dir helfen?« Meine Stimme klingt nicht ganz so cool, wie ich es geplant hatte.

»Das kannst du wirklich. Ich habe ein Problem.« Er guckt mich zerknirscht an.

»Und warum soll das mein Problem sein?« Wieder nicht cool. Eher zickig. Was soll's.

Er kratzt sich verlegen den Hinterkopf. »Ich kenne hier niemanden außer dir. Irgendwie. Mein Auto steckt fest. Ich komme hier nicht weg. Ich dachte, vielleicht weißt du jemanden ... mit einem Traktor oder so ...« Er sieht aus, als würde er es für nicht ganz unwahrscheinlich halten, dass ich ihm als Antwort die Augen auskratze. Und sieht dabei zum Anbeißen aus.

Mein Herz klopft schon wieder unverschämt schnell, und ich verfluche es genau wie den Treckersprit, der mich im Bauch flattrig werden lässt. Dann seufze ich. »Ich glaube nicht, dass hier irgendein Landwirt noch fahrtauglich ist. Was sie natürlich nicht davon abhalten würde, dir zu helfen, wobei dann vermutlich dein Auto draufgeht.« Ganz kurz erscheint mir das als angemessene Strafe für die unverschämte Flucht.

»Der Pannenservice kommt erst morgen früh. Selbstverschulden und keine Gefährdungssituation.« Er wirkt ehrlich verzweifelt.

Ich beiße mir auf die Unterlippe. Er ist ja eigentlich echt ein netter Kerl. »Komm.« Ich ziehe ihn am Ärmel. »Ich schau mir die Katastrophe mal an.«

Nebeneinander laufen wir den Feldweg Richtung Kuhwiese, die für die Party zum Parkplatz umfunktioniert wurde. Die meisten haben aufgrund des Wetters freiwillig auf diese Möglichkeit verzichtet und halblegal entlang der Dorfstraße geparkt. Wir gehen schweigend und mit einer Armlänge Abstand. Die Wiese ist bis auf ein paar Geländewagen und Allradlimousinen leer. Ich schaue mich suchend um und erkenne am unteren Ende der leicht abfallenden Weide schemenhaft die Umrisse eines Fahrzeugs. Eines sehr kleinen Fahrzeugs.

»Das ist dein Auto?« Ich kann mir ein Lachen nicht verkneifen.

»Hey, machst du dich etwa über meinen Polo lustig?« Er klingt ehrlich ein wenig empört.

»Nein!« Ich bekomme das Glucksen nicht aus meiner Stimme. »Ich kann nur nicht fassen, dass du damit auf die nasse Wiese gefahren bist. Und dann auch noch bis ganz unten.«

»Da stand was von Parkplatz.« Er weist trotzig Richtung Gatter.

»Ja, auf einem Pappschild, das mit Baumarktklebeband befestigt wurde. Darauf sollte man nicht allzu sehr vertrauen.« Selbst im Halbdunkeln kann ich erahnen, dass er rot wird, was so süß ist, dass mein vergessliches Herz erneut schneller klopft.

»Bin halt ein Stadtmensch«, murmelt er verlegen. Dort, wo er seinen Kleinwagen so mutig abgestellt hat, ist der Boden inzwischen sumpfig. Meine Reitstiefeletten halten noch dicht, aber ich denke kurz an seine weißen Turnschuhe, die er morgen früh wahrscheinlich beerdigen kann. Ich drücke die Handytaschenlampe an und marschiere einmal um den havarierten Polo.

»Ui, da hast du aber Gas gegeben.« Die Vorderräder sind zu gut einem Drittel eingegraben.

»Ja, ich ... Ich wollte unbedingt weg.«

Das habe ich gemerkt, antworte ich in Gedanken und überlege, wie sauer ich noch darüber bin. Anscheinend gar nicht so sehr, denn ich strecke ihm freundlich die Hand entgegen. »Gib mir mal den Schlüssel.«

Er zieht ihn aus der Jackentasche und legt ihn mir auf die Hand, ohne dass wir uns berühren.

»Hast du irgendwas im Kofferraum? Eine Decke, eine alte Jacke? Holzpaletten wären ein Traum.«

Er schaut mich an, als würde er sich ernsthaft Sorgen um meine geistige Gesundheit machen. Während ich die Fahrertür öffne, erkläre ich: »Wir brauchen was, auf dem das Auto Halt hat.«

Er tritt näher und versucht einen Scherz. »Bist du etwa beim ADAC?«

Ich drehe mich um und antworte todernst: »Ich möchte nicht über Berufliches reden.«

Er starrt mich verblüfft an, und ich muss losprusten. Auch er fängt an zu grinsen, und ein wenig von der Leichtigkeit zwischen uns kehrt zurück.

»Wie innig ist das Verhältnis zu deinen Fußmatten? Würdest du sie für die Polobefreiuung opfern?« Ich warte keine Antwort ab, sondern drücke ihm schon die erste in die Hand und beginne, die aus dem Beifahrerfußraum auch herauszuzerren.

»Ehrlich? Meine geliebten Fußmatten? Beide?« Mit funkelnden Augen spielt er das Spiel mit.

»Es kommt noch schlimmer«, antworte ich tonlos. »Es

kann sein, dass die Mission scheitert und wir sie trotzdem verlieren.«

»Na dann, ihr Fußmatten.« Er streckt sie mir mit einer huldvollen Geste entgegen. »Eure letzte Mission. Gebt alles!«

Gemeinsam drücken wir die Matten, so fest es geht, unter die Vorderreifen. Danach sehen wir aus, als hätten wir eins dieser schlammigen Rockfestivals besucht.

»Hast du gut gefrühstückt, Stadtmensch?« Ich klettere auf den Fahrersitz. »Wenn ich Gas gebe, schieb um dein Leben. Hier unten ist auch ein Gatter, wenn wir einmal rollen, sollte es klappen.«

Nach drei Anläufen klappt es tatsächlich, und der Polo lässt sich aus seiner Matschkuhle schieben. Mit einem zarten Zusammenspiel aus Gas und Kupplung lasse ich ihn Richtung Ausgang rollen. Als er auf dem Teerweg ankommt, fühlt es sich an wie ein Sieg, und Lasse scheint ähnlich zu empfinden. Jubelnd klatschen wir uns ab und lachen. Dann bleiben wir verlegen voreinander stehen. Lasse schaut mir in die Augen. »Danke! Ehrlich danke.«

»Schon gut.« Unsicher weiche ich seinem Blick aus und streiche mir eine Haarsträhne aus dem Gesicht.

»Soll ich dich nach Hause fahren?« Er wirft einen Blick in die Richtung, aus der noch immer Musik dröhnt. »Oder willst du zurück zur Party?«

Ich schaue an mir herunter auf meine schlammbespritzten Klamotten. »So richtig partytauglich fühle ich mich nicht mehr.«

»Das alles tut mir so leid.« Ich wüsste gern, was er mit *alles* meint. »Lass mich dich nach Hause fahren. Das ist das Mindeste, was ich heute noch für mein Karma tun kann.«

Ich zögere. Wenn das alles vor seinem überstürzten Aufbruch passiert wäre, würde ich schon längst wild knutschend mit ihm in seinem winzigen Auto sitzen. Schließlich trifft man nicht oft jemanden, mit dem sogar eine matschige Autorettung Spaß macht. Mit seinem Das-geht-nicht-Gequatsche hat er das gründlich vermurkst. Aber ich möchte wirklich nach Hause. Ohne Amelie noch irgendwas erklären zu müssen. Wortlos lasse ich mich auf den Beifahrersitz gleiten.

»Wohin?«, fragt er, als er den Motor startet.

»Neuberg.«

»Wohin genau?«

Ich überlege. Ich fahre mit Partyaffären nie zu mir und sage ihnen auch nicht, wo ich wohne. Das wird später schnell kompliziert. Jetzt ist er natürlich keine Partyaffäre, und da wird auch nichts mehr laufen. Aber ich sollte mich besser an meine Grundregel halten.

»Wo musst du denn hin?«, stelle ich die Gegenfrage. Als er die Adresse nennt, hebe ich den Daumen. »Perfekt, von dort aus kann ich laufen.«

Er schüttelt den Kopf. »Auf keinen Fall. Ich bringe dich.«

»Vielen Dank, großer starker Mann. Ich bin erwachsen und kann auf mich selbst aufpassen.«

Er durchschaut mich. »Du willst nicht, dass ich bei dir zu Hause auftauche wegen ...« Er verstummt.

»Genau!«, sage ich einfach, ohne zu wissen, worauf er genau hinauswill.

Er nickt. »In Ordnung. Aber du rufst eine Freundin an und telefonierst mit ihr, bis du die Haustür hinter dir geschlossen hast.«

Das ist ein gutes Stichwort. Schnell schicke ich eine kurze Nachricht an Amelie, falls die mich nicht schon als vermisst gemeldet hat. Fehlanzeige.

*Das gilt aber nicht mehr. Trotzdem viel Spaß euch. Treibt's nicht zu wild ;)*

Wenn sie wüsste. Ich bin müde. Mir ist kalt. Der Treckersprit rumort in meinem Magen. Und der nette Typ auf dem Fahrersitz hat mir gar nicht nett zu verstehen gegeben, dass er nichts von mir will. Ich will einfach nur noch ins Bett. Allein.

**AUF DER FAHRT** sagt keiner von uns ein Wort. Ab und zu werfe ich einen Blick zur Seite, und jedes Mal macht mein Herz einen kleinen Hüpfer. Warum hat er mich einfach stehenlassen? Gerade er, zu dem ich mich auf eine ganz ungewohnte Weise hingezogen fühle? Mit dem ich nicht einfach nur ins Bett will, sondern reden und lachen und von mir aus noch drei Autos aus dem Schlamm schieben.

*Du steigerst dich da in was rein, Kaya,* mischt sich meine innere Stimme in strengem Tonfall ein. *Er wollte nicht, und jetzt erscheint er dir umso begehrenswerter. Du bist eine Jägerin, und durch seine Flucht willst du ihn erst recht. Bilde dir nicht ein, dass er für dich zurückgekommen ist. Du hast ihm geholfen, und aus Dankbarkeit und um kein Arschloch zu sein, fährt er dich heim. Schluss und Ende, so leid es mir tut.*

»Wir sind da.« Seine Stimme klingt heiser. Er parkt am Straßenrand vor einem großen Reihenhaus. Es ist das letzte in der Straße. Wenn ich zügig gehe, bin ich in zehn Minuten zu Hause. Er wendet sich mir zu. »Es wäre mir ehrlich lieber, ich dürfte dich nach Hause bringen. Zumindest so, dass ich sehe, dass du sicher ankommst.«

Ich schüttele den Kopf und öffne die Beifahrertür. »Geht schon.« Als ich aussteige, kriecht die kalte Nachtluft in meine klammen Jeans, und ich ziehe fröstelnd die Schultern hoch.

Er sieht es, und seine Stimme klingt plötzlich fest und entschlossen. »Okay, so geht das nicht. Du kommst jetzt mit hoch, und ich mache dir was Heißes zu trinken und gebe dir einen warmen Pulli. Wir müssen dabei nicht reden. Aber ich kann nicht zulassen, dass du wegen mir eine Lungenentzündung bekommst.« Ohne eine Antwort abzuwarten, schiebt er mich freundlich, aber bestimmt Richtung Haustür. Ein heißer Kaffee klingt gerade nach dem Paradies, und zu verlieren hab ich nichts. Also gebe ich nach, und als er das merkt, nimmt er seine Hand von meinem Rücken. Was ich schade finde. Was mir zeigt, dass ich mich selbst gerade nicht mehr kenne.

Ich folge ihm durch das karge Treppenhaus bis ins oberste Stockwerk. Mit jeder Stufe fühlen sich meine Beine zittriger an. Ich weiß nicht, was ich tue. Ich weiß nicht, was ich erwarte. Ich weiß nicht mal, was ich überhaupt will. An seiner Wohnungstür hängt kein Namensschild, und auch sonst gibt es keinen Hinweis, dass hier überhaupt jemand wohnt. Er zieht sich im Stehen mit den Füßen die matschigen Turnschuhe aus und drückt einen Lichtschalter. Ich öffne den Reißverschluss meiner Stiefeletten und folge ihm auf Strümpfen durch den schmalen Flur.

»Schau dich bitte nicht um.«

Was ich natürlich trotzdem tue. Es sieht aus, als sei er eben erst eingezogen. Mehrere Umzugskartons stehen herum, es hängen keine Bilder an den Wänden, und von der Decke baumelt eine nackte Glühbirne. Er ist schon in der Küche, die nicht zu übersehen ist, weil jemand die Tür ausgehängt hat. Die Küchenzeile ist etwas in die Jahre gekommen, aber es ist sauber, und es gibt alles, was man in einer Küche braucht. Vor allem eine Kaffeemaschine, die Lasse gerade befüllt.

»Seit wann wohnst du hier?«

Er schaut sich kurz zu mir um. »Seit fast vier Monaten.« Er braucht kein Hellseher zu sein, um meine Gedanken zu erraten. »Ich weiß, ich bin irgendwie noch nicht richtig angekommen.«

Warum berührt mich das so, dass er in seinen eigenen vier Wänden so verloren wirkt? So ähnlich wie inmitten der Party, als Amelie ihn entdeckt hat.

»Kann man von hier den Fluss sehen?«

Er nickt und deutet auf die Zimmertür gegenüber. »Ja, vom Wohnzimmer aus. Sei vorsichtig, das Licht geht noch nicht, und es stehen ein paar Kisten herum.«

Ich drücke die Tür auf und finde mit Hilfe des einfallenden Flurlichts einen Weg durch die Hindernisse zu einem großen Fenster. Der Blick ist atemberaubend. Nichts verstellt die Sicht auf den Fluss, der im Mondlicht fast silbern durch die dunkle Landschaft zieht. Ich habe mehr das Gefühl, auf ein großes Gemälde als durch eine Scheibe zu schauen. »Wow!«, flüstere ich und zucke leicht zusammen, als ich seine Stimme direkt hinter mir höre. Ich habe nicht bemerkt, dass er mir gefolgt ist.

»Das finde ich auch. Als ich diesen Ausblick gesehen habe, stand für mich fest, dass ich die Wohnung haben möchte. Wahrscheinlich werde ich es im Sommer bereuen, wenn die Stechmücken in Schwärmen auf Nachbarschaftsbesuch kommen. Aber bis dahin ...« Er verstummt.

Ich blicke auf die stille Welt da draußen. Er steht direkt hinter mir, es können uns nur wenige Zentimeter trennen. Ich spüre ihn atmen, ich fühle seine Nähe so intensiv, dass es fast weh tut. Ich rieche ihn, ich höre ein Herz klopfen und weiß nicht, ob es seins ist oder meins. Ich kann nicht sagen, wer von uns den winzigen Zwischenraum überwindet, ob er sich nach vorn bewegt oder ich mich zurück. Jedenfalls ist plötzlich nichts mehr zwischen uns, ich schmiege meinen Rücken an seine feste Brust, er drückt seine raue Wange von hinten an meine, und seine Hände streichen meine Arme entlang und wandern zärtlich unter mein T-Shirt. Eine wilde Sehnsucht erfasst mich, ich lehne mich noch fester an ihn, und wo Jeans an Jeans reibt, fühle ich seine harte Erregung. Zusammen mit seinen Händen, die inzwischen meine Brüste umfassen und sanft kneten, lässt das alles in mir pulsieren. Ich spüre ein drängendes Ziehen zwischen den Beinen, ich will mehr, ich will alles. Ich drehe mich zu ihm um, ohne auch nur einen Millimeter Nähe herzugeben. Ich drücke meine Stirn an seine Brust, wandere mit Nase und Lippen zu seinem Hals, seine Hände liegen jetzt auf meinem nackten Rücken und hören nicht auf zu streicheln, nicht zu zart, nicht zu fest. Ich atme ihn ganz tief ein, lege den Kopf zurück und schaue ihn an. Er erwidert den Blick, und in meinem ganzen Körper kribbelt es.

»Kaya.« Seine Stimme ist rau. »Ich weiß, dass das alles verdammt kompliziert wird. Und ich habe den ganzen Abend versucht, vernünftig zu sein. Ich kann nicht mehr. Jetzt musst du die Vernünftige sein.«

»Ich muss dir was sagen.« Mein Mund befindet sich ganz nah an seinem, und meine Stimme ist kaum mehr als ein Flüstern. »Vernunft gehört so gar nicht zu meinen Stärken.«

Er seufzt leise. »Das habe ich befürchtet.« Endlich berühren sich unsere Lippen, und der Kuss fühlt sich an, als hätten wir seit Jahren aufeinander gewartet. Seine Hände wandern in meinen Nacken und wieder hinunter, streifen die empfindlichen Seiten meiner Brüste, was mich kurz in seinem Mund aufstöhnen lässt, und umfassen meinen Po. Durch die Jeans fühle ich den festen Griff, und mit einem leichten Ruck hebt er mich hoch. Ich schlinge meine Beine um seine Hüften und lass mich von ihm durch die Umzugskartons tragen. So wie ich bin, die Jacke noch an, die Handtasche schräg über die Schulter gehängt, als hätte ich gerade vorgehabt zu gehen.

Mit seinen Schultern drückt er eine Tür auf. Dort steht ein Bett, auf das er sich setzt. Mich nimmt er einfach mit, so dass ich auf seinem Schoß sitze und die Hitze zwischen meinen Beinen fest an seine hart ausgebeulte Jeans drückt. Er streicht mir mit beiden Händen die Haare aus dem Gesicht und schaut mir in die Augen. Von seinem Blick wird mir schwindlig. So verharren wir eine Zeit, dann halte ich es nicht mehr aus. Ich beginne sein Hemd zu öffnen, die letzten Knöpfe reiße ich fast ab. Er schiebt meine Jacke gleichzeitig mit dem Träger der Handtasche von meinen Schultern, so dass beides hinter mir zu Boden fällt. Ich ziehe mein T-Shirt mit gekreuzten Armen aus, und seins fliegt hinterher. Er fingert einen Moment an den BH-Ösen, und ich nutze die Gelegenheit, ihn sanft in den Hals zu beißen. Als ich ihm gerade helfen will, hat er es geschafft, und die schwarze Spitze gleitet zu Boden. Er streicht über meine nackten Brüste, küsst sie und spielt mit der Zunge an den aufgestellten Nippeln. Ich dränge mich ihm entgegen, und als er sich rückwärts fallen lässt, folge ich ihm. Sein erregtes Atmen, unsere nackten Oberkörper aufeinander und sein pochender Penis unter der Jeans geben mir das Gefühl, nur noch Sekunden von einem Wahnsinnsorgasmus entfernt zu sein. Aber ich will ihn ganz spüren, ich will ihn in mir haben, deshalb rolle ich mich neben ihn und streife Jeans und Höschen ab. Als ich beginne, seinen Gürtel zu öffnen, stöhnt er plötzlich auf. »Mist! Mist! Mist!« Ich sehe ihn an und befürchte, dass er schon fertig ist. »Ich habe kein Kondom hier. Nicht ein einziges!«

Ich muss kichern. »Spinnst du ... mich so zu erschrecken?« Ich angele nach meiner Handtasche, ziehe einen Dreierstreifen Gummis heraus und drücke ihn in seine Hand. Er schaut mich an, als hätte ich einen phantastischen Zaubertrick vorgeführt. »Du bist der Wahnsinn!«

Ich ziehe seine Hosen hinunter und werfe sie zu den anderen Klamotten am Fußende. Geschickt streift er das Kondom über, und einen Moment lang sauge ich seinen Anblick ein. Ich will ihn so sehr. Als er sich zu mir drehen will, drücke ich ihn sanft ins Kissen zurück und bin schon auf ihm. Ich flüstere an seinem Ohr. »Ist es okay, wenn ich oben bin?«

Seine Antwort ist mehr ein Stöhnen. »Alles, was du willst.« Ich greife nach seinem Penis, und während er in mich eindringt, blicken wir uns an. Vom ersten Moment an weiß ich, dass es unfassbar gut wird. Er füllt mich perfekt aus, jeder Stoß treibt mich wie eine Welle voran, ich möchte mich enger und enger um ihn ziehen, und je mehr ich seine Erregung spüre, fühle, dass es ihm geht wie mir, desto erregter werde ich, bis es kaum noch auszuhalten ist. Er kommt als Erster mit einem tiefen kehligen Laut, und mit den festen Pulsen seines Samenergusses folge ich ihm deutlich höher und lauter, selbst völlig überrascht von der Intensität und Wucht des Höhepunkts. Er umfasst mich mit beiden Armen und hält mich fest. Minutenlang liegen wir so, atmen zusammen, Schweiß vermischt sich, wir sagen kein Wort. Irgendwann lass ich mich neben ihn gleiten und drehe mich auf die Seite. Er schmiegt sich an meinen Rücken. So liegen wir zärtlich und vertraut, nicht wie Fremde auf der gleichen Party, sondern wie zwei, die zusammengehören.

## 8

**ICH WACHE FRÜH** auf, aber ich bin mir gar nicht sicher, ob ich wirklich wach bin, denn neben mir liegt diese wunderhübsche Frau. Schon als sie etwas overdressed vorm Lehrerzimmer stand, fand ich sie attraktiv, gestern auf der Party einfach bezaubernd, aber jetzt ist sie so unfassbar schön, dass ich kaum die Augen von ihr lassen kann. Das muss ich zum Glück auch nicht, denn sie schläft noch tief und fest, obwohl es hell ist und irgendwo im Haus jemand seinen viel zu lauten Wecker nicht ausstellt. Sie liegt auf der Seite, der Kopf ruht auf dem angewinkelten Unterarm, und die Knie hat sie unter der Decke, die sie sich im Laufe der Nacht vollständig erobert hat, an den Körper gezogen. Die Haare sind zerzaust, und die Wimperntusche ist leicht verwischt, aber gerade so unperfekt ist sie eine vollkommene Traumfrau. Was mich wieder zu der Frage bringt, ob das alles wirklich passiert ist. Ich habe noch nie mit einer Frau geschlafen, die ich gerade erst kennengelernt habe. Und so hätte ich mir das bestimmt nicht vorgestellt. Es war so unkompliziert und seltsam vertraut. Alles war so ... wow!

So leise ich kann, stehe ich auf, angele aus einem der schranklosen Wäschestapel eine Boxershorts und schleiche in die Küche zur Kaffeemaschine. Ich muss schmunzeln, als ich sehe, dass sie startbereit befüllt ist. Zu unserem Kaffee sind wir nachts dann irgendwie gar nicht mehr gekommen. Ich drücke den Startknopf und springe unter die Dusche. Während der heiße Strahl auf meinen Körper prasselt, habe ich plötzlich den erschreckenden Gedanken, dass sie fort sein könnte, wenn ich aus der Dusche komme. *Darauf wird es hinauslaufen*, meldet sich höhnisch meine innere Stimme zu Wort. *Du hast zwar keine Erfahrung mit Sex in der ersten Nacht, aber ich würde an deiner Stelle nicht davon ausgehen, dass sie gerade auf deinen Heiratsantrag wartet.* Auch wenn ich weiß, dass das stimmt, will ich nicht, dass sie schon geht. Völlig bescheuert. Während ich das Wasser abdrehe, tritt meine innere Stimme mit Genugtuung nach. *Falls du es vergessen haben solltest: Du bist der Lehrer ihrer Tochter. Willkommen in der Seifenoper, Staffel 2.*

Ich fülle den Kaffee in zwei Becher, die tatsächlich schon den Weg vom Karton in den Schrank gefunden haben. Im Flur überlege ich kurz, ob ich wenigstens ein paar der Kisten zur Seite räume. Dann verwerfe ich die Idee. Sie hat die Katastrophe, die ich meine Wohnung nenne, ja sowieso schon gesehen. Erleichtert sehe ich, dass sie weiterhin schlafend im Bett liegt. Die Decke ist etwas verrutscht, und ich kann ihre phantastischen

Brüste sehen. Zusammen mit der Erinnerung an letzte Nacht muss ich ein paarmal fest durchatmen, um sie nicht gleich mit einer Beule in den Shorts zu wecken. Unentschlossen stelle ich die Kaffeebecher auf einen der Kartons. Darf man einen One-Night-Stand wachküssen? Ich verstehe gerade, was meine Schüler meinen, wenn sie sagen, man lerne in der Schule nichts für das wahre Leben. Ich hocke mich neben das Bett, streiche vorsichtig eine Haarsträhne aus ihrem Gesicht und drücke einen zarten Kuss auf den leicht geöffneten Mund. Sie öffnet die Augen und lächelt so umwerfend, dass mein Herz fast explodiert.

»Guten Morgen, ich habe Kaffee gemacht«, sage ich sehr einfallsreich.

Sie strahlt. »Kaffee klingt traumhaft!«

Sie schlägt die Decke zur Seite und setzt sich auf, völlig ungehemmt, als wäre ich gar nicht da. Ich traue mich kaum, sie anzusehen, aber sie streckt sich und steht auf, gelassen, als wäre sie vollständig bekleidet statt splitterfasernackt. Diese Frau ist unglaublich! Sie hebt ihre Jeans vom Fußboden auf. »Darf ich erst noch kurz duschen?« Weil meine Stimme versagt, nicke ich nur und zeige auf die Badezimmertür. Sie greift in ihre Handtasche und zaubert Unterwäsche, ein T-Shirt und eine Zahnbürste hervor. Meinen fassungslosen Gesichtsausdruck würde ich selbst gern sehen.

Mit großen Augen schaut sie mich an und sagt mit unschuldiger Stimme: »Eine Lady sollte auf alles vorbereitet sein, oder nicht?« Sie lacht auf und verschwindet im Badezimmer. Am liebsten würde ich ihr folgen. Unter die Dusche. Direkt weitermachen, wo wir nachts aufgehört haben. Meine innere Stimme verpasst mir einen Dämpfer. *Siehst du, die Frau hat mehr Ahnung von One-Night-Stands als du. Bist einer von vielen, aber das ist dann bestimmt unkompliziert.*

Sie braucht nicht lange im Bad. Ich habe mir nur eben selbst etwas übergezogen und das Bett gemacht, da steht sie schon lächelnd vor mir, die Kaffeetasse in der Hand, die Haare zum Pferdeschwanz gebunden, abgeschminkt und unwiderstehlich. Während ich noch mühevoll versuche, irgendeinen gelungenen Einstieg für ein Gespräch zu finden, kommt sie zu mir und küsst mich auf den Mundwinkel.

»Ich habe eine Idee. Hast du Lust auf ein bisschen Landleben?«

»Landleben?«, wiederhole ich dämlich.

»Wir machen einen Ausflug. Wenn du willst. Es ist nicht weit, und es wird dir gefallen. Du kannst mich auch einfach absetzen, ich hab da mein Fahrrad stehen lassen. Aber ich würde dir gern was zeigen.«

Ich nicke stumm. Als würde mir für jedes Wort ein Tag von meiner Lebenszeit abgezogen. Zum Glück finde ich meine Sprache wieder, als mein Blick auf die Canon fällt, die in der Fototasche in der Ecke liegt.

»Sag mal, darf ich ein Foto von dir machen?« Ich hole die Kamera hervor. Falls sie die Frage überrascht, lässt sie es sich nicht anmerken. Ihre Augen strahlen mich durch den Sucher an, und in ihrem Lächeln liegt etwas Geheimnisvolles. Es ist weder glücklich noch traurig oder beides zugleich. Als ich abgedrückt habe, kommt sie auf mich zu.

»Zeig mal, ist es was geworden?«

Ich muss grinsen. »Da ist ein Film drin. Wenn ich es entwickelt habe, darfst du es sehen.« Ich öffne die Tür zu dem kleinen Raum, in dem ich mir mein Fotolabor eingerichtet habe. Kaya schaut sich interessiert um. Dann sieht sie mich fragend an.

»Sehe ich das richtig? Du hast noch kein Licht im Wohnzimmer, aber einen bis ins Detail durchdachten Fotoentwicklungsraum?«

Ich zucke mit den Schultern. »Manchmal muss man Prioritäten setzen.« Sie legt nachdenklich den Kopf schief und nickt dann entschlossen. Damit scheint alles gesagt. Sie zieht sich ihren Parka über und schaut mich auffordernd an. »Kommst du?«

»Kaya?« Ich bewege mich auf dünnem Eis, aber ich muss es einfach sagen. »Du kannst es dir bestimmt denken, aber ich möchte nicht, dass uns jemand zusammen sieht.«

Sie muss schlucken. Dann nickt sie einmal kurz. Ihre Stimme klingt belegt. »Okay. Keine Sorge, da wird niemand sein.« Es versetzt mir einen Stich, dass sie meine Ansage so zu treffen scheint. Aber ihr muss das Problem mit uns beiden doch bewusst sein. Ich trete hinter ihr durch die Wohnungstür, und als sie sich zu mir umdreht, hat sie sich wieder gefangen.

Sie grinst frech. »Nimm bloß die Schuhe von gestern noch mal. Nicht dass ich nachher ein zweites Paar Stadtschühchen auf dem Gewissen habe.«

Sie quiekt lachend auf, als ich einen davon nach ihr werfe.

\*

Mein Auto passt zu meinen Schuhen. Der arme Polo sieht aus, als hätte er eine Sumpfexpedition hinter sich. Die Karosserie ist bis zu den Fenstern mit krustigen Matschflecken übersät, und auch innen hat er einiges abgekriegt. Und es fehlt etwas. »Wir haben die Fußmatten auf der Wiese gelassen.«

Kaya winkt ab. »Die waren nicht zu retten. Die Jungs werden die beim Aufräumen entsorgen und sich kaputtlachen, wenn sie die Spuren von deiner Karre entdecken.«

»Hey, du könntest etwas netter zu meinem Polo sein. Ohne ihn wäre der Abend wahrscheinlich anders verlaufen.«

Sie stupst mich mit dem Ellbogen in die Seite: »Du meinst, ich muss ihm dankbar sein, dass er geschickt deine Flucht verhindert hat?«

Ich nicke grinsend. »So ungefähr.«

Sie lehnt sich Richtung Armatur und raunt: »Braves Auto.«

»Schon besser.« Ich lasse den Motor an. »Wohin geht's?«

Sie lotst mich auf die Hauptstraße Richtung Rothenstein. »Was fotografierst du so alles?« Sie schaut mich interessiert an. Ich werfe ihr einen kurzen Blick zu, und diese winzige Sekunde reicht, dass mein Herz schon wieder Purzelbäume schlägt.

»Alles Mögliche. In Köln suche ich meistens nach Motiven, die gleichzeitig hässlich und ästhetisch sind. Das kann altes Laub auf dem Gehsteig sein oder Scherben auf einer Mauer oder ein Graffito, an dem der Zahn der Zeit nagt.«

»Und Menschen?«

»Hm, eher selten. Zumindest nicht im Mittelpunkt. Allerdings lässt sich mein Bruder von mir ablichten, wenn er ein Weihnachtsgeschenk für unsere Mutter braucht. Sie freut sich unglaublicherweise jedes Jahr wieder über ein gerahmtes Porträt ihres jüngsten Sprosses.«

Kaya lächelt. »Schenkst du ihr auch eins von dir?«

Bei der Idee muss ich grinsen. »Nee. Aber ich hab ihr mal eins vom Müngersdorfer Stadion gemacht. Das fand sie toll. Sie ist ein ziemlicher Fußballfan.«

»Und dein Vater?«

»Den kenne ich gar nicht. Er ist kurz nach Marks Geburt mal eben Zigaretten holen gegangen. Oder so ähnlich.« Ich überlege, wie oft ich diese abgedroschene Floskel schon verwendet habe. Es reicht als Erklärung. Inzwischen sogar für mich.

»Das tut mir leid.«

Ich lache leise. »Das muss es nicht. Ich kenne es ja gar nicht anders, und meine Mutter hat das mit uns zwei Jungs ganz gut allein hingekriegt.«

Sie schreckt auf. »Ups, hier rechts rein!«

Ich kann gerade noch abbremsen, um in den schmalen Teerweg abzubiegen. Nach ein paar hundert Metern fahren wir die Auffahrt zu einem Hof hoch. Rechts liegt ein kleines, hübsches Fachwerkhaus und geradeaus am Ende des gepflasterten Hofes ein Gebäude aus Holz. Die Hufeisen an den hüfthohen Türen sprechen für einen Pferdestall. Kaya zeigt mir, wo ich parken soll, und wir steigen aus.

»Hast du etwa ein Pferd?« Mir ist ein bisschen mulmig.

Sie lacht. »Gut kombiniert, Sherlock. Und jetzt möchte ich dir Achterbahn vorstellen.« Achterbahn habe ich auch gerade im Bauch. Ich würde sie so gern an mich ziehen, küssen, festhalten. Aber obwohl ich vor ein paar Stunden in ihr einen Orgasmus mit Höchstnote hatte und es ihr ziemlich sicher ähnlich ging, traue ich mich jetzt nicht mal, ihre Hand zu nehmen. Was will sie? Was will ich überhaupt? Und was ist das Richtige?

»Kommst du endlich?« Sie steht schon an der mittleren Stalltür und wirkt richtig aufgeregt und ungeduldig. Als ich bei ihr ankomme, schiebt sie bereits den Riegel auf und gurrt mit zärtlicher Stimme: »Achterbahn ... komm, mein Großer.« Aus dem Inneren ist ein Brummeln zu hören. Sie öffnet die Tür, und da steht das kleinste Pferd der Welt. Jedenfalls reicht er mir mit dem Rücken nicht mal bis zur Hüfte. Ich muss lachen und frage entgeistert: »Das ist dein Pferd?«

Sie grinst mich an. »Was dagegen?«

Ich schüttele ungläubig den Kopf. »Und du lachst über mein Auto.«

Das Tier hat rotbraunes Fell und eine blonde Mähne. Dunkle Augen blicken mich neugierig an. Als es mir die Nase entgegenstreckt, weiche ich etwas zurück. Es ist zwar nur ein kleines Exemplar, aber es bleibt ein Pferd, und vor denen habe ich Respekt. Kaya schaut mich erstaunt an.

»Du musst keine Angst haben. Achterbahn ist ein ganz lieber Kerl.« Sie klinkt eine Leine dran und führt ihn auf mich zu. Ich strecke die Hand aus und tätschele dem Pony den Hals. Sein Fell ist dick und puschelig.

»Warum hast du denn keins, auf dem du reiten kannst?«

Sie macht ihn an einem Holzbalken fest und holt zwei Bürsten aus einem Eimer. »Ich hab ihn zum achten Geburtstag bekommen. Da hatte er die perfekte Größe. Hundertfünf Zentimeter Stockmaß.« Sie reicht mir eine der Bürsten und fängt an, mit der anderen über das Fell zu streichen. Als ich mich nicht bewege, nickt sie mir auffordernd zu. Also trete ich näher und beginne, zaghaft über den Rücken zu bürsten. Währenddessen erzählt sie weiter.

»Er war damals fünf Jahre alt, ein richtiger Jungspund.

Mein Opa hat ihn mir geschenkt. Kurze Zeit später ist er leider ganz plötzlich verstorben.«

»Also ist Achterbahn fast ein Erbstück?«

Sie nickt lächelnd. »Kann man so sagen. Vor allem weil meine Eltern nicht viel mit Pferden am Hut haben.«

Ich werde mutiger beim Bürsten, obwohl wir eigentlich fertig sein müssten, denn so viel Körperoberfläche ist ja nicht vorhanden.

»Franz, dem der Hof hier gehört, war der beste Freund von meinem Opa, und er hat sich sehr dafür eingesetzt, dass ich Achterbahn behalten durfte. Seitdem sind wir unzertrennlich.« Ihre Augen strahlen, und ihre Wangen sind gerötet. Es ist nicht zu übersehen, dass ihr dieses kleine, zottelige Wesen wirklich viel bedeutet.

»Tragen kann er dich jetzt aber nicht mehr, oder?«

Sie schüttelt lachend den Kopf. »Ich bin leider schon lange zu groß und zu schwer. Als ich vierzehn war, wollten meine Eltern ihn verkaufen, weil ich ihn nicht mehr reiten konnte. In unserer Familie ging es da gerade drunter und drüber, und sie fanden, dass ich sowieso zu viel Zeit im Stall verbringe.«

»Und dann haben sie ihn doch nicht weggegeben?«

Sie geht in die Hocke und entwirrt mit den Fingern die Mähnenhaare. Das Pony stupst ihr mit seiner dunklen Nase in den Nacken. »Nein. Ich hätte das nicht zugelassen.« Sie wirft mir einen Blick zu, in dem noch jetzt die Entschlossenheit des Teenagers funkelt. »Ich habe meine Sachen gepackt und bin in den Stall gezogen, in die Box neben Achterbahn. Franz habe ich angeboten, die Miete mit Stallmisten abzuarbeiten.«

Ich schüttele grinsend den Kopf. »Das hast du aber nicht lange durchgehalten, oder?«

Sie richtet sich auf und zupft Fell aus der Bürste. »Lange genug. Vier Tage und drei Nächte haben meine Eltern gehofft, dass ich aufgebe. Dann haben sie mich abgeholt, und Achterbahn bekam Bleiberecht auf Lebenszeit. Jetzt ist er vierundzwanzig.«

»Wie alt werden denn Pferde?«

»Oh, ich hoffe, dass er mindestens fünfunddreißig wird. Besser vierzig.«

Ich pfeife durch die Zähne.

Kaya beißt sich auf die Unterlippe. »Na ja, das ginge dann aber auch schon in Richtung Methusalem.«

Ich halte im Bürsten inne. »Das heißt also, er steht hier im Stall und frisst und schläft und muss niemanden tragen? Beneidenswert!«

»Tagsüber ist er draußen mit den beiden Stuten Tinka und Lulu. Und mindestens zweimal in der Woche geht er mit mir joggen, weil er nicht zu dick werden darf und Bewegung braucht. Er ist ein guter Trainingspartner, seine Kondition ist grenzenlos.«

Ich grinse, als ich mir die beiden bei ihrer Laufrunde vorstelle. Das Minipferd mit pinkfarbenem Schweißband und weißen Turnschuhen.

»Was denkst du Freches?«, funkelt sie mich an.

Ich winke ab, und sie sagt: »Achterbahn kann noch etwas. Willst du es sehen?«

Ich nicke. Sie bindet die Leine los und bringt ihn zu einem großen Sandplatz neben dem Stall.

»Bleib hier am Zaun stehen.« Sie schließt das Gatter hinter sich und schnalzt mit der Zunge. Das Pony saust eine Runde um den Platz, dass die kleinen Hufe mit Sandklumpen werfen. Kaya ruft: »Achterbahn! Hier!« Er düst mit voller Geschwindigkeit auf sie zu und kommt direkt vor ihr zum Stehen. Sie hebt den Zeigefinger, und er setzt sich wie ein Hund auf sein Hinterteil. Laut und deutlich fragt sie ihn: »Wie wäre es mit Training?« Das Pony sackt in sich zusammen und liegt auf dem Bauch. Übertrieben besorgt beugt sie sich zu ihm. »Was ist mit dir? Bist du etwa krank?« Achterbahn lässt sich mit einem Seufzen auf die Seite fallen. Ich lache laut auf. Sie ruft: »Wie schade. Dann möchtest du bestimmt auch keine Möhre.«

Wie von der Tarantel gestochen springt das Pony auf und flitzt um sie herum. Sie pfeift beeindruckend laut auf den Fingern, und er stoppt. Ich applaudiere begeistert, als die beiden sich auch noch gemeinsam verbeugen. Es ist nicht zu glauben, dass diese fröhliche, ausgelassene Frau, die mir strahlend zulacht, die gleiche ist, die mir vor ein paar Wochen in der Schule hasserfüllte Blicke zuwarf und deren einziges Ziel es war, den Mist, den ihre Tochter gebaut hatte, irgendwie ungeschehen zu machen. Warum hat sich das geändert? Plötzlich wird mir kalt. Hat es sich überhaupt geändert? Oder hat sie nur den Weg zum Ziel geändert? Vom ersten Moment an hatte ich das Gefühl, diese Mutter würde für ihre Tochter alles tun. Alles!

Ich muss schlucken. In meinem Kopf tobt ein Wirbelsturm. Das kann nicht sein. Das hat sich alles zu echt angefühlt. *Klar, du Früherkennungsdienst für wahre Gefühle*, lacht meine innere Stimme mich aus. *Sieben Monate betrogen, und alle wussten es außer du selbst. Und jetzt ohne Widerstand flachgelegt von einer Mutter, damit du ihrer Tochter das Schwänzen verzeihst.* Oder sogar als Druckmittel. Mir ist kotzübel. Ich habe ihr so viel von mir erzählt. Das mache ich sonst nie. Und sie hat sich wahrscheinlich innerlich kaputtgelacht über meinen Seelenstriptease. Ich stoße mich am Zaun ab und ziehe meinen Autoschlüssel aus der Tasche. Hinter mir höre ich Milenas Mutter überrascht meinen Namen rufen. Ich beschleunige meine Schritte und bin schon im Auto. Dankbar für den kleinen Wendekreis des Polos lege ich eine quietschende Kehrtwende hin. Als ich die Landstraße entlangrase, laufen in meinem Kopfkino mehrere Filme gleichzeitig. *Es ist nur eine Vertretungsstelle. In ein paar Monaten kann ich hier weg. Nichts davon war verboten. Sie hat nichts davon, es weiterzuerzählen. Sie. Warum gerade sie? Es hat sich doch einfach so gut angefühlt. So einfach. So gut.* Ich umklammere das Lenkrad so fest, dass meine Fingerknöchel weiß hervorstehen.

# 9

**ICH UMKLAMMERE DEN** Lenker meines Fahrrads so fest, dass meine kalten Hände schmerzen, und trete in die Pedale, als wäre es der Endspurt der Tour de France. Der eisige Fahrtwind treibt mir Tränen über die Wangen, während die kargen Felder unter dem grauen Himmel an mir vorbeirasen. Ich bin so sauer. Ich drehe gleich durch vor Wut. Ich bin wütend auf diesen Typen, der einfach abhaut. Nach allem. Ohne ein einziges Wort. Erst macht er auf unnahbar und geheimnisvoll, dann plötzlich scheint alles gut, nur damit er dann von einem auf den anderen Moment das Weite sucht, als wäre der Teufel hinter ihm her. Aber noch viel wütender bin ich auf mich selbst. Ich hätte heute Morgen einfach gehen sollen, wie ich es immer mache. Meine Sachen zusammensuchen, ein freundlicher, unverbindlicher Abschied, und mit leichtem Gepäck auschecken. Stattdessen hatte ich die bescheuerte Idee, ihn ausgerechnet zu Achterbahn mitzunehmen. Ganz toll, Kaya, dann könntest du auch gleich mit ihm Ringe kaufen gehen. Kein Wunder, dass er weggelaufen ist, er hat wahrscheinlich gedacht, der One-Night-Stand will plötzlich auf Big Love machen. Ich würde ja gerade am liebsten vor mir selbst weglaufen. Was nichts daran ändert, dass er sich wie ein Arsch verhalten hat. Und dass ich gleich heute früh einen Schlussstrich hätte ziehen sollen. Oder noch besser gestern, als er das erste Mal einen Abgang gemacht hat. Das scheint ja irgendwie sein Hobby zu sein. Das ist mir jetzt auch egal. Der Sex war gut, sehr gut sogar, und den Rest vergesse ich einfach ganz schnell.

Als ich zu Hause ankomme, fühlt sich mein ganzer Körper taub an, und ich zittere. Ich habe überhaupt keine Kraft mehr, weiter wütend zu sein. Mein Wutspeicher funktioniert nie besonders gut, ich kann nicht lange sauer sein. Es ist sehr schade, dass man so was nicht extern zwischenspeichern und bei Bedarf abrufen kann. Ich ziehe im Gehen meine Klamotten aus und lasse sie achtlos auf den Fußboden fallen. Während das Badewasser einläuft, wühle ich aus meiner Handtasche das Handy hervor. Amelie hat dreimal angerufen. Ich lasse mich in das warme Wasser gleiten und seufze zufrieden. Dann drücke ich die Rückruftaste. Bereits nach dem zweiten Klingeln hebt meine beste Freundin ab und sprudelt sofort los:

»Kaya, die verschollene Prinzessin! Du bist mir eine. Ich will endlich wissen, wie es weitergegangen ist. Erst turtelt ihr beiden da Ewigkeiten rum, dann ist er plötzlich weg, und du drehst durch. Auf einmal ist er wieder da, du ziehst mit ihm ab und schickst nur eine kryptische Nachricht. Jetzt erzähl schon.«

Ich hole hörbar Luft.

»Ich bin ganz durcheinander. Ich weiß gar nicht, wo ich anfangen soll.«

»Wie wäre es gleich mit dem Unanständigen? Habt ihr es getan?«

Neugierig ist sie ja gar nicht.

»Ja«, lautet meine knappe Antwort, aber damit lässt sie sich nicht abspeisen.

»Ha, ich wusste es. Und? War es gut?«

»Verdammt gut.«

Allein beim Gedanken an die letzte Nacht stellen sich meine Brustwarzen auf. Das Badewasser prickelt auf meiner Haut, und zwischen meinen Beinen breitet sich eine wohlige Wärme aus. Ich räuspere mich.

»Der Sex war phänomenal. Und auch sonst war alles irgendwie total schön. Wir konnten toll miteinander reden, und zwischendurch hat es sich angefühlt, als würden wir uns schon lange kennen.«

»Aber?« Amelie hat meinen Unterton richtig gedeutet.

»Er hat auf ganz geheimnisvoll gemacht. Er wollte nichts über seinen Beruf sagen, das hat er gleich am Anfang sehr betont. Und morgens hat er mir dann ins Gesicht gesagt, dass er nicht mit mir gesehen werden will.«

Amelie stöhnt.

»Autsch, das ist hart. Meinst du, er ist verheiratet oder so?«

Ich lasse mit dem Finger eine Schaumblase platzen.

»Keine Ahnung. Ich glaube eigentlich nicht ... Na ja, dann sind wir zu Achterbahn gefahren und ...«

Amelie unterbricht mich entgeistert.

»Ihr seid *was*???«

»Wir sind zu meinem Pony gefahren.«

»O mein Gott, du bist verliebt«, stellt sie nüchtern fest.

Ich lasse fast das Handy fallen.

»Was für ein Quatsch. Spinnst du?«

»Kaya, du nimmst niemanden mit zu Achterbahn. Der Ponystall ist deine einsame Insel, wo du für dich sein willst. Das hast du mir selbst gesagt.«

Da hat sie schon recht. In meiner Kindheit war der Stall mein Zufluchtsort. Wenn zu Hause keiner Zeit für mich hatte, weil sich alles um Cordula und ihr Baby drehte, oder wenn ich Sorgen hatte, die ich nicht mal mit Rob besprechen wollte, dann radelte ich zu meinem Pony. Hier konnte ich in Ruhe nachdenken und für mich sein. Bis heute ist Achterbahns Stall ein Fleck, den ich eigentlich mit niemandem teilen will. Bis auf ...

»Milli ist die einzig Auserwählte, die dir da Gesellschaft leisten darf. Ich war in all den Jahren unserer tiefen Freundschaft nur einmal mit – beim Hoffest!«

Auch das stimmt tatsächlich.

»Du hast ja auch kein Interesse an Pferden!«

»Aber er, oder was?«

»Na ja ...«, sage ich gedehnt.

Amelie ist nicht zu bremsen.

»Liebe Kaya Mahler, ich glaube, du bist verknallt. Ich kann es kaum fassen. Gerade haben wir noch über die siebenundzwanzig Frösche geredet, und schon taucht der Prinz auf. Den ich für dich ausgewählt habe, wie ich betonen möchte. Wann seht ihr euch wieder?«

»Gar nicht. Er ist abgehauen.«

Überraschenderweise ist sie jetzt doch mal sprachlos. Also erzähle ich ihr in Kurzfassung, was am Stall passiert ist. »Das gibt's doch nicht! Ich würde bei ihm vorbeifahren und ihn zur Rede stellen.«

Ich lache.

»Das würdest du sicher nicht tun, und ich werde das auch nicht tun. Auf keinen Fall. Die Sache ist erledigt. Ende. Aus. Finito. Und jetzt Themawechsel.«

Amelie ist eine liebe Freundin und lässt es gut sein, obwohl ich spüre, dass ihr noch tausend Fragen unter den Nägeln brennen. Wir reden noch ein bisschen über Belangloses, dann wird mir das Badewasser zu kalt, und ich beende das Telefonat.

Während ich mich anziehe, lasse ich mir Amelies Worte noch mal durch den Kopf gehen. Verliebt? So ein Unsinn. So was passiert nicht mal eben nebenbei. Sie guckt definitiv zu viele Seifenopern.

Ich werde mich jetzt einfach auf die Couch kuscheln und mindestens fünf Folgen *Friends* gucken. Außerdem sollte ich langsam mal etwas essen. Wahrscheinlich ist das komische Gefühl in meinem Bauch einfach Hunger. Im Schrank finde ich ein Glas Apfelmus und eine halbe

Packung Kekse. Auf dem Weg ins Wohnzimmer sammele ich die herumliegenden Klamotten ein.

Als ich die Jeans mit den Matschflecken in den Wäschekorb werfe, verschwende ich einen letzten Gedanken an Lasse. Vom Abgang mal abgesehen, war es eigentlich echt nett mit ihm. Aber das war es dann auch. Soll Amelie doch denken, was sie will. Ich habe ihn jedenfalls schon fast wieder vergessen.

\*

Ich gebe zu, vergessen geht anders. Ich versuche es seit drei Wochen und bin nicht sonderlich erfolgreich. Es wird mir aber auch nicht gerade leicht gemacht. Hier in der Gegend fahren verdammt viele Polos herum, nicht wenige davon blau, und jedes Mal setzt mein Herz kurz aus. Dabei würde es doch gar keine Rolle spielen, wenn er am Steuer wäre. Der schlimmste Matschfleck auf der Jeans hat die Waschmaschine überlebt. Jetzt hängt die Hose einsam auf der Leine, und ich kann mich nicht entscheiden, ob ich sie noch mal wasche oder einfach so anziehe. Also denke ich wieder an die Scheunenparty. Und an ihn. Immer wieder fällt mir etwas ein, was ich ihm gern noch erzählt hätte. Oder was ich gern noch gefragt hätte. Von dem, was ich gern noch mal tun würde, mal ganz abgesehen. Es hilft nichts. Er ist mit seinem Polo aus meinem Leben gebraust, so schnell wie er aufgetaucht war, ohne wenigstens aus

Höflichkeit nach meiner Nummer zu fragen. Das war alles.

Die Osterferien haben begonnen, und Milli hat mit ihrem Strafpraktikum angefangen. Ihr gefällt es, und bestraft bin eher ich, denn ich sehe sie kaum.

Wir trinken morgens schnell einen Kakao, bevor sie zur Tierarztpraxis radelt und erst abends von Rob wieder abgeliefert wird und todmüde ist. Eigentlich wollte sie mir in der ersten Ferienwoche in der Buchhandlung helfen, wir wollten die Mittagspause bei den Pferden und die Abende mit Chips auf der Couch verbringen, aber der Praxisalltag hält die Kleine ziemlich auf Trab, und ich bin auf mich allein gestellt. Den Vormittag verbringe ich halbherzig am PC, aber ich kann mich schlecht konzentrieren und klicke mich völlig unstrukturiert durch Online-Antiquariate. Selbst ausgedehnte Joggingrunden mit Achterbahn, sonst das beste Rezept für einen klaren Kopf, vertreiben nicht das komische Gefühl, in einer Warteschleife zu hängen.

Am Mittwochmittag treffe ich eine Entscheidung: Wenn Milli nicht bei mir sein kann, dann komme ich eben zu ihr. Ich mache einen schnellen Nudelsalat und fahre zur Tierarztpraxis. Die Tür steht offen, und ich höre Rob und Milli fröhlich quatschen. Sie schauen überrascht auf, als ich den Behandlungsraum betrete, und schenken mir dann ein doppeltes Strahlen. Rob drückt mir einen rauen Kuss auf die Wange.

»Bah, du riechst nach Kuh!«, protestiere ich und

schiebe ihn von mir weg, worüber er lachend den Kopf schüttelt. Milli stürzt mit einem Funkeln in den Augen auf mich zu. Sie wirkt so glücklich und gelöst wie lange nicht.

»Kaya, das ist so cool hier. Wir haben heute einen Kaiserschnitt bei einer Kuh gemacht. Das hättest du sehen müssen.« In den Händen hält sie eine Metallkiste, in der irgendwelche schmutzigen Folterinstrumente liegen.

»Ist das Blut?«, frage ich vorsichtig.

Rob grinst kopfschüttelnd. »Kaya, man kann echt nicht glauben, dass du quasi hier in der Praxis aufgewachsen bist.« Er nickt Milli zu. »Verschon deine Tante mit Details. Sie ist nicht so hartgesotten wie du, das war schon immer so. Die Beste, wenn einem Kaninchen Medikamente eingegeben werden mussten oder um eine wildgewordene Katze zu bändigen, aber sobald irgendwo ein Tropfen Blut floss, war sie auf und davon. Stimmt's?«

Ich zucke hilflos mit den Schultern. »Mir wird halt schlecht davon. Ist eben nicht jeder zum Chirurgen geboren.«

Rob legt mir versöhnlich den Arm um die Schultern. »Du hast definitiv eine Menge anderer Qualitäten. Aber Milli macht das wirklich klasse. Sie ist eine große Hilfe und lernt sehr schnell.«

Sie strahlt. »Ich durfte sogar die Wunde mit so riesigen Metalldingern zutackern.«

»Na, herzlichen Glückwunsch!«, spotte ich. Aber dann bekommt sie ein Küsschen auf die Wange. »Ich bin stolz auf dich, Süße!« Ich rümpfe die Nase. »Und du riechst ja noch schlimmer nach Kuh.«

Rob und Milli wechseln einen vielsagenden Blick, und ich fühle mich ein bisschen ausgegrenzt. Ich strecke ihnen die Schüssel entgegen.

»Jedenfalls hab ich meinen beiden Tierrettern Mittagessen mitgebracht.«

»Sag ich doch – du bist die Beste!« Rob nimmt mir den Nudelsalat ab und trägt ihn Richtung Küche. »Milli, zeig Kaya mal das Röntgenbild und lass sie miträtseln. Vielleicht fällt ihr noch etwas ein. Lass das OP-Besteck einfach einweichen, gleich gibt es erst mal eine Stärkung.«

Ich sehe Milli zu, wie sie Wasser auf das blutverschmierte Metall laufen lässt.

»Es geht dir richtig gut, oder?«

»Ich habe das Gefühl, ich sehe die ganze Zeit einen tollen Film. Es ist so spannend mit den vielen Tieren. Was es alles für Krankheiten gibt ... Und dann die ganz verschiedenen Tierbesitzer. Es macht wirklich total Spaß! Komm mal mit.«

Ich folge ihr nach nebenan in den Röntgenraum. Er ist so dunkel wie früher, obwohl die Röntgenbildentwicklung inzwischen digital erfolgt und nicht mehr bei Rotlicht. Einmal bin ich als Kind reingeplatzt, als meine Mutter gerade die Filme aus der Kassette nahm. Die Bilder waren verdorben, und sie war ziemlich sauer. Seitdem ist die Tür von innen abschließbar. Es hängen auch keine Röntgenbilder mehr an der flachen weißen Lampe an der Wand, denn man betrachtet sie jetzt auf einem großen Monitor. Milli klickt sich souverän durch das Menü, und es erscheint ein Röntgenbild. Eine seitliche Aufnahme von einem Hundebauch, so viel erkenne ich noch, aber damit hört es dann auf.

»Das ist Labrador Balou. Er hat irgendwas gefressen, was seinen Darm verschließt. Schau, das ist Kontrastmittel, das wir ihm seit gestern gefüttert haben.«

Sie zeigt mit dem Cursor auf eine weiße Schlange, umgeben von dicken und dünnen Nebelschwaden.

»Und hier geht es nicht weiter, weil da irgendwas festsitzt.«

Sie umkringelt mit dem Computerpfeil ein grauschwarzes Oval.

»Rob denkt, es könnte ein Pfirsichkern sein, aber dafür ist es eigentlich zu groß und zu rundlich. Ich glaube, es ist vielleicht ein kleiner Gummiball. Was meinst du?«

Ich? Ich starre einen Moment auf das schwarzgraue Bild und zucke mit den Schultern. Ich habe keine Ahnung von so was, aber ich will Milli den Spaß nicht verderben.

»Ein Ei vielleicht?«

Milli grinst mich ungläubig an.

»Ist das dein Ernst? Balou verschluckt doch kein ganzes Ei mit Schale in einem Happs.«

»Warum nicht? Er ist doch ein Labrador. Und es wäre ja auch nur ein kleines Ei. Aber was ist es denn jetzt wirklich?«

Milli wirft noch einen nachdenklichen Blick auf die Aufnahme und dreht sich dann zu mir um.

»Das wissen wir noch nicht. Wir operieren ihn erst heute Nachmittag.«

»Wir? Das heißt, du machst da mit???«

Sie nickt begeistert.

»Klar! Das wird so spannend. Ich freu mich schon den ganzen Tag darauf.«

Ich schlucke.

»Respekt, Dr. Milli. Für mich wäre das ein Albtraum.«

Sie will gerade antworten, da hören wir auf dem Hof eine Autotür schlagen. Milli hebt erstaunt den Kopf.

»Wer kommt denn da? Balous Besitzer bringen ihn eigentlich erst um vier zur OP. Vielleicht ein Notfall?«

Neugierig tritt sie ans Fenster, und ich folge ihr. Als ich den blauen Polo sehe, macht mein Herz einen schmerzhaften Hüpfer. Es gibt keinen Zweifel, der Mann, der da zielstrebig in Jeans und dunklem Jackett auf die Praxistür zugeht, ist der Grund für mein Chaos im Kopf. Lasse.

»Was ...?«, beginne ich, doch Milli unterbricht mich mit Panik in der Stimme.

»O nein, da kommt Herr Fries. Kaya, er darf dich nicht sehen, dann fliegt alles auf!«

»Herr Fries? DAS ist dein Lehrer?« Das kann nicht sein. Den hätte ich doch erkannt. Ich bin doch nicht blind. Da fällt mir Gordulas Brille ein, und mir wird schlecht. Milli läuft wie aufgescheucht im Behandlungsraum rum.

»Ja klar. Gerade jetzt. Du musst weg.«

»Wie weg? Wo weg?« Die Praxis hat leider keinen Hinterausgang. Milli sieht sich suchend um. Dann schiebt sie mich zurück in den Röntgenraum und schlägt die Tür hinter mir zu, genau in dem Augenblick, als jemand »Hallo? Herr Schürmann?« ruft. Die Stimme lässt mich erzittern.

»Schließ ab!«, zischt Milli, und ich gehorche. Ich lehne mich mit dem Rücken an die kühle Wand des kargen Raums und warte, dass der Wirbelsturm in meinem Kopf zur Ruhe kommt.

*Lasse ist Herr Fries. Ich habe mit dem Lehrer meiner Nichte geschlafen. Schlimmer. Ich habe mit dem Lehrer meiner Nichte geschlafen, der mich für ihre Mutter hält. Und bestimmt denkt, ich hätte das nur getan, damit er bei Milli ein Auge zudrückt. Noch schlimmer. Ich muss aufhören, es zu leugnen. Ich habe mich verliebt. Ich habe mich verliebt in den Lehrer meiner Nichte, der mich für die Mutter hält. Mit dem ich geschlafen habe. Und der nie erfahren darf, wer ich wirklich bin.*

Ich lasse mich an der Wand entlanggleiten, bis ich auf den kalten Fliesen sitze, und ich wünschte, ich könnte immer weiter gleiten in ein tiefes Loch, aus dem ich nie wieder auftauchen muss. Es ist doch einfach zum Heulen.

# 10

**ICH HABE DAS** Gefühl, seit Stunden im Röntgenraum gesessen zu haben, als jemand zaghaft an die Tür klopft.

»Ich bin es. Er ist weg.« Ich öffne Milli die Tür und lasse mich sofort wieder auf meinem Platz am Boden nieder. Hinter ihr kommt Rob mit verschränkten Armen in den Raum.

»So, ihr zwei … Ich glaube, ihr schuldet mir eine verdammt gute Erklärung.«

Weil ich irgendwie keinen Ton herausbringe, ergreift Milli das Wort und gesteht Rob zerknirscht, dass ich mich ihr zuliebe als ihre Mutter ausgegeben habe. Dabei versucht sie, dafür die ganze Verantwortung zu übernehmen. Ich schüttele heftig den Kopf und finde meine Stimme wieder. »Nein, Milli, ich bin die Erwachsene von uns beiden. Ich hätte dir das ausreden müssen und dann nach einer vernünftigen Lösung suchen sollen.«

»Das sehe ich auch so.«

Rob wirft mir einen strengen Blick zu, aber ich merke, dass er sich das Grinsen kaum verkneifen kann. »Ich dachte, Kaya kann mich mit nichts mehr aus der Fassung bringen, aber da habt ihr euch ja ganz großes Kino geleistet.«

Ich beiße mir auf die Unterlippe und schaue ihn flehend an. »Du lässt uns doch nicht auffliegen?«

Jetzt muss er wirklich grinsen.

»Mädels, ich habe nicht die leiseste Ahnung, wie ihr das bis zu Millis Abitur durchziehen wollt. Aber bisher läuft es doch ganz gut für euch, da werde ich dem Theater bestimmt kein Ende machen.«

Milli und ich werfen uns einen erleichterten Blick zu. »Aber tut mir einen Gefallen und zieht mich da nicht noch weiter rein! Dein Lehrer hatte ja wohl nichts zu beanstanden.«

»Hat er etwas gesagt?«, frage ich etwas zu hastig.

»Er freut sich, dass mir das Praktikum gefällt und dass Rob zufrieden mit mir ist.« Milli schaut zu ihm hoch, und er nickt ihr zu.

»Jetzt weiß ich auch, warum du plötzlich so unsicher und hektisch warst. Ich dachte erst, es liegt an deinem Lehrer, aber der wirkte doch ganz nett.«

Ganz nett. Verdammt. Ich hab ihn gesehen, und mein Herz ist losgaloppiert wie Achterbahn beim Stoppelfeldrennen.

Rob wirft mir einen nachdenklichen Blick zu.

»Milli, kannst du vielleicht mit Mücke eine Runde ins Feld gehen? Die Leine hängt neben der Heizung.«

Sie blickt fragend zwischen Rob und mir hin und her, bevor sie sich wortlos umdreht und den Raum verlässt.

Wenig später hört man Robs kleine Terrierhündin fröhlich bellen. Rob setzt sich auf den Fußboden und lehnt sich direkt neben mich an die Wand.

»Wie sieht es aus? Erzählst du mir jetzt noch den Rest der Geschichte?«

Manchmal wünschte ich, er würde mich nicht so gut kennen. Ich ziehe die Knie an den Körper.

»Milli hat es dir doch schon erklärt.«

»Kaya!« Er seufzt. »Du bist völlig durch den Wind und den Tränen nah. Das kann nicht an deiner verrückten Undercover-Aktion liegen. Du hast schon ganz andere Dinge angestellt. Du bist auch schon bei ganz anderen Dingen erwischt worden. Oft genug war ich dabei. Du bleibst immer cool. Manchmal bist du schuldbewusst und einsichtig, aber nie so aufgelöst. Nicht wegen so was. Also: Was ist los?«

»Ach, Rob.« Ich lege den Kopf an seine Schulter und befürchte, dass ich wirklich gleich anfange zu heulen. Ich schlucke einmal schwer, und dann erzähle ich ihm alles, von der Brille, die die Ursache dafür war, dass ich Millis Lehrer auf der Party nicht erkannt habe, bis zu dem Moment, als ich ihn eben durchs Fenster sah und sich in meinem Kopf das ganze Puzzle zusammenfügte. Rob unterbricht mich nicht, er war schon immer der perfekte Zuhörer. Erst als ich nichts mehr sage, wirft er mir einen Seitenblick zu.

»Die Geschichte gehört verfilmt. Ich würde nicht ein Wort glauben, wenn es nicht einfach mal wieder typisch

Kaya wäre. Nur dass du dem Kerl jetzt nachtrauerst, das passt gar nicht zu dir.«

Ich zucke mit den Schultern.

»Ich weiß selbst nicht, warum mich das mit ihm einfach nicht loslässt. Er sieht ziemlich gut aus und ist echt nett, aber das trifft auf die meisten zu, mit denen ich ... Ich meine, der Sex war phantastisch, aber ...«

»Stopp, Kaya, stopp!« Rob legt sich theatralisch die Hände auf die Ohren. Mein bester Freund redet nicht gern über Sex, was irgendwie verrückt ist, denn als Tierarzt greift er Kühen in den Po, schaut sich Sperma unter dem Mikroskop an oder beurteilt die Schamlippen einer Stute nach der Geburt und erzählt einem davon beim Abendessen, ohne mit der Wimper zu zucken. Aber wehe, ich komme auf die menschliche Natur zu sprechen. Er hasst es, wenn ich ihm von einer Begegnung »zu viel« erzähle, womit ich ihn natürlich wunderbar ärgern kann. Ich zupfe an seinem Ärmel, damit er die Hände runternimmt und mir zuhört.

»Ich wollte nur sagen, dass ich absolut keine Ahnung habe, warum gerade mit Lasse alles anders ist als sonst. Was hat er, was andere nicht haben?«

Rob gibt ein unbestimmtes Brummen von sich.

»Fragst du etwa mich das?«

»Na, mich selbst hab ich das inzwischen oft genug gefragt. Hat Amelie recht? Bin ich verliebt? Fühlt sich das so an?«

Ich schaue ihn eindringlich an, doch er weicht meinem Blick aus und starrt auf das Poster mit dem Hundeskelett, das gegenüber an der Wand hängt.

»Verliebt? So plötzlich? Du kennst ihn ja gar nicht.«

Ich seufze.

»Das ist es ja. Ich habe das Gefühl, ich komme erst wieder klar, wenn ich ihn besser kenne. Was ich vergessen kann, denn ... Trommelwirbel ...«

Ich klopfe mit den Zeigefingern auf meine Knie.

»... er ist ja Millis Lehrer und denkt ... doppelter Trommelwirbel ... dass ich ihre Mutter bin.«

Rob dreht mir den Kopf zu.

»Vielleicht ist das ja schon alles: Du glaubst, dass er was Besonderes ist, weil du ihn nicht haben kannst.«

Ich lasse den Satz einen Moment wirken. Dann atme ich erleichtert auf und schlage Rob anerkennend mit dem Handrücken an die Schulter.

»Du hast recht. Das ist es bestimmt. Und jetzt habe ich es durchschaut und kann wieder normal werden.«

»Klar, Kaya, so einfach ist das.«

Das klingt ziemlich ironisch, aber bevor ich nachhaken kann, hören wir Mücke bellen. Rob steht auf und reicht mir die Hand, um mich hochzuziehen. Als ich wieder auf den Beinen bin, ruft Milli schon nach uns.

»Wo seid ihr zwei? Ich sterbe vor Hunger!«

Da geht es mir anders. Ich werde bestimmt keinen Bissen runterkriegen.

\*

Das flaue Gefühl bleibt und auch das Chaos im Kopf, das ich einfach nicht sortiert bekomme. Ich wünschte, ich könnte mit Lasse reden und ihm alles erklären. Vielleicht würde er es sogar verstehen. Und weil ich ja gar nicht wirklich Millis Mutter bin, könnten wir ... Energisch schüttele ich den Kopf, als könnte ich damit die verrückten Gedanken vertreiben. Ich weiß ehrlich nicht, was mit mir los ist. Rob hat ganz recht. Ich habe mich da irgendwie reingesteigert, weil Unerreichbarkeit bei mir anscheinend ein Trigger für irgendwelche Superhormone ist. Aber jetzt ist Schluss damit, und ich schubse mich einfach selbst auf den Boden der Tatsachen. Die Akte Lasse Fries wird geschlossen oder am besten gleich geschreddert. Gelöscht und vergessen ohne Datensicherung. Ende.

Als Milli am Abend nach Hause kommt, nimmt sie sich nicht mal Zeit, ihre Jacke auszuziehen.

»Kaya, du hast gewonnen. Ich hab was für dich!«

Sie hält mir auf der ausgestreckten Hand das gelbe Plastikteil aus einem Überraschungsei entgegen.

»Mach es schon auf. Ich will unbedingt wissen, was drin ist, aber Rob hat gesagt, weil du es erraten hast, darfst du es öffnen.«

Ich verstehe gar nichts mehr und drehe das Mitbringsel in der Hand.

»Ehrlich gesagt wäre mir die Schokolade drumherum lieber gewesen.«

Sie lacht.

»Na, die hat Balou nicht mehr hergegeben.«

Ich runzele die Stirn und erkenne endlich, was Milli mir sagen will. Sofort lasse ich das Teil auf den Boden fallen.

»Igitt, das habt ihr rausoperiert!«

Ich reibe meine Hände aneinander, als ob das irgendwas besser macht. Milli hebt das gelbe Plastik auf und schaut mich kopfschüttelnd an.

»Ich hab das doch saubergmacht. Aber ja, das haben wir aus dem Darm operiert. Und es ist noch was drin, hör mal.«

Sie hält mir das Plastikei entgegen und schüttelt es leicht. Ich weiche ein Stück zurück.

»Rob hat gesagt, weil du mit deiner Vermutung am nächsten dran warst, darfst du es haben.«

Ich hebe abwehrend die Hand.

»Äh, nein! Zu viel der Ehre. Behalt du das mal.«

Sie strahlt, als hätte sie gerade im Lotto gewonnen. Dann dreht sie die beiden Plastikhälften auseinander und zieht den Inhalt heraus.

»Es ist sogar ein Figürchen. Ein Glücksbringer.«

Ein rosa Schweinchen mit Kleeblatt im Mund.

»Na ja, Balou hat es nicht so richtig Glück gebracht«, gebe ich zu bedenken. Milli nickt nachdenklich.

»Stimmt. Aber immerhin hat er die OP gut überstanden. Ich muss dir alles davon erzählen.«

Bitte nicht. Um sie abzulenken, biete ich an, dass wir Pizza bestellen. Als wir damit am Tisch sitzen, schlägt Milli arglos die vernichtete Akte auf.

»Mir ist fast das Herz stehengeblieben, als Herr Fries heute kam. Was für ein blöder Zufall, dass du gerade da warst.«

O meine Kleine, es gibt noch viel, viel blödere Zufälle, ob du es glaubst oder nicht.

»Wir wären echt in Erklärungsnot gekommen.«

Auch das mehr, als du dir vorstellen kannst. Ich will nicht drüber sprechen und tue so, als wäre ich intensiv mit Kauen beschäftigt. Dabei ist mir beim Gedanken an das ganze Desaster der Appetit vergangen. Auch Milli kaut plötzlich schweigend und lustlos auf ihrer Calzone herum und hat noch mehr als die Hälfte übrig, als sie den Pizzakarton wegschiebt.

Ich schaue sie überrascht an.

»Hat es dir nicht geschmeckt?«

Ich sehe, dass sie sich sehr überwinden muss, bevor sie fragt:

»Bist du böse auf mich?«

Ehe ich überhaupt Luft holen kann, fügt sie hinzu:

»Ich meine, ich kann das total gut verstehen. Du hast so Ärger wegen mir. Bestimmt ist Rob sauer, dass du dich als meine Mutter ausgegeben hast, und er hat ja recht, irgendwann wird das auffliegen. Heute war es ja schon echt knapp. Es tut mir alles so leid.«

»Stopp!« Meine Stimme klingt so laut, dass Milli zusammenzuckt und mich erschrocken ansieht. Ich bekomme einen dicken Kloß im Hals, als ich darüber nachdenke, was in Milli die ganze Zeit vorgeht, während ich nur an mich selbst denke. Als ich weiterspreche, flüstere ich fast. »Milli, meine kleine Milli, ich bin nicht das kleinste bisschen böse. Im Gegenteil, ich bin total stolz auf dich, wie toll du das alles machst. Dass ich mich gerade völlig Banane verhalte, hat absolut nichts mit dir zu tun. Ehrlich!«

»Aber wenn ich nicht geschwänzt hätte und dich nicht gefragt hätte ...«

»Es ist doch alles gutgegangen. Und das Praktikum bei Rob scheint dir ja richtig Spaß zu machen.«

Das lockt ein kleines Lächeln hervor.

»Das macht es wirklich. Ich könnte gleich noch zwei Wochen dranhängen.«

Ich muss lachen.

»Bestimmt darfst du in den Sommerferien noch mal mitmachen. Rob ist total begeistert von dir!«

Ihre Augen blitzen auf. Dann schaut sie mich etwas besorgt an.

»Hat er dir eine dolle Standpauke gehalten wegen der Sache mit Herrn Fries?«

Nach einem kurzen Schreck wird mir klar, dass sie nur von meinem Auftritt in der Schule spricht. Von allem anderen weiß sie mit Sicherheit nichts. Ich winke ab.

»Rob ist einfach der Erwachsenere von uns beiden und außerdem mein schlechtes Gewissen auf zwei Beinen. Er darf das.«

Milli grinst.

»Er ist einfach toll. Ich meine, ich bin jetzt nicht verknallt in ihn wie eine aus meiner Klasse. Sie geht immer mit ihren Meerschweinchen in seine Sprechstunde. Die steht voll auf ihn, obwohl er so alt ist.«

»Sooo alt!«, ahme ich sie nach. Immerhin drei Jahre älter als ich.

»Ja, echt. Zwei schwärmen sogar für Herrn Fries. Unglaublich, oder?«

Was soll ich dazu sagen?

»Und die Frau Meyer, bei der ich Musik hab, die ist garantiert auch verschossen in ihn. Jedenfalls weicht sie ihm in der Pause nicht von der Seite. Sie hat sich freiwillig angeboten, seine Foto-AG mit zu betreuen, und dafür ihre Kunst-AG auf einen anderen Tag verlegt. Voll auffällig!«

Ich kann Frau Meyer nicht leiden, obwohl ich gerade das erste Mal von ihr höre. Möglichst unbeteiligt frage ich: »Ist er denn eigentlich verheiratet?«

Sie schüttelt den Kopf.

»Nee, das hat er uns erzählt, als er sich vorgestellt hat. Nicht verheiratet, keine Kinder. Warum fragst du?«

Ich hoffe, dass ich nicht rot werde.

»Ach, ich wollte nur wissen, ob Frau Meyer Chancen hat.«

Milli kichert.

»Ich weiß nicht. Sie ist ziemlich klein und zart, aber echt hübsch. Dass ihre Klamotten meistens pink sind, ist natürlich Geschmackssache. Und sie redet viel zu viel mit ihrer hohen Stimme. Wenn sie anfängt zu singen, ergreifen alle die Flucht. Aber keiner sagt ihr, dass sie das besser lassen sollte.«

Hoffentlich singt sie ihm was vor, denke ich, obwohl es mir doch völlig egal sein kann. Viel wichtiger ist, dass Milli wieder lachen kann.

»Süße, es tut mir echt leid, dass wir unsere gemeinsame Zeit gar nicht so richtig genießen können. Eigentlich wollten wir uns doch tolle Mädelsferien machen.«

Sie greift über den Tisch nach einem Stück von meiner Pizza.

»Das habe ich mir ja nun wirklich selbst eingebrockt. Aber von Karfreitag bis Ostermontag gibt Rob mir frei. Er hat Herrn Fries gefragt, und der hatte nichts dagegen.«

Ich hebe den Daumen.

»Perfekt. Wir können Sonntag zum Osterfeuer. Und uns Tinka und Lulu für einen Ausritt leihen. Und Schwimmen gehen. Wenn du magst, kannst du auch eine Freundin mitnehmen. Wie wär's mit Anna?«

Anna geht in die gleiche Klasse, und manchmal besucht Milli sie nach der Schule. Millis Mine verfinstert sich.

»Anna und ich machen nicht mehr so viel zusammen. Sie interessiert sich nur noch für Jungs und Klamotten und findet Pferde jetzt doof. Und sie wollte nicht, dass ich weiter was mit Justus mache.«

»Justus?«, frage ich, und sie antwortet ungeduldig:

»Jaha, hab ich dir doch erzählt. Bei dem die Ratten jetzt sind. Der ist halt ein Punk und für Anna nicht mainstream genug. Er ist ein toller Kumpel, und ich kann mich echt auf ihn verlassen. Jetzt ist Anna sauer, weil ich mir von ihr nicht sagen lasse, wen ich cool finden darf.«

Wer möchte noch mal dreizehn sein? Ich bestimmt nicht. Milli hat völlig recht, dass sie sich auf pubertäre Zickenkriege nicht einlässt. Da hat man es mit Jungs oft leichter.

»Dann nehmen wir halt Justus mit«, schlage ich vor.

»Der ist mit seinen Eltern im Urlaub. Aber, Kaya, ich mach auch mit dir allein was.«

»Obwohl ich sooo alt bin?«, spotte ich.

Ganz unschuldig schaut sie mich an.

»Mach dir nix draus. Du bist trotzdem ziemlich cool.«

# 11

**ICH HÄTTE ES** wirklich fast geschafft, diese Nacht zu vergessen. Ich habe alles getan, um ihre Spuren aus meinem Leben zu löschen. Ich dachte, dass das eigentlich nicht so schwer sein kann, denn schließlich haben wir nur wenige Stunden miteinander verbracht. Ich habe meine Turnschuhe weggeworfen, das Bett frisch bezogen und dem Polo die Autowäsche seines Lebens gegönnt. Wenn man seine Gedanken doch auch einfach mal unter den Hochdruckreiniger halten könnte. Stattdessen stürze ich mich in die Arbeit, plane Unterrichtsreihen, beteilige mich freiwillig an der Lehrplanfachgruppe und gründe eine Foto-AG. Die Kollegen halten mich bestimmt für übermotiviert und denken, dass ich darauf hoffe, langfristig übernommen zu werden. Von wegen. Nichts wird mich länger in Neuberg halten.

Die Tage plätschern dahin, und als die Osterferien beginnen, ist für mich Halbzeit in Neuberg. Es lohnt sich also nicht mehr, noch irgendwelche Umzugskartons auszupacken. Und mit dem Einleben brauche ich jetzt auch nicht mehr anzufangen. Bald schon wird Neuberg nur noch eine verschwommene Erinnerung sein. Ein seltsamer Knick im Lebensweg, ohne Bedeutung. So wie die Nacht mit Kaya. Nicht mal meinem Bruder habe ich davon erzählt, obwohl der schrecklich stolz auf mich wäre. Im Gegensatz zu mir hält er von One-Night-Stands eine ganze Menge. Aber es wäre das Aus für meinen Plan vom Vergessen, wenn Mark davon wüsste. Er hätte kein anderes Thema mehr.

Der Plan scheitert dann an etwas anderem. An einem mit Textmarker unterlegten Namen in meinem Tischkalender, auf den ich nur zufällig schaue, weil ja eigentlich Ferien sind. Milena Mahler. Den anstehenden Praktikumsbesuch habe ich verdrängt, und natürlich denke ich sofort an das Gespräch mit ihrer Mutter in der Schule und an alles andere auch. Ich wünschte, ich wäre nie zu dieser Party gegangen. Die Begegnung mit Kaya war einfach nach allem zu viel für mich. Und jetzt kann ich gucken, wie ich klarkomme. Aber es bleibt mir ja nichts anderes übrig, als wie abgesprochen zumindest einmal bei der Tierarztpraxis vorbeizuschauen.

Milena ist tatsächlich in der Tierarztpraxis anzutreffen, und dass sie wirklich fleißig mitarbeitet, beweist nicht zuletzt der intensive Stallgeruch, der sie umgibt. Der Tierarzt lobt sie in den höchsten Tönen, und ich kann mir gut vorstellen, dass Milena sich hier deutlich wohler fühlt als in der unpersönlichen Atmosphäre der Pharmafirma. Mir gegenüber wirkt sie allerdings unsicher und hektisch, so dass ich überlege, ob sie irgendwas weiß oder ahnt von dem, was zwischen ihrer Mutter und mir passiert ist. Ich halte das zwar für unwahrscheinlich, aber definitiv wirkt Milena erleichtert, als ich mich verabschiede. Auch ich bin froh, das erledigt zu haben und jetzt keinen Blick mehr zurückwerfen zu müssen.

Doch ich schlafe weiter unruhig, und ich brauche mir gar nichts vorzumachen: Der Grund dafür ist Kaya. Vom ersten Augenblick an hat sie mich fasziniert. Je mehr ich mich dagegen wehre, umso hingezogener fühle ich mich zu ihr. Alles, was sie gesagt und getan hat, alles, was wir getan haben, hat dazu geführt, dass ich mehr davon will. Wie kann man nur so blöd sein, unter so ungeeigneten Umständen sein Herz zu verlieren? Und den Verstand gleich mit. Sie ist die Mutter meiner Schülerin. Für sie war es ein One-Night-Stand. Im besten Fall. Im schlimmsten Fall war es ihr Einsatz für Nachsicht gegenüber ihrer Tochter. Sooft ich mir das auch sage, es ändert nichts daran, dass ich Herzklopfen kriege, sobald ich glaube, einen Hauch ihres Geruchs im Kissen wahrzunehmen.

Um halb fünf stehe ich auf, denn auf Schlaf brauche ich wohl nicht mehr zu hoffen. Mit der Kaffeetasse in der Hand starre ich durch die Glasfront auf den Fluss. Und denke an ihre Silhouette am Fenster und das geflüsterte »Wow«. Gibt es gegen so was eigentlich irgendwelche Medikamente? Das Letzte, was mir noch helfen kann, ist die Dunkelkammer. Für mich ist das Entwickeln und Vergrößern der Fotos etwas, was meinen Kopf ganz frei macht. Auch diesmal scheint es zu wirken. Mir sind ein paar schöne Detailaufnahmen von der Neuberger Kirche gelungen. Besonders gut gefällt mir das Bild einer Taube, die auf einer Mauer an einem angebissenen Apfel pickt. Als ich das nächste Negativ zur Hand nehme, erstarre ich. Eine gefühlte Ewigkeit halte ich es mit der Pinzette und betrachte es unschlüssig. Ich habe schon den ersten Schritt Richtung Mülleimer gemacht, als ich mich anders entscheide. Mit schnellen Handgriffen lege ich es unter den Rotfilter. Die Belichtungszeit schätze ich nur, aber der Abzug wird perfekt. Sie scheint mich direkt anzusehen. Selbst auf der Schwarzweißaufnahme kann man den Grünstich ihrer Augen erahnen. Sie wirkt völlig entspannt, ein leichtes Lächeln umspielt ihre Lippen, und in ihrem Blick liegt etwas, das mich berührt. Sie ist wunderschön. Sie sieht mich an in diesem Augenblick, als ich die Kamera vor mein Gesicht hebe. Am Morgen nach unserer Nacht.

Ich hätte nicht weglaufen dürfen. Ich hätte mit ihr reden müssen. Ich muss mit ihr reden. Am besten gleich heute. Ganz vorsichtig hänge ich ihr Bild neben dem von der Taube zum Trocknen auf. Als ich die Tür der Dunkelkammer schließe, weiß ich zum ersten Mal seit langem genau, was ich zu tun habe.

\*

Auf dem Lehrerparkplatz steht nur ein einziges Auto, was an einem Donnerstag in den Osterferien keine Überraschung ist. Erleichtert erkenne ich den goldbeigen Mercedes der Sekretärin Hildegard Schuster, der aus der guten alten Zeit stammt, als diese Farbe als chic und modern galt. Frau Schuster ist selbst ein ähnliches Kleinod. Schon als die ältesten Kollegen ihren Dienst am Albert-Schweitzer-Gymnasium begonnen haben, war sie dort Sekretärin, und mit einer Mischung aus Ehrfurcht und verständnislosem Kopfschütteln wurde mir berichtet, dass sie von unterrichtsfreier Zeit nicht viel hält. Abgesehen von Wochenenden und gesetzlichen Feiertagen ist sie von acht bis halb zwölf im Sekretariat zu finden, wo sie ihrer Arbeit nachgeht. Damit ist sie für mich heute der rettende Engel.

Sie wirkt nicht erstaunt, als ich nach kurzem Anklopfen das Sekretariat betrete. Nur kurz schaut sie vom Computerbildschirm auf, während ihre Hände weiter über die Tastatur fliegen.

»Herr Fries, was kann ich für Sie tun?«

Ich räuspere mich. Ich habe mir die Worte zurechtgelegt, aber gerade fühle ich mich wie ein unsicherer Schüler, und mein Mund wird trocken. Mein Schweigen scheint sie zu irritieren, sie lässt von der Tastatur ab und schaut mich durch dicke Brillengläser erwartungsvoll an.

»Ich ... äh ... Ich bräuchte die Kontaktdaten der Mutter einer Schülerin. Es geht um ein Ferienpraktikum, das sie gerade absolviert.«

Frau Schuster nickt und geht zu einem großen Metallschrank. »Name?«

Ich verhaspele mich.

»Kaya Mahler ... Also, so heißt die Mutter. Milena ist der Name der Schülerin.«

Während die Sekretärin eine große Schublade aufzieht und mit schnellen Fingern über die darin aufgestellten Karteikarten gleitet, versetzt sie mir mit einer harmlosen Frage einen Faustschlag in den Magen.

»Kontaktdaten beider Eltern oder nur der Mutter?«

Verdammt, ich hatte überhaupt nicht daran gedacht, dass es einen Herrn Mahler geben könnte. Dabei ist es eher unwahrscheinlich, dass es keinen gibt. Meine geliebte innere Stimme bricht in schallendes Gelächter aus. Frau Schuster interpretiert meinen Gesichtsausdruck anders.

»Ja, wundern Sie sich nicht. In Zeiten von Mobiltelefonen gibt kaum einer ein Haustelefon an. Stattdessen bekommen wir von jedem Elternteil eine eigene Handynummer.«

Kopfschüttelnd beugt sie sich über die Schublade. Ihre Miene hellt sich auf, als sie fündig wird und eine geklappte Karteikarte hervorzieht und aufschlägt.

»Hier haben wir sie doch. Milena Mahler. Ah, es ist gar kein Vater angegeben.«

Ich kann ein erleichtertes Seufzen gerade noch unterdrücken.

»Was sagten Sie gerade, wie die Mutter heißen soll?«

»Kaya.« Wenn ich ihren Namen ausspreche, beißt es mich direkt ins Herz.

»Da muss ein Irrtum vorliegen. Die Mutter heißt Cordula.«

»Cordula?«

Sie nickt knapp und lässt den Finger weiterwandern.

»Seltsam. Sie wohnt gar nicht in Neuberg. Tsss, als ob es in der Stadt keine Schulen gibt. Na ja, die Qualität ist hier natürlich bedeutend besser.«

»In der Stadt?«

Ich starre Frau Schuster entgeistert an. Tatsächlich kann ich mich dunkel daran erinnern, dass mir jemand erzählt hat, Milli würde morgens mit dem Zug nach Neuberg kommen. Aber das passt doch alles nicht zusammen. Millis Mutter wirkte in der Nacht fest entschlossen, nach Hause zu laufen, und um die Zeit fuhr bestimmt kein Zug in die Stadt mehr. Seelenruhig fährt Frau Schuster mit dem Zeigefinger über die Notizen auf der Karte.

»Hier bei den Notfallkontakten ...« Sie blickt kurz auf. »Das sind die Personen, bei denen wir uns im Notfall melden, falls die Eltern nicht erreichbar sind.«

Ich nicke ungeduldig.

»Bei den Notfallkontakten ist eine Kaya Mahler angegeben. In Klammern Tante.«

»Tante?«

Die Sekretärin muss langsam denken, dass ich einen

Papagei gefrühstückt habe. Tante – was zum Teufel bedeutet das?

»Die Tante hat eine Neuberger Adresse. Kirchplatz zwölf.« Sie runzelt die Stirn. »Herr Fries, ich glaube, das ist der kleine Buchladen an der Ecke neben der Kirche. Ja, das muss der sein. Aber Sie wollten ja die Daten der Mutter.«

»Nein, nein!«, sage ich etwas zu schnell, und sie schaut mich erneut irritiert an. Ich atme durch.

»Ich meine, es wäre sehr nett, wenn Sie mir alle Kontaktdaten kopieren könnten. Bei einem Praktikum kann ja immer mal was passieren, da wäre es gut, auch die Notfallkontakte parat zu haben.«

Frau Schuster wirft mir einen prüfenden Blick zu, nickt dann und legt die Karte auf das Kopiergerät.

»Jetzt haben Sie mich aber lange genug von der Arbeit abgehalten, Herr Fries.«

Als ich durch den verwaisten Schulflur laufe, fahren meine Gedanken Achterbahn. Hat sich Millis Mutter als die Tante ausgegeben? Oder die Tante als die Mutter? Oder war es gar nicht die gleiche Person, und beide sehen sich zum Verwechseln ähnlich? Zwillinge vielleicht? Ich habe das Gefühl, dass mein Kopf gleich platzt. Mein Herz überschlägt sich fast. Ich weiß gerade gar nichts mehr. Aber ich bin mir ziemlich sicher: Die Antwort auf alles, was ich wissen muss, finde ich am Kirchplatz.

# 12

**SCHON DEN GANZEN** Vormittag räume ich Bücher von einem Regal ins andere ohne Sinn und Verstand. Immer wieder ertappe ich mich dabei, dass ich nicht mal weiß, welches Buch ich gerade in der Hand halte. Hilfe, wann werde ich endlich wieder normal? Meine Freunde wissen jedenfalls keinen Rat. Amelie lacht sich unverhohlen ins Fäustchen, dass meine Beweisführung über die Unkompliziertheit von One-Night-Stands kläglich gescheitert ist. Sie freut sich tierisch, dass es mich anscheinend mal richtig erwischt hat, und zeigt wenig Mitleid. Rob, der sonst für alles mein Rettungsanker ist, zuckt nur hilflos mit den Schultern und versucht, so schnell wie möglich das Thema zu wechseln. Weil ich auf keinen Fall will, dass Milli irgendwas davon erfährt, gibt es im Moment sowieso kaum Gelegenheit, ihm meinen Zustand in Ruhe zu erklären. Mehrmals war ich in Versuchung, bei Lasse Fries vorbeizugehen. Einfach die Klingel zu drücken, die Stufen bis ganz nach oben zu laufen und zu sagen: »Hallo, ich hab gedacht, wir müssen da noch was klären.« Und dann? Tausend Worte habe ich im Kopf hin und her gedreht in der Hoffnung, eine Lösung zu finden, die Milli nicht in Schwierigkeiten bringt. Aber solange er denkt, dass ich Millis Mutter bin, kann ich gar nichts klären, und wenn er erfährt, dass ich es nicht bin, bekommt Milli mit Sicherheit Ärger. Er hat sich ja schon über das Schwänzen so aufgeregt. Ohne dass ich es will, muss ich grinsen, wenn ich daran denke, wie wenig ich »meinen« Lasse mit dem strengen Herrn Fries unter einen Hut kriege. Aber er hält mich wahrscheinlich auch für die Mutter mit zwei Gesichtern. Ob er noch an mich denkt?

Ich wickele einer Kundin einen Gartenratgeber in Geschenkpapier und binde eine Schleife drum.

»Frohe Ostern!«, wünscht sie mir beim Rausgehen.

Ich bin so froh, dass ich den Laden heute Abend bis Dienstag schließen kann. Vielleicht helfen mir ja ein paar freie Tage dabei, wieder einen klaren Kopf zu bekommen. Ich wühle gerade in der untersten Schublade der Theke nach neuem Geschenkband, als ich höre, dass die Ladentür sich öffnet und jemand hereinkommt. Ich erhebe mich lächelnd und werde im selben Augenblick vom Blitz getroffen. Da steht er. Herr Lasse Fries. Ich kann mich gerade noch davon abhalten, mir die Augen zu reiben, aber ich starre ihn an, als wäre mir ein Geist erschienen. Er zeigt keine Überraschung, sondern kommt zielstrebig auf mich zu und bleibt mit den Händen in der Jackentasche vor der Ladentheke stehen.

»Guten Tag.«

Er deutet ein Lächeln an.

»Mir hat jemand vor kurzem ein Buch empfohlen. Es heißt *Die Wahrheit und andere Lügen*.«

Mir fehlen die Worte, und ich schaue ihn nur fassungslos an, während er ungerührt weiterredet.

»Ich wollte fragen, ob es das Buch zufällig auch zweibändig gibt. Mich würde nämlich erst mal der Teil mit der Wahrheit interessieren.«

Abwartend schaut er mir in die Augen. Der Mann sollte Poker spielen. Sein Gesichtsausdruck ist unlesbar. Ich werfe einen Blick zum Ausgang und überschlage kurz meine Chancen bei panischer Flucht. Dann bin ich tatsächlich in wenigen Schritten bei der Tür, allerdings nur, um das Schild *Bin gleich zurück* ins Glasfenster zu schieben und den Schlüssel innen umzudrehen. Er steht still und ganz entspannt und beobachtet mein Tun. Mit einem lauten Ausatmen entscheide ich mich für die vollständige Kapitulation. Ich öffne die Tür zum Lesecafé und bedeute ihm mit einer schwachen Geste, sich zu setzen. Seelenruhig zieht er seine Jacke aus, hängt sie über die Lehne, setzt sich, legt beide Hände auf den Bistrotisch und blickt mich erwartungsvoll an. Ich lasse mich ihm gegenüber auf den Stuhl sinken und beiße mir auf die Unterlippe.

»Ich weiß gar nicht, womit ich anfangen soll.«

Mit dem neutralen Tonfall eines Prüfers im Abitur sagt er: »Fangen wir ganz einfach an. Bist du Milenas Mutter?«

Volltreffer. Ich sacke ein wenig im Stuhl zusammen und antworte: »Nein, ich bin Millis Tante. Meine Schwester ist sehr streng, und Milli war ernsthaft in Sorge, dass sie ins Internat muss, wenn ihre Mutter von der Rattensache erfährt. Da habe ich meiner Nichte angeboten, dass ich doch als ihre Mutter in der Schule auftreten könnte.«

Er schnalzt kopfschüttelnd mit der Zunge. Seine Miene ist kritisch, aber ich habe das Gefühl, dass er sich ein Grinsen verkneifen muss. Wahrscheinlich ist das reines Wunschdenken. Warum nur verursacht gerade dieser Typ bei mir so ein Bauchkribbeln, dass mir davon schwindlig wird?

»Ich verstehe das nicht.«

Er stützt seinen Kopf mit den Ellbogen ab.

»Deine Mimikry hat doch gut geklappt, und niemand hat Verdacht geschöpft. Warum hast du das aufs Spiel gesetzt, indem du mich auf der Party angesprochen hast? Von allem anderen ganz abgesehen.«

Okay, er hat definitiv geschmunzelt. Ich zeige schuldbewusst die Zähne und befürchte, dass ich rot werde.

»Weil ich dich nicht erkannt habe.«

Die Pointe hat gesessen. Er lehnt sich auf dem Stuhl zurück und hebt skeptisch die Augenbrauen. Ich kann verstehen, dass er mir nicht glaubt, so bescheuert ist das.

»Ich hatte bei unserem Gespräch in der Schule doch die Brille meiner Schwester auf und habe dadurch fast nichts gesehen. Also warst du mir auf der Party völlig fremd. Dass du du bist, also Lasse und Herr Fries eine Person sind, das ist mir erst klargeworden, als du in die Tierarztpraxis kamst.«

Er neigt sich ein Stück nach vorn.

»Du warst auch da?«

Ich nicke.

»Rob Schürmann ist ein guter Freund von mir. Ich wollte ihm und Milli eigentlich nur Essen bringen. Plötzlich kamst du über den Hof, und Milli sagte mir, wer du bist. Das war vielleicht ein Schock.«

Zu meiner Erleichterung lacht Lasse auf.

»Das kann ich mir vorstellen. Jetzt weiß ich auch, warum Milena so durch den Wind war bei meinem Praktikumsbesuch.«

Schnell lenke ich ein.

»Sie weiß nicht, dass da was war zwischen uns. Sie hatte nur Angst, dass der Schwindel auffliegt.«

Was ja jetzt wohl passiert ist.

Er wird ernst und schaut mich wieder mit undurchdringlicher Miene an. Als ich sein Schweigen nicht mehr aushalte, frage ich kleinlaut: »Bist du sehr sauer?«

»Ob ich sauer bin, fragst du?«

Sein Tonfall klingt ziemlich danach.

»Weißt du eigentlich, was du mir angetan hast? Seit Wochen lässt du mich glauben, dass ich mich in die Mutter meiner Schülerin verliebt habe und ...«

Ich unterbreche ihn. »Ich weiß, es tut mir schrecklich

leid, aber ...« Ich verstumme mitten im Satz und blicke Lasse ungläubig an. »Moment mal, du hast was???«

»Ich habe mich in dich verliebt. Das ist wahrscheinlich ein typischer Anfängerfehler bei dieser One-Night-Stand-Kiste, aber ich kann es nicht ändern. Ich kann nur noch an dich denken, und alles andere ist mir egal. Ob du jetzt wirklich die Mutter von einer Schülerin wärst oder sogar selbst die Schülerin – ich will mehr von dir. Viel mehr.«

Mein Herz klopft bis zum Hals, und ich bin mir sicher, dass es jeden Augenblick explodieren wird.

Seine Stimme wird sanft. »Es tut mir leid, dass ich dich damit so überfalle. Das hatte ich nicht geplant, aber wenn wir schon bei der Wahrheit sind ... Ich kann einfach nicht ...«

Weiter kommt er nicht. Ich beuge mich über den Tisch und presse meine Lippen fest auf seine, greife mit beiden Händen in seinen Nacken und muss mich versichern, dass er kein Tagtraum ist. Er bleibt einen Moment regungslos, als könne er nicht fassen, was geschieht. Dann legt er eine Hand in meinen Nacken und erwidert den Kuss. Ich habe das Gefühl, ihm entgegenzufallen und gleichzeitig von ihm gehalten zu werden, obwohl er mich nur sanft berührt. Als meine Zunge wie von selbst fordernder wird, drückt er mich ein Stück zurück. Mit der Hand streicht er zart über meine Wange, sein Daumen streift meinen Mundwinkel, aber mein Köper reagiert, als hätte er mich ganz woanders berührt, und ich seufze leise.

»Kaya.« Hat mein Name sich jemals so wunderschön angehört? »Was machen wir jetzt ... aus uns?«

Ich räuspere mich.

»Ich weiß nicht. Vielleicht sollten wir versuchen, noch mal ganz normal anzufangen. Essen gehen oder so was.«

Er nickt nachdenklich. »Es langsam angehen? Find ich gut.«

Ich nicke auch.

»Langsam.« Meine Stimme klingt rau. »Ist ja alles irgendwie kompliziert.«

Wir nicken uns an und erheben uns. Ich kann den Blick nicht von seinen Augen lösen, und ihm scheint es ähnlich zu gehen. »Ich ...«, sagen wir gleichzeitig und dann »Du ...«, und plötzlich küssen wir uns wieder. Diesmal ist seine Zunge die freche, die sich zwischen meine Lippen schiebt. Sanft, aber bestimmt drängt Lasse mich rückwärts, bis ich an der Wand lehne, und drückt seinen Körper an mich. Ich zittere fast vor Erregung, und als ich meine Hände von hinten in seine Hose gleiten lasse und ihn an seinem festen Po näher an mich ziehe, stöhnt auch er auf. Seine Hände schieben mein Shirt nach oben und streicheln meine prickelnden Brüste. Dicht an meinem Ohr flüstert er: »Mit *langsam* fangen wir morgen an, okay?« Er wartet kaum mein Nicken ab, da hat er schon meinen Gürtel geöffnet und die Hand in mein Höschen geschoben. Während er mit flachen Fingern an der perfekten Stelle reibt, vergesse ich sofort den Gedanken, dass ich bitte, bitte nicht den Gänseblümchen-Marienkäfer-Slip trage. Es ist sowieso egal, denn er zieht, ohne hinzusehen, Jeans und Höschen mit einem Ruck herunter, hebt mich an meinem nackten Hintern hoch und setzt mich neben die Kaffeemaschine auf die Arbeitsplatte. Ich danke mir selbst für die blickdichten Rollos, die ich im Lesecafé angebracht habe. Da beugt sich Lasse schon über mich, küsst mich fest und fordernd, während er mit einer Hand seine Hose öffnet. Irgendwoher hat er ein Kondom, das er sich überstreift, bevor er mit einem fragenden Blick verharrt. Ich seufze laut auf vor Erregung und Ungeduld, was er wohl als »Ja« akzeptiert, denn er teilt meine feuchten Schamlippen mit den Fingern und stößt seine Erektion fest in mich. Ein Pulsieren geht durch meinen Körper, und ich schlinge meine Beine um ihn, um ihn noch tiefer in mich zu ziehen. Das scheint ihn noch mehr anzutörnen, was wiederum mich fast um den Verstand bringt, denn als er mit einem rauen Stöhnen kommt, folge ich ihm explosionsartig. Einen Moment liegt er auf mir, und wir atmen im gleichen rasenden Rhythmus. Als ich wieder Luft habe, kann ich mir nicht verkneifen, in leicht empörten Tonfall zu sagen: »Also, Herr Fries, so kenne ich Sie ja gar nicht.«

Er erhebt sich lachend von mir. »Du bist echt eine wie keine.« Er streicht mir eine verschwitzte Haarsträhne aus dem Gesicht. »Du wolltest doch essen gehen. Morgen Abend vielleicht?«

Ich lächele kurz und schlage mir dann die Hand vor die Stirn. »Milli hat über die Feiertage frei. Ich kann erst Dienstag wieder.«

Er schaut mich entsetzt an. »Das kannst du mir nicht antun.« Irgendwie macht es mir Bauchkribbeln, dass er nicht warten will. Aber mir gefällt es genauso wenig.

»Ich lass mir was einfallen und melde mich bei dir. Falls du mir diesmal deine Nummer gibst.«

Ich hebe meine Kleidung vom Boden auf und schlüpfe so hinein, dass er den bunten Slip nicht zu Gesicht bekommt. »Ich muss den Laden wieder öffnen.«

Hektisch schaue ich mich um, ob es noch Spuren gibt von dem Porno, der hier gerade gelaufen ist. Lasse nimmt sich einen Stift von der Theke und schreibt seine Nummer auf einen alten Kassenbon, den er mir in die Hände drückt.

»Frau Mahler, bitte rufen Sie mich an, wenn Sie Neues zu Band eins wissen. Ich muss noch mal zur Tierarztpraxis, weil ich eine Unterschrift von Herrn Schürmann brauche.« Mir wird flau. »Lasse.« Er dreht sich zu mir um. »Du sagst Milli aber bitte nichts von uns! Sie würde es bestimmt komisch finden. Und wir müssen erst mal sehen ...«

Er nickt.

»Geht klar.«

Ich drücke ihm einfach einen Kuss auf die Wange und sage leise: »Ich bin froh, dass du gekommen bist.«

Er küsst mich auf die Nasenspitze, grinst frech und erwidert: »Und ich bin froh, dass du auch gekommen bist.« Bevor mir dazu irgendwas einfallen kann, ist er schon längst durch die Ladentür verschwunden.

\*

Den ganzen Nachmittag schwebe ich auf Wolken durch den Laden und kann einfach nicht aufhören zu lächeln. Obwohl ich kleine Kinder meistens ziemlich nervig finde, schenke ich einem Knirps das Osterhasenbüchlein, das er einfach nicht mehr aus der Hand geben will, und ich ärgere mich nicht mal, als ein Mann sich erst ausgiebig beraten lässt und dann entscheidet, das Buch im Internet zu bestellen, weil er es bei mir erst nach Ostern abholen kann. Mir kann heute nichts die Laune verderben. Als ich die beiden letzten Kunden zur Tür begleite, um hinter ihnen abzuschließen, parkt gerade der Tierarztbulli am Straßenrand. Milli stürzt mir fröhlich entgegen und fängt gleich an, mir von ihrem Praxistag zu erzählen. Sie lässt sich aber bremsen, damit ich Rob mit einer Umarmung begrüßen kann. Er schiebt mich ein Stück zurück und wirft mir einen prüfenden Blick zu. Mir war schon klar, dass ihm die Verwandlung vom sterbenden Schwan zur Miss Superhappy nicht verborgen bleibt.

»Frag lieber nicht«, grinse ich ihn an.

Er nickt knapp und fragt tatsächlich nicht, sondern wendet sich Milli zu.

»Hey, Lieblingspraktikantin, ich wünsche dir schöne Ostern. Bist du Dienstag wieder an Bord?«

»Klar!« Sie strahlt ihn an. »Aber wir sehen uns doch beim Osterfeuer, oder?«

»Wenn ihr zwei mich dabeihaben wollt.«

Ich stupse ihn mit dem Ellbogen in die Seite. »Was denkst du denn?«

Er lacht. »Dann bis Sonntag, ihr zwei. Bleibt brav!« Er steigt ins Auto und düst davon. Als wir oben in der Wohnung ankommen, wird Milli plötzlich ernst.

»Kaya, ich muss dich was fragen, aber du darfst nicht sauer sein, okay?«

Meine Knie werden weich. Weiß sie es? So ruhig wie möglich sage ich: »Klar. Was ist denn los?«

Milli knetet ihre Hände. »Wir waren heute zur Zahnbehandlung bei dem Pferd von meiner Klassenkameradin Emma. Ich hatte bisher gar nicht viel mit ihr zu tun.«

Der Name sagt mir nichts. Ich glaube nicht, dass Milli sie schon mal erwähnt hat.

»Wir haben uns total gut verstanden. Ihre Eltern waren auch da und haben gefragt, ob ich nicht spontan übers Wochenende mit ihnen wegfahren möchte. Sie fahren mit ihren beiden Pferden ins Münsterland, aber Emma findet es nur mit ihren Eltern zu langweilig.«

Ich runzele die Stirn. »Was wollt ihr denn dort machen? Und wo wohnt ihr überhaupt?«

»In einer Ferienwohnung. Ich kann bei Emma im Zimmer schlafen. Wir können reiten und Tischtennis spielen und quatschen und ... Kaya, ich weiß, dass wir uns ein tolles Wochenende machen wollten. Aber ich möchte schrecklich gern mit. Bitte!«

Ich seufze ergeben. »Einverstanden. Aber du musst noch deine Mutter fragen.«

Milli zieht eine Grimasse.

»Wenn Cordula nichts davon weiß und es kommt raus, dann bringt sie mich um und lässt meine Leiche zerstückelt in Salzsäure verschwinden. Und vorher würde sie mir das Milli-Sorgerecht auf Lebenszeit entziehen – selbst wenn meine Lebenszeit ohnehin nur noch sehr kurz wäre.«

Milli schiebt die Unterlippe vor.

»Mama erlaubt das nie!«

Ich mache mich auf die Suche nach dem schnurlosen Telefon. Was war an der Schnur eigentlich so verkehrt? Da konnten die Dinger wenigstens nicht verlorengehen.

»Jetzt warte doch erst mal ab. Warum sollte sie was dagegen haben?«

Das Problem ist, dass Cordula nie einen Grund braucht, um gegen etwas zu sein. Unter der Couch werde ich fündig, und das Display vom guten alten Festnetztelefon zeigt tatsächlich noch zwei Ladebalken. Früher war alles besser. Ich reiche Milli den Hörer und nicke ihr aufmunternd zu. Sie schnappt ihn sich und rauscht mit dem »Aber nur unter Protest«-Gang, den nur Teenager beherrschen, ins Gästezimmer.

Als ich wenig später vorm geöffneten Kühlschrank

stehe und versuche, mich zwischen Spiegelei, Rührei und Omelette zu entscheiden, taucht Milli schon wieder auf und streckt mir das Telefon entgegen.

»Mama will dich sprechen.«

Jetzt ziehe ich eine Grimasse, nehme aber den Hörer und verleihe meiner Stimme eine bestechende Unbekümmertheit. »Schwesterlein, wie geht's denn so?«

»Muss das sein, Kaya?«

Weil ich nicht sicher bin, was genau sie meint, antworte ich gar nicht erst. Da kommt sowieso noch was.

»Ich weiß, dass es viel verlangt ist, dass du dich zwei Wochen um Milli kümmerst. Aber du hast es mir zugesagt. Du kannst sie jetzt nicht einfach zu irgendwelchen Wildfremden abschieben.«

Das ist so absurd, dass ich lachen muss.

»Was? Ich schieb sie doch nicht ab! Und das sind keine Wildfremden, das sind die Eltern ihrer Klassenkameradin.«

Sie schnaubt verächtlich.

»Du kennst sie also, oder was?«

»Das nicht. Aber ...«

Sie lässt mich nicht ausreden.

»Dir ist schon klar, dass auch irgendwelche Mädchenhändler Kinder haben, die zur Schule gehen?« Meine Schwester hat sie nicht alle.

Ich drehe mich zu Milli um und frage lakonisch: »Milli, sind Emmas Eltern Mädchenhändler?« Sie verdreht die Augen. »Milli sagt nein.«

Cordula faucht.

»Das ist nicht lustig, Kaya. Ich will nicht, dass Milli einfach bei irgendwelchen Leuten mitfährt. Was ist, wenn sie einen Unfall haben? Oder sie vom Pferd fällt? Vielleicht geben sie ihr auch Penicillin, weil sie von ihrer Allergie nichts wissen? Da kann alles Mögliche passieren.«

Ich unterbreche sie wütend.

»Weißt du, was auch passieren kann? Dass hier ein Mädchen traurig und einsam dabei zusieht, wie seine Kindheit vergeht und es alles verpasst, was Spaß macht. Leben ist nun mal lebensgefährlich! Aber lieber mal einen Arm gebrochen als unter der Käseglocke eingehen. So sehe ich das!«

Cordula fährt mich mit scharfer Stimme an. »Ja, Kaya, so siehst du das. Aber ICH bin die Mutter. ICH entscheide. Wenn du entscheiden willst, musst du selbst ein Kind kriegen. Dann weißt du, wie sich das anfühlt.«

Cordula spricht immer ruhig und beherrscht. Sie wirkt dabei manchmal abweisend oder ungeduldig, aber sie erhebt fast nie die Stimme. Wenn sie wie jetzt mit jedem Wort etwas lauter wird, dann ist es ernst. Sehr ernst. Und eigentlich geht es dann immer um Milli. Ich glaube, für Milli ist Cordula überhaupt zum ersten Mal in ihrem Leben laut geworden.

\*

»Es ist mir egal, was das Richtige ist! Ich will es!« Meine große Schwester schlägt die Küchentür mit einem Knall zu und stürmt an mir vorbei die Treppe hoch. Noch bevor oben ihre Zimmertür ähnlich schwungvoll ins Schloss fällt, öffnet sich die Küchentür erneut, und meine Mutter folgt ihr, allerdings deutlich langsamer und irgendwie zögernd. Mich beachtet sie gar nicht, obwohl ich gerade meine Reitstiefel ausgezogen habe und sich daraus so viel Stroh auf den Flurteppich entleert hat, dass es für eine mittelgroße Ponybox reichen könnte. Normalerweise lässt meine Mutter sich ihre Chance auf eine »Stallsachen werden im Keller ausgezogen«-Diskussion nicht entgehen, aber ich bekomme nicht mal ein geseufztes »Kaya!« mit hochgezogenen Augenbrauen und einem Kopfnicken Richtung Staubsauger. Als dann noch mein Vater die Küche verlässt und auf dem Weg zur Terrasse seine Zigaretten aus der Tasche zieht, bin ich mir sicher, dass ich gerade echt was verpasst habe. Jeder weiß, dass mein Vater heimlich raucht. Ich habe keine Ahnung, vor wem er es eigentlich geheim halten will und ob er tatsächlich glaubt, dass es ihm gelingt. Doch in unserem Garten hat er sich noch nie eine Zigarette angesteckt. Unentschlossen bleibe ich auf der untersten Stufe sitzen und sammele halbherzig ein paar Halme auf. Normalerweise bin ich in unserer Familie zuständig für Ärger. Weil ich immer mache, was ich will. Sagt meine Mutter. Aber manchmal muss ich eben selbst entscheiden, was das Richtige ist. Und ab und zu war es dann doch nicht das Allerrichtigste. So was passiert halt. Aber nicht meiner Schwester. Cordula ist die geborene Alles-richtig-Macherin. Schon immer. Ärger wegen Cordula ist so selten wie Schnee in den Sommerferien. Ich gehe in die Küche, um das Stroh in meiner Hand im Mülleimer loszuwerden. Auf dem Tisch liegt ein Bild. Ich starre auf die verwaschenen Grautöne. Plötzlich macht alles Sinn.

Seit Cordula aus Frankreich zurück ist, hat sich etwas verändert. Ich habe es gleich gespürt, als wir sie am Flughafen abgeholt haben, obwohl erst mal alles normal aussah. Sie trug die blonden Haare mit einem Knoten im Nacken, dem erbarmungslos nicht eine Strähne entging. Ihr Gang war wie immer souverän und zielstrebig, als hätte sie es zwar nicht eilig, aber doch genug zu tun, um keine Zeit auf dem Weg zu verschwenden. Mit dem wissenden Blick durch die dunkel gerahmte Brille, das Kinn leicht angehoben, wirkte sie Jahre älter als siebzehn. All das war nicht neu. So kenne ich meine perfekte Schwester, die sich für heimliche Discobesuche mit falschem Ausweis und Shoppingtouren mit Freundinnen überhaupt nicht interessiert und stattdessen im Wechsel Richard Feynman und Victor Hugo im Original verschlingt wie Gleichaltrige die *Bravo*. In den Naturwissenschaften und Sprachen weiß sie meist mehr als ihre Lehrer, und ich kann mir vorstellen, dass die ziemlich dankbar waren, als sie Cordula durch das Schülerstipendium sechs Monate an die Uni in Nantes abgeben durften und endlich mal Unterricht ohne unbeantwortbare Zwischenfragen durchziehen konnten. Ich hatte nicht damit gerechnet, dass ich Cordula vermissen würde. Es ist nicht so, dass wir uns nicht leiden können, aber wir können einfach wenig miteinander anfangen. Wir sehen uns ähnlich, das auf jeden Fall, aber da hören die Gemeinsamkeiten auch schon fast auf. Cordula war halt als Erste da und wurde betüddelt und gefördert mit allem, was Eltern einfallen kann. Dafür hat sie jetzt den Job als »ganzer Stolz«. Als ich zur Welt kam, wollte meine Mutter endlich wieder arbeiten, deshalb nahm sie mich mit zum Job, und es gab für mich kein Babyschwimmen und keine Frühförderung in der Musikschule, dafür aber viel Freiheit und Selbständigkeit. Jetzt müssen meine Eltern halt damit leben, dass ihre Nummer zwei ein bisschen rebellischer geraten ist.

Ich dachte, es könnte ganz nett werden, während Cordulas Zeit in Frankreich für ein halbes Jahr ein Einzelkind zu sein, aber irgendwas fehlte. Sogar den morgendlichen Streit ums Badezimmer vermisste ich ein wenig, und ich freute mich richtig, meine Schwester am Flughafen wiederzusehen. Was mir auffiel in diesem Moment, als sie auf uns zukam, war eine Unruhe in ihrem sonst festen Blick, die meiner starken Schwester eine ungewohnte Zerbrechlichkeit verlieh. Als sei sie sich dessen bewusst, schob sie das Kinn ein Stück nach vorn, wie um dem Eindruck trotzig entgegenzuwirken. Auch meine Eltern hatten es gesehen, da bin ich mir sicher, denn sie wechselten kurz einen Blick, bevor meine Mutter mit ausgebreiteten Armen auf ihre große Tochter zulief.

Ich nehme das Ultraschallbild vom Küchentisch und betrachte das kleine, weiße Ding, umgeben von einem schwarzen Tropfen und etwas, das wie eine verwackelte Mondlandschaft aussieht. 21,4 Millimeter. Mit mir redet ja keiner, aber ich bin dreizehn und nicht das kleine Kind, für das mich anscheinend alle halten. Und ich bin zwar lange nicht so schlau wie meine Schwester, aber alles andere als blöd. Ich kann nachschlagen und rechnen. Am Flughafen konnte Cordulas Regel noch nicht einmal ausgeblieben sein, und das Baby war nicht mehr als ein winziger Zellhaufen. Sie wusste also noch gar nichts von der Schwangerschaft, aber ihre Augen haben es da schon gesagt. »Es ist mir egal, was das Richtige ist. Ich will es!«

\*

Cordula und ich schweigen uns durch das Telefon an. Wie ein riesiger Felsen stehen die vielen Jahre als Schwestern zwischen uns, die uns mehr trennen als verbinden. Aber ich kenne Cordula. Und sie kennt mich. Ich hole Luft.

»Ich weiß, was du meinst.«

Sie antwortet nicht.

»Aber Kinder sollen zwei Dinge von ihren Eltern bekommen, Wurzeln und Flügel.«

Meine Schwester schluckt hörbar. Dann sagt sie trocken: »Ich hasse deine Sprüche, Kaya!«

Ich muss grinsen. »Weiß ich doch.«

Bevor sie wieder dichtmacht, rede ich einfach weiter. »Pass auf, ich fahre morgen mit Milli zu Emmas Eltern und guck die mir genau an. Und wann immer Milli irgendein Problem hat oder ihr etwas komisch vorkommt, ruft sie mich an, und ich hole sie sofort ab. Einverstanden?«

Ich sehe Milli an, die die Fäuste an ihr Kinn hält und beide Daumen drückt. Endlich gibt Cordula sich einen Ruck. »Von mir aus. Aber begeistert bin ich von der Idee trotzdem nicht.«

Ich hebe den Daumen, und Milli springt auf mich zu und reißt mir den Hörer aus der Hand. »Danke, Mama! Danke, danke, danke!«

Dann sagt sie erst mal nichts mehr und läuft mit dem Telefon zurück ins Gästezimmer. Wahrscheinlich muss sie hundert Instruktionen und Warnhinweise über sich ergehen lassen. Als sie es geschafft hat, kommt sie zu mir und drückt mich, so fest sie kann.

»Danke! Du bist toll. Es tut mir leid, dass du jetzt ganz allein bist bis Sonntag.«

Erst da fällt mir auf, dass Millis spontane Verabredung auch für mich etwas Gutes hat. »Es ist alles bestens, meine Süße. Mir fällt bestimmt etwas ein, womit ich mir die Zeit vertreiben kann.«

Plötzlich blitzen ihre Augen auf. »Da hab ich sogar

was für dich. Ich hab es schon vor ein paar Tagen bestellt, und heute ist es angekommen.«

Sie läuft zu ihrem Rucksack, den sie in die Ecke geworfen hat, und holt ein kleines braunes Päckchen hervor, aus dem sie eine CD-Hülle zieht. Ich muss lachen, als ich den Titel lese: *Bryan Adams – Spirit.*

Milli grinst. »Als kleines Dankeschön für deine Hilfe mit Herrn Fries und so.« Ich betrachte das Cover der CD.

»Und er sieht ihm wirklich ein bisschen ähnlich.«

Sie stutzt.

»Ich dachte, du hast ihn nicht gesehen wegen der Brille.«

Ich schlucke.

»Aber ich konnte ihn doch kurz durch das Praxisfenster betrachten.«

»Stimmt ja.« Sie stürzt in die Küche. »Weil du die allerbeste Lieblingstante bist, mache ich uns heute Spaghetti.« Das ist gut. Denn jetzt habe ich endlich wieder richtig Hunger. Und ich muss sofort eine ganz wichtige Nachricht an eine Telefonnummer auf einem alten Kassenbon schicken.

# 13

**WIR SIND VERABREDET.** Unsere erste richtige Verabredung. Ich bin schon Stunden vorher total nervös. Wir haben entschieden, dass Lasse einfach zu mir kommt, denn wenn wir auswärts essen, ist das Risiko zu hoch, dass uns jemand sieht, der uns kennt. Ich bin dankbar, dass Lasse kein Problem damit hat, sich nur heimlich mit mir zu treffen. Für ihn ist es auch besser so. Ich glaube nicht, dass es ihm gefallen würde, die Sensation beim Dorfklatsch zu sein. Und für Milli wäre es ein Albtraum. Lasse hatte die Idee, dass er ja einfach auf dem Weg etwas zu essen besorgen könnte. »Ich bringe was mit. Wie wäre es mit indisch, magst du das?«

»Bestimmt. Aber von welchem Inder?«

Diese Frage scheinen Stadtmenschen nicht zu kennen.

»Das ist mir egal. Wo ist der nächste?«

Ich musste lachen. »Keine Ahnung. In Indien wahrscheinlich.«

»Ihr habt hier keinen Inder!?« Vom Tonfall her hätte man denken können, ich hätte ihm gerade erklärt, dass wir keine Kanalisation haben.

»Nein, Stadtmensch, haben wir nicht. Wir haben dafür den weltbesten Pizza-Döner-Mann, der auswendig weiß, wer Extrakäse will und wer keine Peperoni mag. Der zaubert dir wahrscheinlich eine Wunschpizza India.«

Lasses Interesse war geweckt, aber dann musste ich kleinlaut einlenken, dass Paco über Ostern geschlossen hat und deshalb da auch nichts zu holen ist. Der Exilkölner konnte sich ein leicht überhebliches Seufzen nicht verkneifen. »Dann mache ich halt Lasagne und bringe die mit.«

Wenn ich nicht sowieso schon bis über beide Ohren in ihn verknallt wäre, hätte er mein Herz mit diesem Satz endgültig erobert. Ich bin zuständig für die Vorspeise und die Getränke und damit schon völlig überfordert, vor allem weil ich nicht bedacht habe, dass am Karfreitag natürlich kein Supermarkt geöffnet hat. Mein Notruf bei Amelie sorgt für eine Nachhilfelektion in Sachen Romantik. Zum ersten Mal bin ich froh, dass meine beste Freundin so gern Liebesschnulzen liest und mit Begeisterung als Date-Organisatorin fungiert: Vorspeise im Lesecafé bei Kerzenlicht und Wein, dann Hauptgang oben in der Wohnung, damit der Nachtisch problemlos ins Schlafzimmer verlegt werden kann. Ich staune über meine Freundin und ihren perfekten Plan.

»Als Vorspeise am besten etwas, mit dem ihr euch gegenseitig füttern könnt«, kichert sie.

Ich schüttele den Kopf.

»Erdbeeren mit Sahne, oder was? Ist das nicht langsam zu viel Klischeekitsch?«

Sie protestiert.

»Das erste Date kann gar nicht kitschig genug sein. Davon werdet ihr noch euren Enkeln erzählen.«

Ich pruste los.

»Du redest einen Quatsch. Soll ich die Episode neben der Kaffeemaschine auch gleich in die Familienchronik aufnehmen?«

Sie quiekt auf.

»Igitt, nein! Ich hasse dich dafür, dass du mir das erzählt hast und ich da jetzt nie wieder eine Tasse abstellen kann. Pfui!«

Alles in allem hat Amelie mir trotzdem geholfen, und den Rest des Tages bin ich damit beschäftigt, an der Umsetzung ihres Romantikplans zu arbeiten. Glücklicherweise finde ich hinter der Weihnachtskiste im Keller nicht nur eine große Packung Teelichter, sondern auch eine bestimmt gute Flasche Rotwein, die mir ein Verlagsvertreter mitgebracht hat. Die Teelichter verteile ich in Gläsern im ganzen Lesecafé, den Wein stelle ich auf die Anrichte und zur Sicherheit noch zwei Bier in den Kühlschrank. Bleibt als letzter Punkt auf der Checkliste die Vorspeise. Ich stehe bestimmt fünf Minuten vorm geöffneten Kühlschrank, bis mir die rettende Idee kommt. Ich spieße Käsewürfel und Cocktailtomaten auf Zahnstocher und stecke sie in einen Apfel. Keine Sterneküche, aber akzeptabel, und für mehr hätte ich sowieso keine

Zeit, wenn ich Lasse nicht im Jogginganzug die Tür öffnen möchte. Als ich in meine allerhübscheste schwarze Spitzenunterwäsche schlüpfe, reicht allein die Vorstellung, dass er mich darin betrachtet, dass ich das Gefühl habe, mich noch mal vor den geöffneten Kühlschrank stellen zu müssen, damit ich nicht gleich an der Haustür über ihn herfalle. Unschlüssig halte ich das dunkelgrüne Kleid in den Händen, für das Amelie plädiert hat, doch dann tausche ich es gegen eine Jeans und ein schwarzes Langarmshirt. Ich habe gerade die letzte Kerze angezündet, als es klingelt und mein Herz einmal quer durch meinen Körper Achterbahn fährt. Lasse trägt schwarze Jeans und ein dunkelrotes Hemd. In beiden Händen hält er eine große Auflaufform, die mit Alufolie zugedeckt ist. Einige Sekunden stehen wir unsicher voreinander wie zwei Teenager vorm Abschlussball. Dann lächelt er verlegen und streckt mir die Auflaufform entgegen.

»Lasagne statt Blumen.«

Ich muss lachen.

»Das klingt nach einem echt guten Lebensmotto.«

Ich nehme ihm das Mitbringsel ab, und er folgt mir in das zur Candlelight-Lounge umfunktionierte Lesecafé, wo ich es auf der legendären Anrichte abstelle. Ich sehe ihm an, dass mir die Überraschung gelungen ist, und als er meinen Blick bemerkt, nickt er anerkennend.

»Frau Mahler, so romantisch hätte ich Sie gar nicht eingeschätzt.«

Ich strecke ihm die Zunge raus. »Blödmann!«

»So schon eher«, sagt er lachend und zieht mich an sich. Dicht an meinem Ohr flüstert er: »Ich finde es wunderschön. Aber das Allerschönste bist du.« Er macht mich wirklich verlegen. Ich bin sonst immer Kaya, die Coole, aber Lasse bringt mich völlig aus dem Konzept. Damit er es nicht merkt, greife ich nach der Flasche Wein und halte sie ihm hin. Jetzt kann ich nur hoffen, dass er entweder genauso wenig Ahnung von Rotwein hat wie ich oder dass Herr Schmittenberg mich nicht mit irgendeinem Billigfusel abgespeist hat. Als er kurz zögert, sage ich vorsichtig: »Ich hätte auch Bier da.«

»Bier, bitte«, lautet seine knappe Entscheidung, und ich öffne den kleinen Kühlschrank und hole die zwei Flaschen raus. Während ich den Öffner aus der Schublade ziehe, sprudele ich direkt meine Entschuldigung hervor. »Ich weiß, wir haben darüber geredet, dass das für dich eigentlich kein Bier ist, und wenn dieser verdammte Feiertag nicht wäre, dann hätte ich dir dein Kölsch besorgt und ...«

Er lässt mich nicht weiterreden, sondern küsst mich. Und wie er mich küsst. Ob alle Kölner auf die Erwähnung ihres Lieblingsbieres so reagieren? Vielleicht kann ich Amelie zu einer experimentellen Studie überreden. Lasse kennt bestimmt ein paar Testkandidaten. Sanft hält er meinen Kopf in seinen Händen, er schmeckt ein bisschen süß und ein bisschen pfefferminzig, und die Berührung seiner Lippen prickelt durch meinen ganzen Körper. Wir haben noch nicht mal mit der Vorspeise begonnen, und ich will ihm schon am liebsten die Kleider vom Leib reißen. Es scheint ihm ähnlich zu gehen, denn er schiebt seine Hand unter mein Shirt, und sein Kuss wird drängender. Ich ziehe ihn fester an mich. Da ist plötzlich ein Geräusch zu hören. Ein Schlüssel wird gedreht, und die Ladentür öffnet sich. Erschrocken schauen wir uns an.

»Wer ist das?«, fragt Lasse leise. Mir bleibt das Herz stehen.

»Frau Schneider und die katholischen Frauen. Mist! Die hab ich ganz vergessen.«

Lasse schaut mich an, als hätte ich gesagt: »Da kommt übrigens mein Mann, Bodybuilder und Waffennarr.«

»Mechthild Schneider??? Die Religionslehrerin an unserer Schule?«

Ich schlage mir vor Schreck mit der Hand vor den Mund.

»Das stimmt. O mein Gott, dann kennt ihr euch?«

Ich streiche mir hektisch die Haare glatt und ziehe mein Shirt nach unten, da kommt die kleine, resolute Frau schon durch die Tür, gefolgt von ihren Schäfchen.

»Frau Mahler, wie wunderbar! Das haben Sie aber schön hergerichtet. Vielen Dank! Mit den Kerzen ... traumhaft!«

Sie fuchtelt freudig mit den Armen, und die Damen um sie herum murmeln zustimmend.

»Sogar eine Kleinigkeit zu essen haben Sie vorbereitet. Das sieht ja interessant aus.« Sie betrachtet meinen Käseigel, und ich schaue zu Lasse, der sich anscheinend in einer Art Schockstarre befindet. Frau Schneider bemerkt meinen Blick und wendet sich Lasse zu. Einen winzigen Moment wage ich zu hoffen, dass die beiden sich im Lehrerzimmer nie begegnet sind, aber ihr überraschter Gesichtsausdruck belehrt mich eines Besseren.

»Heilige Mutter Gottes, jetzt bin ich aber doch erstaunt.«

Mit vorgestreckten Händen läuft sie auf Lasse zu und ergreift seine Hand.

»Herr Fries, dass Sie hier sind, freut mich von Herzen. Im Gottesdienst vorhin habe ich Sie gar nicht gesehen. Ich habe ehrlich gesagt nicht damit gerechnet, dass Sie meiner Einladung zum heutigen Abend folgen.«

Er gibt ein unbestimmtes Brummeln von sich, aber sie lässt sich nicht beirren.

»Seien Sie doch nicht so schüchtern. Ich habe Ihnen doch gesagt, auch wenn wir ein Frauenverein sind, sind bibelinteressierte Herren ebenfalls willkommen.«

Es erfolgt erneut zustimmendes Gemurmel der Gefolgschaft. »Ach, Sie werden heute sehr vieles über Jesu Kreuzigung erfahren, was Sie noch nicht wussten.«

»Werde ich das?«, fragt Lasse unsicher. Er hat also seine Stimme wiedergefunden, was ihm aber wenig nützen wird.

»Sicher, mein Junge, sicher. Setzen Sie sich doch. Ach, die Frau Mahler hat Ihnen ja schon ein Bierchen gebracht. Ja, die Frau Mahler weiß, was Männer brauchen.« Die alten Damen kichern und wenden sich wieder mir zu. Ich nutze die Gelegenheit und greife geschäftig nach der Lasagne.

»Ich muss Sie dann auch verlassen, ich habe leider noch sehr viel zu tun.« Ich werfe Lasse einen entschuldigenden Blick zu. Es gibt keine Rettung für ihn. Frau Schneider hat ihm schon einen Stuhl zurechtgerückt, und er lässt sich wie in Trance darauf nieder. Die alte Dame kommt gerade erst in Schwung, und während ich mich rückwärts Richtung Tür bewege, bedankt sie sich immer wieder überschwänglich und steckt sich bereits die erste Cocktailtomate in den Mund. Als ich sicher in meiner Wohnung angekommen bin, weiß ich nicht, ob ich lachen oder heulen soll. So habe ich mir unser erstes richtiges Date nicht vorgestellt. Wie konnte ich nur vergessen, dass die katholischen Frauen den Raum gebucht haben? Weil ich damit gerechnet hatte, dass ich mit Milli unterwegs sein würde, hatte ich Frau Schneider kurzerhand den Zweitschlüssel für den Laden mitgegeben. Ich kann nur hoffen, dass Lasse mir verzeiht.

\*

Fast zwei Stunden später höre ich endlich Stühle rücken und Stimmengewirr im Flur. Erst als fünf Minuten der absoluten Stille vergangen sind, wage ich mich vorsichtig die Treppe hinunter. Es ist dunkel. Die Kerzen sind erloschen. Als ich das Licht anschalte, erwartet mich ein verlassenes Lesecafé. Auf dem Tisch steht der abgespülte Teller, und darauf liegt der Ersatzschlüssel. Von Lasse keine Spur. Ob er so sauer auf mich ist, dass er nicht mehr bleiben wollte? Oben in der Wohnung klingelt mein Handy. Ich rase die Treppe hoch und hebe völlig außer Atem ab. Es ist Lasse.

»Wo bist du?«

»Zu Hause. Frau Schneider hat darauf bestanden, mich hier abzusetzen.«

»Warum hast du nicht abgelehnt?«

»Was hätte ich denn sagen sollen? Danke für das Angebot, aber ich möchte hier gern erst noch die süße Frau Mahler flachlegen?«

Ich muss kichern. »Das wäre wahrscheinlich nicht sehr katholisch rübergekommen. Aber gut, dass du das Thema ansprichst: Hab ich Chancen, dass du mir verzeihst und wir unser Candlelight-Dinner fortsetzen?«

Er seufzt. »Kaya, wenn ich ehrlich bin, ich bin total k.o. Noch dazu habe ich Sachen über Jesu Kreuzigung erfahren, die ich erst mal verarbeiten muss. Die Damen haben eine Art Wettbewerb gestartet, wer die grausamsten Folterdetails kennt. Ich bin mir nicht sicher, ob ich diese Bilder jemals wieder aus meinem Kopf kriege.«

Ich kann es nicht fassen. »Ist das dein Ernst? Das kannst du mir nicht antun.«

»Es freut mich, dass dir meine Gesellschaft so viel

bedeutet. Wir sehen uns gleich morgen früh, versprochen!«

»Essen wir die Lasagne dann zum Frühstück?«, frage ich mit schmollendem Unterton.

»Schmeiß dir eine Portion in die Mikrowelle und frier den Rest ein. Ich habe vor, dich morgen früh zu entführen.«

»Wieso entführen? Wohin denn?«

»In die anonyme Großstadt, wo dich keiner kennt und alles nicht so kompliziert ist mit uns.«

»Du findest es mit uns kompliziert?«

Er lacht leise.

»Versteh mich nicht absichtlich falsch. Mit dir ist alles leicht. Wunderbar leicht. Das Drumherum ist kompliziert. Mit deiner Nichte und der Schule und dem Dorf ... In der Stadt gibt es einfach nur uns beide.«

Das klingt so schön und macht ein warmes Gefühl im Bauch. Ich muss wirklich aufpassen, wenn ich jetzt schon anfange, für ein »nur uns beide« dahinzuschmelzen. Was stimmt mit mir nicht?

»Okay. Ich bin dabei!«, sage ich betont lässig.

»Also, pack ein paar Sachen zusammen, wir bleiben über Nacht weg. Sonntagmittag bist du zurück. Müssen wir deinem Pferd vorher eine Wochenendration Futter in den Napf schütten?«

Schmelzpunkt gleich noch mal erreicht. Er denkt sogar an mein Pony! »Nein, das wird gut versorgt und wird mich kaum vermissen.«

Aber der Gedanke an Achterbahn erinnert mich an etwas.

»Lasse, darf ich dich etwas fragen?«

»Klar.«

»An dem Morgen bei Achterbahn. Nach der Scheunenparty. Warum bist du da einfach abgehauen?«

Am anderen Ende der Leitung ist es still. Als ich schon nicht mehr mit einer Antwort rechne, beginnt er zu sprechen. »Mir ist in dem Moment plötzlich der Gedanke gekommen, dass du vielleicht nur mit mir geschlafen hast, damit ich bei dieser Sache mit Milena ein Auge zudrücke. Da ist irgendwas in mir ein bisschen durchgedreht. Eigentlich war die Geschichte ja schon geklärt, und inzwischen weiß ich auch, dass du mich gar nicht erkannt hattest, aber an dem Morgen hat sich die Idee einfach in mir ausgebreitet. Ich habe eine Beziehung hinter mir mit sehr viel Berechnung und Unehrlichkeit. Ich reagiere bei so was ziemlich empfindlich. Reicht dir das vorerst als Antwort?«

Ich nicke unwillkürlich.

»So ähnlich hatte ich mir das schon gedacht.«

Er räuspert sich. »Ich habe da schon gemerkt, dass ich mehr für dich empfinde, als ich eigentlich zulassen will. Ich hätte stundenlang zuschauen können, wie du mit deinem Zwergenpferd über die Wiese tobst. Ich wollte es beenden, bevor es mich ganz erwischt.« Er lacht unsicher. »Hat wohl nicht geklappt.«

Mein Herz klopft im Jagdgalopp. Ich weiß nicht, was

ich sagen soll. Sonst liegt mein Herz auf der Zunge, aber gerade hüllt es sich in Lasses Worte und hat nicht den Mut, etwas zu erwidern.

»Kaya?«

Ich nicke wieder, was er natürlich nicht sehen kann.

»Darf ich dich jetzt auch etwas fragen?«

»Frag ruhig.« Meine Stimme klingt rau. Frag nicht, denke ich.

»Wenn du mich doch gar nicht erkannt hast auf der Party, warum hast du dann ausgerechnet mich angesprochen? Warum bin ich dir aufgefallen?«

Hilfe, was sage ich jetzt? Er hat mir gerade so etwas Wunderschönes gesagt, da kann ich ja schlecht antworten: »Meine Freundin hat dich eigentlich ausgesucht für eine Wette, ob ich es schaffe, dich dreißig Minuten in ein Gespräch zu verwickeln.« Ich atme tief durch und entscheide mich für die modifizierte Halbwahrheit. »Ich habe dich angesprochen, weil du irgendwie aussahst, als wärst du lieber ganz woanders. Weil du eben der Einzige warst, der auf der Scheunenparty schlechte Laune hatte.«

Er pustet die Luft aus. »Danke für die Ehrlichkeit. Da muss ich wohl meinem Bruder ein Wegbier ausgeben dafür, dass er mich so gnadenlos versetzt hat.«

Ich lache. »Was auch immer ein Wegbier ist ... Sag ihm, von mir kriegt er zehn.«

»Das kannst du ihm morgen selbst sagen. Wir besuchen ihn in Köln.«

Ich suche immer noch nach Worten und bleibe hilflos.

»Lasse, es ist irgendwie total schön mit dir.«

»Mit diesem Satz möchte ich einschlafen. Gute Nacht, Kaya, bis morgen.«

Dieser unmögliche Mann legt einfach auf und lässt mich mit kalter Lasagne und großer Sehnsucht am anderen Ende allein.

**ALS ICH DIE** gewohnte Autobahnausfahrt nehme und, ohne darüber nachzudenken, durch den Stadtverkehr navigiere, sollte sich eigentlich das Heimatgefühl einstellen, das ich sonst dabei empfinde. Kaya schaut aus dem Fenster, und ich kommentiere alles, was zu sehen ist – wie ein übermotivierter Fremdenführer, der noch den umgestoßenen Einkaufswagen auf dem Grünstreifen als Wahrzeichen seiner Stadt anpreist. Dabei fühle ich mich selbst gerade irgendwie fremd hier. Die vielen Autos und Ampeln nerven mich, und alles wirkt plötzlich grau und eng. Falls Kaya es ähnlich empfindet, lässt sie es sich jedenfalls nicht anmerken, sondern schaut sich den ganzen Kram interessiert an und wirkt fröhlich und entspannt. Eine alte Telefonzelle, die zum Büchertauschschrank umfunktioniert wurde, will sie sich am liebsten genauer ansehen, aber natürlich ist weit und breit kein Parkplatz zu finden, und ich muss sie vertrösten.

»Ist alles okay? Du wirkst so angespannt.«

Sie fragt sich bestimmt, warum ich Vollidiot nicht einfach glücklich bin. Das frage ich mich ja selbst.

»Ich weiß auch nicht. Ich will unbedingt, dass es dir hier gefällt und du alles toll findest. Irgendwie stresst es mich gerade, dass ich eigentlich keinen Plan habe, wie ich das jetzt am besten anstelle.«

Sie lacht ungläubig.

»Ich weiß nicht, was du hast. Es gefällt mir hier. Planlos gefällt mir. Und am meisten gefällt mir, dass ich mit dir hier bin.«

Sie lächelt mich an, und ich vergesse, auf den Verkehr zu achten, so dass ich fast meinem Vordermann in den Kofferraum fahre und scharf bremsen muss. Der Busfahrer hinter mir drückt wütend auf die Hupe, was ein paar andere genervte Autofahrer animiert, das Gleiche zu tun. Willkommen in der Stadt.

So wie Kaya mich ansieht, hat Patricia mich nie angesehen, nicht einmal ganz am Anfang unserer Beziehung. Ich glaube, dass Patricia und ich zusammengekommen sind, war einfach naheliegend, und dann sprach nie so richtig etwas dagegen, ein Paar zu bleiben. Wir kannten uns flüchtig aus dem Studium und haben dann an der gleichen Schule mit dem Referendariat angefangen. Erst trafen wir uns zum gemeinsamen Lernen und Vorbereiten des Unterrichts, dann auch mal fürs Kino oder zum Essen, und eins führte zum anderen. Als wir ein Jahr zusammen waren, zogen wir in eine gemeinsame Wohnung, und besonders durch die Schule hatten wir immer genug Gesprächsthemen. Wir waren sehr verschieden, sie die Anwaltstochter aus Lindenthal, ich der Sohn einer alleinerziehenden Verkäuferin aus Ehrenfeld. Aber trotzdem waren wir eben beide Kölner mit Herz und dem Gefühl, dass es doch egal ist, aus welchem Veedel man kommt. Patricias Eltern sahen das zwar anders, aber denen war es auch nicht recht, dass ihre Tochter »nur« auf Lehramt studiert hatte. Eine ganze Zeit dachte ich, dass sich Patricia daran wenig störte. Sie wollte ihren Weg gehen, und ich bewunderte ihre Zielstrebigkeit und ihren Ehrgeiz. Nach dem Examen konnten wir beide an der Schule bleiben. Patricia bekam sogar eine Festanstellung, während ich mit einem befristeten Vertretungsvertrag vorliebnehmen musste. Ungefähr zu dieser Zeit muss die Sache zwischen Patricia und dem Oberstufenleiter Lukas Krenz begonnen haben, und bei allem, was ich den beiden vorzuwerfen habe, muss ich zumindest zugeben, dass ich keine Veränderung wahrnahm und nicht den leisesten Verdacht hegte. Ich war davon ausgegangen, dass die langen Tage und die viele Arbeit der Grund dafür waren, dass sie sich von mir zurückzog, und bedrängte sie nicht. Von Anfang an hatte sie auf körperliche Nähe wenig Wert gelegt. Das hatte ich jedenfalls gedacht.

Mit Kaya ist es ganz anders. Nicht nur wenn wir miteinander schlafen. Sie zeigt mir, dass sie meine Nähe genießt. Alles an ihr ist ehrlich und klar. Sie sagt, was sie denkt, und zeigt, was sie will. Und macht es mir leicht, das Gleiche zu tun.

Wenn ich an Kaya denke, muss ich zugeben, dass ich für Patricia in der ganzen Zeit nicht mal annähernd etwas Ähnliches empfunden habe. Was es natürlich nicht rechtfertigt, dass sie für diesen Lackaffen Krenz die Beine breitmachte, aber auf das bequeme Langweilerleben mit mir nicht verzichten wollte. Die ganzen Lügen kann ich ihr noch viel weniger verzeihen als das Fremdgehen an sich.

»Lasse! Du siehst immer noch so verspannt aus.«

Kaya zwickt mich in den Oberarm. »Woran denkst du?«

Ich seufze. »An Dinge, die eigentlich gar nicht mehr wichtig sind.«

»Aha.« Sie lässt entschlossen die Fensterscheibe auf der Beifahrerseite herunter. »Dann wirf die Gedanken mal schnell raus, und erzähl mir lieber, wann ich endlich den Dom sehen kann.«

*

Es ist schon fast Mittag, als wir zum Glück direkt in der engen Seitenstraße, in der mein Bruder wohnt, einen Parkplatz finden. Seine Altbauwohnung liegt im obersten Stockwerk, und als wir dort ankommen, steht er in der Tür und sieht aus, als wäre er gerade erst aufgestanden. Er ist barfuß, trägt Boxershorts und ein ausgeleiertes T-Shirt, und seine dunkelbraunen Haare sind verstrubbelt. Er hebt kurz die Hand zum Gruß und will sich schon umdrehen, als er Kaya hinter mir auf der Treppe entdeckt. Ich hatte ihm gesagt, dass ich heute vorbeikommen wolle, aber nicht, dass ich jemanden mitbringen würde. Ganz kurz sehe ich ihm die Überraschung an, dann ist er sofort in seinem Element. »Mensch, Lasse, kannst du mich nicht vorwarnen, dass du 'ne Lady mitbringst. Und was für eine!«

Ohne mich weiter zu beachten, läuft er an mir vorbei und streckt meiner Freundin die Hand entgegen.

»Hey, ich bin Mark.«

Sie lächelt ihn an und drückt seine Hand.

»Und ich bin Kaya.«

Er zieht sie ein Stück die Treppe hoch und lässt endlich ihre Hand los, aber nur, um den Arm um ihre Schulter zu legen und sie Richtung Tür zu schieben.

»Kaya-ya-ya. Das Echo auf dich ist immer ein Ja.«

Sie lacht.

»Nicht schlecht. Ich glaub, ich Mark dich.«

Ich folge den beiden wie ein treudoofer Hund in die Wohnung, und Mark dreht sich in bester Laune zu mir um.

»Wow, die ist klasse! Wo hast du sie her?«

Ich versuche, ihn mit einem wütenden Blick zu bremsen, in dem Wissen, dass er ihn wahrscheinlich ignorieren wird. »Mark, benimm dich! Kaya ist aus Neuberg.«

Er schaut mich verdattert an, als hätte er diesen Ortsnamen gerade zum ersten Mal gehört.

»Was für 'n Neuberg?«

Ich seufze.

»Das Neuberg, in dem ich jetzt wohne. Was du wahrscheinlich nicht weißt, weil du es ja nicht für nötig hältst, mich zu besuchen.«

Er grinst.

»Alles klar. Du hättest mir ja mal sagen können, dass hinterm Mond solche Traumfrauen rumlaufen, dann wäre ich direkt mit dir dorthin umgesiedelt.«

Kaya boxt ihn auf den Oberarm.

»Ich geb dir gleich ›hinterm Mond‹!«

Aber sie grinst dabei, und er reibt sich theatralisch die Schulter. »Aua. Begrüßt man auf dem Land so seinen Gastgeber? Komm herein, Kaya-ya-ya, hätte ich geahnt, dass du mir die Ehre gibst, wäre ich nicht im Out-of-bed-Look an die Tür gekommen.«

Sie mustert ihn einmal von oben bis unten, eindeutig zu lange, und sagt dann auch noch: »Ach, der steht dir doch ganz gut.«

Mein strahlender Bruder schiebt sie weiter in die Küche und fragt sie nach ihrem Kaffeewunsch, und sie wirft nicht einen Blick zurück. Mich lassen die beiden einfach im Flur stehen, als wäre ich gar nicht da. Ist das ein Wunder? Mein Bruder ist einfach einer, dem Frauen nicht widerstehen können. Es ist mir unbegreiflich, aber sein Prinz-Charming-Lächeln und seine halbkreativen Sprüche scheinen eine Dekodierungsfunktion für weibliche Zugangssperren zu haben. Mir liegt das nicht. Ich bin einfach nicht der Typ, der irgendeine Frau auf einer Party anquatscht zum Flirten und Flachlegen. *Wohl eher der Typ, der angequatscht und flachgelegt wird*, feixt meine innere Stimme, und sie hat recht. Genauso ist es doch mit Kaya gewesen. Keine Überraschung also, dass sie sich mit Mark so gut versteht. Wahrscheinlich bereut sie gerade, dass sie sich mit dem falschen Bruder eingelassen hat. Hübsch, intelligent und schlagfertig ist sie genau sein Typ. Ich höre die beiden lachen, und mein Magen zieht sich zusammen. Leider bin ich selbst schuld. Was habe ich mir nur dabei gedacht, Kaya meinem Don Juan von Bruder auf dem Präsentierteller zu servieren? Als ich in die Küche komme, strahlen Kayas Augen mich an.

»Da bist du ja. Ich habe gerade die Geschichte vom missglückten Date und den katholischen Frauen erzählt.«

Mein Bruder reicht mir eine Tasse Kaffee.

»Du bist einfach zu nett für diese Welt. Kein anderer hätte das durchgezogen.«

Kaya lächelt.

»Das stimmt wohl.«

Sie kommt zu mir, schiebt ihre Hand in meine und küsst mich auf den Mundwinkel. Ich schaue sie überrascht an, und sie küsst mich noch mal, diesmal richtig. Ihre Lippen sind warm und weich, und ihre Hand hält meine, als wollte sie nie wieder loslassen.

»Macht mal kurz Halbzeit, ihr zwei.«

Mark grinst und macht mit der Tasse in der Hand ein etwas missratenes Time-Out-Zeichen.

»Ich würde mir eben was anziehen, und dann gehen wir frühstücken, was haltet ihr davon?«

Kaya nickt begeistert.

»Für ein zweites Frühstück bin ich immer zu haben.«

Übertrieben greift Mark sich ans Herz.

»Auch das noch. Bitte sag mir, dass du eine Schwester hast.«

Kaya schmunzelt. »Die hab ich sogar.«

»Ich bitte dich, gib ihr meine Nummer.«

Sie kichert.

»Nee. Das könnte zwar echt abgefahren werden, aber zu deinem eigenen Schutz mache ich das nicht.«

Mark zuckt bedauernd die Achseln und stellt unsere Tassen in die Spülmaschine. An der Küchentür dreht er sich noch mal um.

»Lasse, ich weiß, dass sie deine ist, aber darf ich ihr mein Bad zeigen?«

Ich seufze erneut. Marks Badewanne ist wirklich beneidenswert. Sie ist riesig und mit einer sanften Kurve in die Ecke des Badezimmers gebaut. Auf dem breiten Rand kann man wahrscheinlich ein Drei-Gänge-Menü aufbauen, und statt einer Lampe hat er eine lange Lichterkette an der Decke installiert. Dieses Bad ist sein ganzer Stolz, und er zeigt es natürlich vor allem weiblichen Besuchern sehr gern. Ich will gar nicht wissen, bei wie vielen dadurch spontan die Hüllen fallen. Kaya schaut mich skeptisch an, und ich nicke ihr zu.

»Geh schon. Er gibt sonst sowieso keine Ruhe.«

Sie folgt Mark, und ich zähle im Kopf bis drei, bevor

er seinen Spruch sagt: »Du wirst nie wieder sagen: ›Es kommt nicht auf die Größe an‹!«

Wo bitte kann man kleine Brüder umtauschen?

Den Rest des Nachmittags verhält mein Bruder sich allerdings vorbildlich. Das angekündigte Frühstück besteht dann zur Uhrzeit passend aus Rouladen mit Rotkohl und Kartoffelklößen, die Kaya als göttlich bezeichnet. Wir zeigen ihr unsere Lieblingsecken in Köln und machen sogar einen Schnelldurchgang durch das Schokoladenmuseum, weil sie unbedingt an den Schokoladenbrunnen will. Ich befürchte, dass Mark ernsthaft über ihren Vorschlag nachdenkt, einen solchen Brunnen in sein Badezimmer zu integrieren. Wir lachen viel, unterhalten uns aber auch über ernste Dinge, und weil Mark seine Flirterei inzwischen auf ein Minimum begrenzt, kann ich mich ehrlich darüber freuen, dass er sich mit Kaya so gut versteht. Als wir am frühen Abend einen Straßenflohmarkt entdecken, schaut er bedauernd auf die Uhr.

»Ich muss mich leider verabschieden, ich habe gleich eine Verabredung.«

Er zieht sein Schlüsselbund aus der Tasche und löst zwei Schlüssel vom Ring, die er mir in die Hand drückt.

»Ich komm heute Nacht nicht heim, aber fühlt euch wie zu Hause.« Er zwinkert frech. »Euch wird ohne mich hoffentlich nicht langweilig.«

Kaya stößt ihn mit der Schulter an.

»Nicht, wenn wir in die Wanne dürfen.«

Mein Bruder wirft mir mit hochgezogenen Augenbrauen einen Blick zu, und Kaya lächelt ihn zuckersüß an.

»Bitte sag ja!«

Mark lacht und klopft mir kumpelhaft auf die Schulter.

»Zu deiner Kaya-ya-ya kann man gar nicht nein sagen, oder?«

Ich befürchte, da hat er recht. Er nickt ihr zu, und sie strahlt. Als er um die Straßenecke verschwunden ist, schmiegt Kaya sich in meinen Arm.

»Ich finde deinen Bruder klasse!«

»Das habe ich gemerkt«, sage ich grimmig, und sie lacht.

»Sei nicht so. Den Bruder deines Bruders finde ich nämlich noch viel, viel besser!«

Ich küsse sie auf die Schläfe.

»Bist du sicher? Marks Charmeoffensive schien dir ziemlich zu gefallen.«

»Du bist doch nicht ernsthaft eifersüchtig?«

Sie runzelt die Stirn, und ich kann mir die Frage gerade nicht mal selbst beantworten. Kaya wartet keine Reaktion ab, sondern zieht mich in Richtung der kleinen Stände mit dem gebrauchten Krimskrams davon. Wir schlendern von Tisch zu Tisch und denken uns zu den skurrilsten Fundstücken kleine Geschichten aus. Einmal hält Kaya mir eine handtellergroße Schnitzfigur entgegen. Es ist ein liebevoll bemaltes Spielzeugpferdchen mit Kordelmähne.

»Schau mal, ein Miniatur-Achterbahn.«

Ich grinse.

»Dabei ist das Original doch schon eine Miniatur.«

Sie streckt mir die Zunge raus und hält die Figur noch einen Moment in der Hand, bevor sie sie auf den Tisch zurücklegt, weil sie einen Stand voller Bücherkisten entdeckt hat. Während sie in den Kartons wühlt, kann ich unauffällig das Holzpferd bezahlen und in meine Jackentasche verschwinden lassen.

Als wir abends bei meinem Lieblingsinder sitzen, hole ich es hervor und lasse es über den Tisch zu ihr traben. Ihre Augen funkeln, und sie küsst mich, als hätte ich ihr ein Diamantcollier überreicht. Immer wieder streicht sie mit dem Daumen über das Holztier in ihrer Hand.

»Es sieht deinem Achterbahn wirklich ein bisschen ähnlich. Warum heißt der eigentlich so?«

Sie grinst.

»In seinen Zuchtpapieren heißt er Astaran. Aber das konnte ich mir als kleines Mädchen nicht merken und habe ihn Achterbahn genannt. Dabei ist es geblieben. Es hat auch einfach gut gepasst. Er konnte richtig schnell werden und ziemlich fies buckeln. Da war eine Achterbahnfahrt nichts dagegen.«

Ich muss lachen, als ich mir die kleine Kaya beim Ponyrodeo vorstelle.

Hand in Hand spazieren wir vom Restaurant zurück, erzählen uns alles Mögliche und halten zwischendurch immer wieder an, um uns zu küssen. Unfassbar kitschig und unfassbar schön. Tatsächlich ist Marks Wohnung still und dunkel und gehört nur uns beiden. Als ich die Wohnungstür hinter uns schließe, umarmt Kaya mich von hinten und sagt leise in mein Ohr: »Gehen wir jetzt baden?«

Ohne eine Antwort abzuwarten, läuft sie schon ins Badezimmer, und bevor ich überhaupt meine Jacke und meine Schuhe ausgezogen habe, höre ich das Wasser rauschen. Als ich ihr folge, sitzt sie schon im Schaum. Mark wird die Krise kriegen, wenn er bemerkt, dass sie die halbe Flasche von seinem Edelduschgel ins Wasser gekippt hat. Ihre Kleidung liegt in einem Knäuel unterm Waschbecken. Sie strahlt mich an.

»Die Wanne ist ein Traum! Los, spring mit rein!«

Sie wird ungeduldig, und ich freue mich, dass sie anscheinend ziemlich heiß auf mich ist. Betont langsam ziehe ich Kleidungsstück für Kleidungsstück aus, falte es ordentlich zusammen und lege es auf dem Schränkchen ab. Sie seufzt und lässt sich tiefer ins Wasser gleiten.

»Wenn du nicht bald kommst, komm ich ohne dich.«

Ich hoffe, dass das nicht ernst gemeint ist, beeile mich aber lieber doch ein bisschen und steige ihr gegenüber ins heiße Wasser. Ins sehr heiße Wasser. Ihr scheint es nichts auszumachen, aber ich bin bestimmt gleich rot wie ein Krebs. Obwohl ihr Körper fast vollständig vom Schaum verdeckt wird, erregt mich der Gedanke an ihre nackte Haut unter der Wasseroberfläche.

»Hast du es schon mal in der Badewanne gemacht?«,

frage ich heiser. Sie gibt ein unbestimmtes »Mmh« von sich. Ich mache mir eine Gedankennotiz, keine Fragen mehr zu stellen, auf die ich keine Antwort haben möchte, und versuche, mir nicht anmerken zu lassen, dass mir die Idee von ihr mit irgendeinem anderen im Schaum einen ordentlichen Dämpfer verpasst. Ihr Grinsen zeigt mir, dass mir das nicht gelingt.

»Ich bade total gern. Aber keine Sorge – meistens allein.« Sie lehnt sich im Wasser zurück. »Amelie und ich waren schon öfter zusammen in der Badewanne. Allerdings nicht in so einer.«

Sie streicht liebevoll über den Wannenrand.

Ich runzele die Stirn.

»Du und deine Freundin? Ehrlich?«

»Ja, klar. Warum nicht? Das ist gemütlich und spaßig und …«, sie macht einen gekonnten Augenaufschlag, »… heiß.«

Sie spricht das ß so scharf, dass ich froh bin, sowieso schon feuerrot zu sein.

Ich schlucke. »Wie? Heiß?«

Ich bin dankbar für den hohen Schaumberg, weil ich mir nicht sicher bin, ob es angebracht ist, was mein bestes Stück gerade macht. Sie lächelt unschuldig.

»Hmm … Vielleicht so … zweiundvierzig Grad?«

Ich spritze mit Wasser nach ihr, und sie kichert. Dann stürze ich nach vorn und verschließe ihren Mund mit meinem.

Unter mir fühle ich ihre glatte Haut. Ihr keuchender Atem und ihre fordernde Zunge sagen mir, dass sie ebenso bereit ist wie ich. Kurz richte ich mich auf und greife nach dem Kondom, das ich unauffällig auf dem Wannenrand abgelegt habe. Während ich es überziehe, zieht sie mich schon an sich. Eine Hand schiebe ich unter ihren Po, und wir stöhnen gleichzeitig auf, als ich tief in sie gleite. Sie vergräbt ihren Kopf an meinem Hals, und ich halte ihn mit einer Hand, damit er über Wasser bleibt, während sie sich mir vollständig hingibt. Als ich es fast nicht mehr aushalte, wölbt sie sich unter mir auf, und ich kann einen Augenblick ihren Höhepunkt genießen, bis mich meiner überfällt.

\*

Am nächsten Morgen frühstücken wir im Bistro an der Straßenecke, und Kaya kann nicht genug kriegen vom Büfett. Es ist unfassbar, was in diese zierliche Person hineinpasst und mit welcher Begeisterung sie das Rührei mit Speck und den Obstsalat kommentiert. Wie bei allem lässt sie sich auch beim Essen ihre unkomplizierte Lebensfreude durch nichts nehmen. Als wir wieder auf der Autobahn sind, kann ich nicht glauben, dass wir nur einen Tag in Köln waren, denn inzwischen sind wir so vertraut miteinander, als würden wir uns seit Ewigkeiten kennen. Ich kann mich gar nicht richtig auf die Fahrbahn konzentrieren, weil ich immer wieder zu meiner Traumfrau gucken muss, die schon seit ein paar Minuten in ihr Smartphone vertieft ist und sich dabei unleserliche Notizen auf einen Zettel macht, den sie aus ihrer Handtasche gezogen hat.

»Was machst du da eigentlich?«

Sie schaut auf und legt Handy und Zettel zur Seite.

»'tschuldigung. Ich wollte kurz etwas nachsehen. Ich muss ein Buch finden, aber ich glaube, es ist ziemlich hoffnungslos.«

Kaya hat mir schon von ihrem Nebenjob als Buchjägerin erzählt. Ich sollte mir auch einen coolen Zweitjob zulegen.

»Ein bestimmtes Buch?«

Sie zieht die Augenbrauen hoch, und ich merke selbst, wie dämlich diese Frage war. Kaya muss echt glauben, dass ich Pudding im Kopf habe.

»Tatsächlich, ein bestimmtes«, gluckst sie. »Ich soll der Kundin nächste Woche Bescheid sagen, ob ich fündig geworden bin. Aber ich kenne nur den Anfangsbuchstaben der Protagonistin und das Covermotiv. Das wird nichts.«

Sie schiebt Telefon und Zettel in ihre Handtasche und dreht sich zu mir.

»Aber jetzt bin ich wieder ganz bei dir. Tut mir leid, dass ich gerade abgelenkt war.«

Ich schmunzele.

»Ich verlange nicht, dass du mir vierundzwanzig Stunden am Tag deine volle Aufmerksamkeit widmest.«

Sie legt ihren Kopf an meine Schulter.

»Man könnte glauben, Amelie hat dich geschickt.« Aus irgendeinem Grund muss sie darüber lachen.

»Die Amelie von der Party?«

»Genau. Die weiß nämlich, dass ich es mag, wenn Männer sich auch mal selbst beschäftigen können und nicht ununterbrochen meine Zuwendung brauchen.«

Männer ... Wie sie das sagt, klingt es nicht gerade, als wolle sie sich auf einen festlegen. Ich versuche, den Gedanken loszuwerden, und komme auf das Buch zurück.

»Sag mal, würde es bei deiner Buchsuche nicht helfen, wenn ein Laden die Bücher nach Coverfarbe sortiert?«

Sie setzt sich auf.

»Klar. Das ist eine supergute Idee. Solche Läden gibt es bestimmt.«

Ich zucke mit den Schultern.

»Ich weiß es nicht. Aber eine frühere Kollegin hatte ihre Bücher im Wohnzimmerregal so sortiert. Ich fand das etwas freaky, aber sie hat gesagt, das sei modern, und viele würden das so machen.«

»Gleich Dienstag werde ich rumtelefonieren. Du bist der Beste!«

Sie küsst mich auf die Wange und wühlt ihr Handy wieder hervor.

»Ich gucke gleich mal im Internet.«

Dann wirft sie mir einen Blick zu und schiebt es zurück in die Tasche.

»So ein Quatsch. Das kann ich später machen. Erzähl mir irgendwas.«

Sie zieht die Knie auf dem Beifahrersitz an den Körper und schaut mich erwartungsvoll an.

Ich überlege kurz.

»Ich denke gerade, was für ein Glück ich habe, dass wir uns begegnet sind. Und dass du mich angesprochen hast. Irgendwie musst du gespürt haben, dass wir uns einfach kennenlernen müssen.«

Sie guckt aus dem Fenster und sagt: »Ich bin auch froh, dass alles so gekommen ist.«

Sie streicht eine Haarsträhne hinters Ohr und schaut mich nachdenklich an.

»Wir haben uns gerade erst kennengelernt, und trotzdem ist es irgendwie so ..., so ...«

Ich lächle.

»Ich weiß, was du meinst. Es ist erst drei Tage her, dass ich bei dir im Laden stand. Oder was nehmen wir als den Anfang von uns beiden? Das Gespräch in der Schule?«

Sie verschränkt die Arme.

»Definitiv das Auto im Matsch.«

Ich streiche über ihren Unterarm.

»Das finde ich gut. Somit sind wir sogar schon vier Wochen ein Paar.«

Sie kichert.

»Ein heimliches Paar. Verbotene Liebe. Warum bist du nur Millis Lehrer?«

Ich schüttele den Kopf.

»Daran ist gar nichts verboten. Nicht mal, wenn Milena wirklich deine Tochter wäre.«

»Na ja, trotzdem ...«

Sie schaut wieder aus dem Seitenfenster.

Ich hole Luft.

»Kaya, es ist mir ernst mit dir, und das bisschen Schultratsch ist mir egal. Von mir aus können wir die Heimlichtuerei noch heute beenden.«

Sie schaut mich wenig begeistert an.

»Ich weiß nicht so recht.«

Ich habe keine Ahnung, was ich davon halten soll. Schließlich macht sie kein Geheimnis daraus, dass sie nichts gegen kurze Bettgeschichten hat. Bei mir interessiert es sie jedoch plötzlich, was die Leute reden. Das mit den Bettgeschichten darf mir eigentlich nichts ausmachen, ich bin ja kein spießiger Neandertaler auf der Suche nach einer Jungfrau. Trotzdem bin ich eifersüchtig auf jeden Kerl, der sie vor mir im Arm halten durfte. Einen Moment herrscht Stille im Auto, dann dreht Kaya mir den Kopf zu.

»Es geht um Milli. Sie ist sowieso schon eine Außenseiterin in der Klasse, und wenn jetzt noch ihre Tante mit dem Klassenlehrer zusammen ist, wird sie es noch schwerer haben. Sie ist gut in der Schule, aber plötzlich wird es heißen, dass das daran liegt, dass sie bevorzugt wird und so was.«

Mir fällt ein Stein vom Herzen, dass das der Grund für Kayas Zögern ist, aber ganz kann ich mich nicht von dem Gedanken befreien, dass sie sich eine bequeme Ausfahrt freihalten will, falls sie meiner schnell überdrüssig wird.

Eigentlich hat sie ja recht. Auch für uns beide ist es besser, erst mal abzuwarten, was in ein paar Wochen vom Rosarot übrig bleibt. Wir sind schließlich keine Teenager mehr, die ihren Beziehungsstatus auf facebook häufiger wechseln als das Profilbild. Aber andererseits halte ich nichts von halben Sachen und von Geheimniskrämerei noch weniger.

»Ich verstehe das. Aber früher oder später kommt es doch heraus, und ich glaube, es wäre besser, wenn deine Nichte es von dir erfährt.«

Kaya seufzt.

»Du hast ja recht. Ist es okay, wenn wir noch diese Praktikumsprüfung abwarten? Dann rede ich mit ihr.«

Ich überlege kurz.

»Das Referat meinst du? Ja, damit kann ich leben. Aber sehen können wir uns trotzdem, oder?«

Sie nickt erleichtert.

»Auf jeden Fall. Sonst würde ich das nicht aushalten. Ein paar Mitwisser haben wir ja schon. Aber Rob und Amelie behalten es für sich. Mark doch auch, oder?«

Ich zucke die Achseln.

»Wem sollte er schon davon erzählen? Aber wenn es etwas gibt, was mein Bruder definitiv nicht gut kann, dann ist es, im richtigen Moment die Klappe zu halten!«

Kaya hat mich noch nicht auf Marks Abschiedsworte angesprochen, und ich hoffe sehr, dass sie das auch vorerst nicht tut. Während er mich brüderlich in den Arm nahm, stellte er zufrieden fest:

»Dann wird wohl nichts aus der Rückkehr des verlorenen Bruders im Sommer.«

Ich trat ihm sofort auf den Fuß, was er wahrscheinlich als Versehen abtat, aber zumindest ließ er das Thema fallen. An Kayas Blick sah ich sofort, dass sie ihn genau verstanden hatte und auch ahnte, worauf er hinauswollte. Ich habe mit Absicht noch nicht erwähnt, dass die Vertretungsstelle in Neuberg bis zu den Sommerferien befristet ist. Bis vor kurzem bin ich fest entschlossen gewesen, mir danach wieder einen Job in Köln zu suchen. Dieser Entschluss wackelt tatsächlich seit der Begegnung mit der vermeintlichen Mutter einer Schülerin, aber ich befürchte, dass es sie ziemlich verschrecken würde, wenn ich nach ein paar gemeinsamen Tagen mit ernsten Zukunftsplänen ankäme. Das Verrückte ist, dass mir solche Pläne immer wieder durch den Kopf gehen, ob ich will oder nicht. Mal ehrlich, sollte ich zurück nach Köln gehen und Kaya in Neuberg bleiben, hätte eine Beziehung wohl kaum eine Chance. Sie wäre vorbei, bevor sie richtig angefangen hat. Wenn ich mit Kaya darüber sprechen würde, kann es sein, dass wir es dann aus Vernunft gleich beenden. Und davon will ich gerade nichts wissen. Deshalb ist es wahrscheinlich besser, das Thema erst mal, so gut es geht, zu umschiffen.

»Was machst du heute noch so?«

Kaya bindet sich einen Pferdeschwanz und greift nach ihrer Tasche. In wenigen Minuten wird sie aussteigen, und ich weiß, dass ich sie sofort vermissen werde.

Ich seufze.

»Meine Kollegen haben mich überredet, mit ihnen zum Osterfeuer zu gehen. Das halten sie für etwas, das man nicht verpassen darf.«

Ich will spöttisch den Kopf schütteln, aber Kayas Augen blitzen auf.

»Echt? Da bin ich auch. Du wirst begeistert sein.«

Bisher hatte ich da eher meine Zweifel.

»Und es kommt noch jemand, den du kennst: Achterbahn. Er ist nämlich das Osterpony und zieht einen kleinen Wagen mit bunten Eiern für die Kinder.«

Ich bin mir nicht sicher, ob sie das ernst meint, aber als sie meinen Blick bemerkt, ernte ich einen Stoß in die Rippen.

»Grins nicht so! Die Kinder lieben ihn.«

»Okay, ich fasse zusammen: Ganz Neuberg trifft sich auf einem Feld, ihr zündet ein Lagerfeuer an, verkleidet ein wehrloses Pony als Hase und nennt das ein Event!?«

Nur halb im Spaß schiebt sie wieder die Unterlippe vor.

»Du bist doof. Achterbahn wird nicht verkleidet. Und du hast das Bier vergessen.«

»Oder das, was ihr als Bier bezeichnet.«

Das bringt sie zum Lachen.

»Ich bin gespannt, ob es dir nicht doch gefällt. Aber wir dürfen uns ja dort gar nicht begegnen. Milli bekommt einen Herzinfarkt, wenn sie sieht, dass du auch da bist.«

Ich nicke.

»Ich halte Abstand vom Osterpony. Aber von der Ferne werde ich ab und zu einen Blick auf seine heiße Besitzerin riskieren.«

Wir sind an der Ecke vom Kirchplatz angekommen, und ich halte am Straßenrand. Nach Köln kommt es mir seltsam vor, dass der Platz menschenleer ist.

Sie lehnt sich zu mir rüber, haucht mir einen Kuss auf die Wange und flüstert:

»Und ich auf meinen absoluten Lieblingslehrer.«

Sie zieht ihre Reisetasche von der Rückbank und will schon aussteigen, als ich sie an mich ziehe und küsse, damit noch mal für ein paar Sekunden die Zeit stehenbleibt.

\*

Ich mache Fortschritte, was ländliche Freizeitveranstaltungen angeht. Jedenfalls habe ich diesmal passendes Schuhwerk an, auch wenn ich sechs Umzugskartons ausleeren musste, um meine fast ungetragenen Trekkingschuhe zu finden. Als wir mit vielen anderen Pilgern bei dem Feld ankommen, das keine Adresse hat, von dem aber jeder Neuberger weiß, wo es sich befindet, muss ich zugeben, dass man hier keine halben Sachen macht. Der Scheiterhaufen sieht aus, als hätte man einen Quadratkilometer Wald abgeholzt und aufgeschichtet, und obwohl er noch nicht brennt, wird er permanent von Teenagern in Feuerwehrkleidung umrundet, die mit ernsten Gesichtern versuchen, diverse Kleinkinder davon abzuhalten, unter dem Absperrband durchzuhuschen, um sich Stöcke aus dem großen Berg zu ziehen. Zu den fünf Kollegen, mit denen ich verabredet bin, gehört auch Viola Meyer, mit der ich gemeinsam die Foto-AG gegründet habe. Sie nimmt sich meiner an, versorgt mich mit Bier und lauwarmer Bockwurst und erzählt mir zu jedem Zweiten, der an unserem Grüppchen vorbeigeht, eine kleine Anekdote, die ich sofort wieder vergesse. Trotzdem bin ich ihr dankbar, dass sie mir das Gefühl gibt, dazuzugehören. Sie hakt sich ganz selbstverständlich bei mir ein und zieht mich ein Stück beiseite, weil sie anscheinend wieder jemanden entdeckt hat, den sie mir zeigen will. Nur halbherzig schaue ich in die Richtung, in die sie deutet, doch dann sagt sie:

»Lasse, guck mal, da ist das Osterpony. Ist das nicht süß? Es kommt schon seit Jahren zu unserem Osterfeuer.«

Sofort sehe ich genauer hin. Das Zwergenpferd sieht wirklich niedlich aus mit dem kleinen Leiterwagen voll Heu, in dem bunte Ostereier liegen. Zuerst erkenne ich nur Milena, die Achterbahn an der Leine führt. Dahinter taucht Kaya auf, und sofort klopft mein Herz bis zum Hals. Sie trägt den Parka, den sie auch auf der Scheunenparty anhatte, hält die Hände in den Taschen, und wenn sie lacht, wippt ihr blonder Pferdeschwanz. Sie ist einfach zum Anbeißen. Am liebsten würde ich sofort zu ihr stürzen. Neben ihr steht der Tierarzt vom Praktikum. Sie hatte erwähnt, dass sie sich auch privat kennen. Warum ist mir vorher nicht aufgefallen, wie verdammt gut der aussieht? Ich kneife die Augen zusammen, als er sich vorbeugt, um Kaya etwas ins Ohr zu flüstern. Sie hebt die Hand, aber anstatt ihn damit auf einen Meter Abstand zu schubsen, wuschelt sie ihm zärtlich durch die Haare, und er lacht. Als sie in die Hocke geht, um einem kleinen Mädchen ein Osterei aus dem Wagen zu geben, folgt er ihr mit den Augen, und sein Blick sagt mir alles. Dieser Scheißkerl ist verrückt nach ihr! Der Jeansmodel-Tierarzt will meine Kaya. Der soll mal schön ... Kaya erhebt sich, und im selben Moment sieht sie mich. Das Strahlen in ihren Augen bringt die Welt zum Stillstand. Ich sehe vor mir, wie sie an meiner Seite auf der Festzeltbank Platz nimmt, wie sie hinter der Theke im Buchladen auftaucht und im Schaumberg von Marks Badewanne untergeht. Wie kann sie mir nach so kurzer Zeit so viel bedeuten? Ein zartes Nicken nur für mich. Dann fällt ihr Blick neben mich und kühlt ab. Viola hält immer noch meinen Arm umfasst und redet auf mich ein. Ich denke kurz an Kayas vertrautes Scherzen mit dem Tierarzt und nicke interessiert, als hätte ich die ganze Zeit begeistert zugehört. Ich ignoriere den Blitz, der mir aus den schönsten Augen der Welt entgegenzischt. Ein bisschen Strafe muss sein.

# 15

**SELBST ALS DAS** Osterfeuer lodert und mit hohen Flammen in den dunklen Himmel greift, fühle ich noch den Stich, den mir diese kleine Lady in Pink verpasst hat, als sie sich so an Lasse rangeschmissen hat, ohne dass ich was tun konnte. Ihm schien es gut zu gefallen, wie sie sich an ihn geklammert und ihn mit ihrem Püppchengesicht angehimmelt hat, jedenfalls hat er mich plötzlich nicht mehr beachtet und nur noch ihrem ununterbrochenen Geplapper gelauscht. Weil Milli ihre neue Freundin im Gedränge entdeckt hatte, musste ich in diesem Augenblick Achterbahn übernehmen, der zufrieden die ersten Grasspitzen zupfte. So habe ich die beiden aus den Augen verloren, was meine Laune nicht gerade verbessert hat. Das Schlimmste ist, dass ich bisher die Hand dafür ins Osterfeuer gelegt hätte, dass das Gen für Eifersucht bei mir nicht vorhanden ist. Natürlich würde ich es nicht akzeptieren, wenn mein Freund fremdgeht oder eine andere ernsthaft anbaggert. Wenn aber eine meint, meinen Begleiter umgarnen zu müssen, dann zeigt das ja nur, dass ich mir ein Prachtstück ausgesucht habe. Solange er da nur ein bisschen mitspielt und die Grenzen kennt, finde ich das eigentlich ganz unterhaltsam. Fand ich das ganz unterhaltsam. Bisher. Jetzt gerade finde ich es völlig daneben. Wahrscheinlich liegt es daran, dass ich nicht die Möglichkeit habe, einfach hinzugehen und der kleinen Barbie zu zeigen, dass Lasse zu mir gehört. Ich könnte natürlich jetzt und hier der Geheimniskrämerei ein Ende machen. Das wäre zwar sehr spontan, aber Spontanität ist mein Fachgebiet.

»Ist alles in Ordnung?«

Rob legt den Arm um mich. »Du starrst in die Flammen, als würdest du erwarten, dass sich dir dort der Sinn des Lebens offenbart.«

Ich schaue ihn an.

»Ich glaube, das ist gerade passiert. Ich hab eine Idee.«

Er seufzt.

»Bitte nicht!«

»O doch! Ich suche jetzt Lasse und küsse ihn vor allen Leuten hier, und dann gibt's kein Geheimnis mehr und ... Happy End oder so was.«

»Tu das nicht, Kaya!«

»Warum nicht? Ich will das.«

»Weißt du denn, ob er es auch will? Was kommt nach dem Happy End? Seine Kollegen sind hier, Milli, ganz Neuberg ... Dann gibt es kein Zurück.«

Ich schiebe entschlossen eine widerspenstige Haarsträhne hinter mein Ohr.

»Ich will auch kein Zurück!«

Rob antwortet ruhig, als würde er mit einem nervösen Pferd reden.

»Wenn das wirklich so ist, dann solltest du das vielleicht erst mal ihm sagen, findest du nicht?«

Ich atme hörbar aus. Lasse hat gesagt, dass es ihm nicht mehr wichtig ist, dass mit uns geheim zu halten. Aber hat er damit gemeint, dass er was richtig Festes will? Oder ist es ihm egal, weil er sowieso im Sommer aus Neuberg abhaut? Auf die Andeutung seines Bruders hat er jedenfalls ziemlich ausweichend reagiert.

»Du hast recht. Wahrscheinlich würde ich es sofort bereuen. Und Milli gegenüber wäre es absolut nicht fair.« Ich lege meinen Kopf an Robs Schulter.

»Warum bist du eigentlich immer so vernünftig?«

Er schweigt einen Moment, bevor er antwortet.

»Das frage ich mich jeden verdammten Tag.«

\*

Natürlich hat Rob recht. Ich kann Lasse nicht einfach damit überfallen, dass für mich aus der kleinen Affäre mit schönen Gesprächen und unfassbar gutem Sex irgendwie viel mehr geworden ist und ich ihm am liebsten ein *Gehört Kaya*-T-Shirt drucken lassen würde. Ich hoffe, dass es ihm ähnlich geht, aber viel Erfahrung mit dem, was die Leute als »ernsthafte Beziehung« bezeichnen, habe ich nicht.

Dem am nächsten kamen wahrscheinlich die anderthalb Jahre mit Thomas. Das war mit Anfang zwanzig. Er studierte Jura und hatte ein paar unserer Psychologievorlesungen besucht. Ich war ihm aufgefallen, und mit einer süßen Hartnäckigkeit fragte er immer wieder nach einer Verabredung. Aus einer Laune heraus gab ich irgendwann nach. Er sah gut aus, war sympathisch und beliebt. Ich gebe zu, dass ich ein wenig geschmeichelt war, dass er sich unter all den Studentinnen ausgerechnet in mich verguckt hatte. Es war nett und lustig, und ich fühlte mich irgendwie gut aufgehoben bei ihm, also wurden wir ein Paar. Es ging überraschend lange gut. Dann merkte ich, dass ich mit meinem Studium nicht glücklich war und auch sonst ein Leben führte, das mir nicht gefiel. Thomas war schwer verliebt. Vor allem in sein Drehbuch fürs perfekte Leben, in dem ich die weibliche Hauptrolle spielen sollte. Immer wieder versuchte ich ihm zu vermitteln, dass mir das alles zu schnell ging.

»Ich bin noch nicht so weit, mir über die Zukunft Gedanken zu machen.«

Er lächelte dann nachsichtig.

»Ach, Schatz, das musst du doch auch gar nicht. Ich mach das schon für uns.«

Mit solchen Sätzen konnte er mich zum Explodieren bringen, aber er ging einfach darüber hinweg und tat wenig später, als wäre nichts gewesen. Er las weiter seine Immobilienanzeigen und war so überzeugt von sich und seinen Plänen, dass er tatsächlich ehrlich überrascht war, als ich ihn verließ, mein Studium abbrach und nach Neuberg zurückging. Die einzig mögliche Erklärung war für ihn ein anderer Mann. Dass er nicht verstand, dass ich mein Leben endlich wieder selbst in die Hand nehmen wollte, zeigte mir, wie wenig er mich eigentlich kannte, und bestätigte mich in meiner Entscheidung, die Beziehung zu beenden. Die Trennung ist jetzt fünf Jahre her, und ich habe seitdem keine feste Beziehung gehabt. Wozu auch? Für Gespräche und Unternehmungen habe ich die tollsten Freunde, als Lebensinhalt meinen Laden und meinen allerliebsten Achterbahn und zum Flirten, Knutschen und mehr einfach den, der mir gerade gefällt. Das ist für beide Seiten unkompliziert, und beschwert hat sich noch keiner. Lasses Bruder wäre dafür zum Beispiel genau der Richtige gewesen. Ein freundlicher Draufgänger, mit dem man lachen kann und der einem offensiv und mit Charme das Gefühl gibt, etwas Besonderes zu sein, ohne auch nur eine Sekunde so zu tun, als wäre es für ihn mehr als ein Spiel. Es ist nicht lange her, da hätte ich mich sorglos und mit Begeisterung auf dieses Spiel eingelassen.

Mit Lasse ist alles anders. Mit seiner ruhigen, unaufdringlichen Art lässt er mir Raum für mich. Er fordert Nähe nicht ein, sondern wartet geduldig darauf, dass ich etwas von mir preisgebe. Wenn mir die Worte fehlen oder das, was mir auf der Zunge liegt, zu zerbrechlich ist, dann drängt er nicht, sondern zieht eine sanfte

Kurve daran vorbei. Damit unterscheidet er sich so sehr von Thomas, der jeden schwachen Moment nutzte, um mir seine Stärke zu beweisen und als Held gesehen zu werden. Es gefällt mir, dass Lasse ganz im Gegenteil kein Geheimnis daraus macht, wie oft auch bei ihm Kopf und Bauch kämpfen, dass ihm wichtige Entscheidungen schwerfallen und er sie trotzdem meistens impulsiv trifft und dann mit ihnen hadert.

Als ich einmal abends in seinem Arm liege, erzählt er mir, wie schwer es ihm gefallen ist, die richtige Entscheidung in Millis Fall zu treffen. Einfach als Mensch Lasse fand er die Rettung der Ratten ziemlich mutig und irgendwie beeindruckend. Aber er musste nun mal als Lehrer darauf reagieren und war sehr froh, dass die Lösung mit dem Ersatzpraktikum für ein glimpfliches Ende sorgte. »Der Vertrauensbruch war für mich das eigentliche Problem. Ich finde es immer noch bedenklich, dass Milena sich nirgendwo Hilfe gesucht hat. Sie hätte jederzeit zu mir kommen können. Ich hätte doch nicht zugelassen, dass sie wegen so was ins Internat kommt.«

»Sie ist doch zu mir gekommen!?«, werfe ich ein.

»Ja ha.« Er küsst mich auf den Kopf. »Damit du ihr zeigst, wie man sich noch weiter im Lügengeflecht verstrickt.«

Ich boxe ihn zärtlich. »Lehrergelaber.«

Er setzt sich auf, damit er mir in die Augen schauen kann. »Nein, Kaya. Das meine ich nicht nur als Lehrer.

Die Wahrheit ist selten das, was leichtfällt. Aber sie ist das Einzige, was hilft.« Er schaut mich abwartend an.

Ich stütze meinen Oberkörper auf den Ellbogen ab. »Du hast ja recht. Ich bin mir sicher, Milli hat das verstanden.« Das scheint ihm nicht zu reichen. Ich seufzte ergeben.

»Und ich auch.« Ich würde gern »Herr Lehrer« hinzufügen, aber ich bin überzeugt, dass Lasse das nicht lustig fände.

Jedenfalls hat der Herr Lehrer es geschafft, mich ordentlich durcheinanderzurütteln. Ich will gar nicht mehr die coole Kaya sein, die abschleppt, wen sie will, ohne ihr Herz zu verlieren. Ich mag die Kaya, die ich bin, wenn ich bei ihm bin. Und ich mag ihn. Ich mag ihn nicht mehr hergeben.

Wir haben noch nicht über die Zukunft gesprochen. Was für ein Gedanke. Ich erwarte, dass meine innere Stimme in Gelächter ausbricht, aber sie schweigt. Wahrscheinlich ist sie in Ohnmacht gefallen.

Seitdem Mark gesagt hat, dass Lasse eigentlich im Sommer nach Köln zurückkommen wollte, frage ich mich, warum er dazu nichts sagt. Aber ich traue mich nicht, Lasse darauf anzusprechen. Er wird schon seine Gründe haben, warum er das Thema nicht anschneidet. Und eigentlich sollte ich darüber froh sein. Denn das würde weitere Fragen nach sich ziehen, zu denen ich selbst noch gar nicht bereit bin. Ich denke an Thomas, der mich nicht zuletzt mit seinen hundert Zukunftsplänen verjagt hat. Auf keinen Fall will ich den gleichen Fehler machen. Irgendwie ist das alles ganz schön kompliziert.

\*

Am Ostermontag mache ich mit Milli den geplanten Ausritt, und während wir die Stuten striegeln, erzählt Milli begeistert vom Wochenende mit Emma. Schon bald ist der Boden mit Pferdehaaren bedeckt, weil der Fellwechsel begonnen hat. Die Sonne scheint, und es riecht nach Frühling.

»Wenn Engel reiten, ist immer gutes Wetter«, sagt meine Nichte, während sie sich in Tinkas Sattel schwingt.

»Du willst ein Engel sein, du kleine Rattendiebin?«, lache ich und trabe mit Lulu an ihre Seite.

Ihre Augen funkeln frech. »Für die Ratten auf jeden Fall!« Dann seufzt sie. »Ich hab ziemlich Schiss vor diesem Vortrag, den ich halten muss. Ich will das wirklich richtig gut machen, aber Herr Fries ist bei so was total streng.«

»Milli, das wird schon. Lehrer sind auch nur Menschen, die haben selbst schon falsche Entscheidungen getroffen, ganz bestimmt. Wenn du Herrn Fries einfach nur so vom Praktikum erzählst wie mir jeden Abend, dann wird er begeistert sein.«

Sie zupft nachdenklich an Tinkas Mähne herum. »Meinst du wirklich?«

Ich nicke nachdrücklich. »Ja, da bin ich mir sogar sicher. Genieß erst mal deine zweite Woche bei Rob. Und wenn es so weit ist, dann hilft er dir bestimmt bei der Vorbereitung. Wenn du magst, dann komm ich zum Vortrag in die Schule zum Daumendrücken. Ich will das unbedingt sehen, schließlich war das Tierarztpraktikum meine Idee.«

»Das wäre so toll! Aber das geht doch gar nicht. Du müsstest ja wieder als meine Mutter kommen, damit bei Herrn Fries nicht alles auffliegt. Aber das geht bestimmt nicht noch mal gut.«

Ich zucke die Schultern. Ich kann Milli ja schlecht verraten, warum ich das gelassen sehe. Sobald sie diese Sache hinter sich hat, muss ich unbedingt mit der Wahrheit über Lasse und mich rausrücken und hoffen, dass sie damit klarkommt.

»Ich komme einfach diesmal als deine Tante Kaya in Jeans und T-Shirt. Ist ja nicht ungewöhnlich, dass man seiner Schwester ziemlich ähnlich sieht. Er wird keinen Verdacht schöpfen.«

Milli schaut mich einen Moment prüfend an. »Ja, du hast recht. Cool! Dann kommst du also wirklich?«

»Versprochen. So fest wie das Versprechen, dass Lulu und ich euch gleich unseren Staub frühstücken lassen.« Ich schnalze und gebe die Zügel frei. Die braune Stute hat nur darauf gewartet und startet mit einem großen Galoppsprung durch. Ich spüre den Wind im Gesicht und höre, wie Milli lacht, als sie uns mit Tinka einholt.

Es ist etwas, das Nichtreiter nicht kennen: Nichts macht den Kopf freier, nichts die Seele leichter, als auf vier Hufen über das Feld zu fliegen.

\*

Als Milli abends im Gästezimmer verschwunden ist, rufe ich Amelie an, mit der ich seit ihrer Dateberatung nicht gesprochen habe. Sie ist genervt von einem Osterwochenende mit der ganzen Familie, bei dem nahezu jeder mit jedem gestritten hat und es ansonsten verdammt langweilig war. Entsprechend schlechtgelaunt ist meine beste Freundin und absolut bereit, sich gleich morgen zur Adoption freizugeben. Ich lache. »Ich adoptiere dich. Ich hab ja langsam Übung in der Mutterrolle.« Damit entlocke ich auch ihr ein Kichern.

»Das ist *die* Idee! Aber erzähl mal, wie ist es euch ergangen, wie war das Traumdate, und was habe ich noch verpasst?«

Als ich ihr vom Karfreitags-Desaster berichte, versucht sie, Mitleid zu heucheln, aber ich merke, dass sie sich das Lachen kaum verkneifen kann, und schließlich prustet sie los. »Das war nicht ganz das, was ich mit einem unvergesslichen Date meinte, aber das ist auf jeden Fall was für die Familienchronik.«

Dann erzähle ich natürlich ausführlich von der Zeit in Köln, die ja fast mit Amelies geliebten Schnulzenromanen mithalten kann, und sie seufzt begeistert.

So beiläufig wie möglich sage ich:

»Übrigens, falls er dich irgendwann mal darauf anspricht – ich habe Lasse in der Wanne erzählt, dass wir manchmal auch zusammen baden.«

Amelie stöhnt.

»Warum erzählst du ihm davon? Männer machen sich dazu sofort schmutzige Gedanken.«

Ich räuspere mich.

»Es kann sein, dass ich diese Gedanken noch ein wenig forciert habe.«

Ich beiße die Zähne zusammen und ziehe die Schultern hoch, als erwartete ich einen großen Knall. Der kommt auch, in Form eines Aufschreis.

»Wie kannst du nur? Ich hoffe für dich, dass er das nicht geglaubt hat. Spinnst du eigentlich?«

Ich versuche sie zu beschwichtigen.

»Er hatte kurz zuvor die falschen Bilder im Kopf, und ich musste ihn ablenken. Aber ich glaube, er fand es ziemlich heiß.« Ich lasse das ß zischen wie einen Tropfen auf einer Herdplatte. Das hätte ich nicht sagen sollen, denn meine beste Freundin findet das gar nicht lustig.

»Das ist doch ... Das muss doch strafbar sein. Du kannst mich doch nicht einfach ... Kaya, dir ist echt nix heilig!«

Amelie kann sich ganz schön anstellen. Was ist schon dabei?

»Süße, mach kein Drama draus. Ich hab das nur angedeutet, er weiß bestimmt, dass es nur Spaß war.«

Einige Sekunden sagt Amelie gar nichts, und ich höre sie nur atmen. Dann schluckt sie.

»Das will ich hoffen. Und jetzt Themenwechsel. Ich will nichts mehr davon hören. Wenn dein Lasse mich drauf anspricht, rede ich nie wieder ein Wort mit dir. Und das Baden kannst du auch für immer vergessen.«

»Amelie, es war doch nur ...«

Sie unterbricht mich sofort. »Themenwechsel!«

Weil ich merke, dass Amelie wirklich gereizt ist, gebe ich nach. Ich hätte es wissen müssen. Sie hat immer Sorge, was die Leute von ihr denken. Dabei könnte ihr das gerade bei Lasse doch völlig egal sein. Ich muss sie schnell ablenken.

»Was macht denn deine Urlaubsplanung?«

Volltreffer. Amelie hat zu Weihnachten von ihrem Vater eine Reise nach New York geschenkt bekommen, und obwohl es bis dahin noch Wochen dauert, hat sie den Koffer schon gepackt. Und bestimmt siebenmal umgepackt.

»Gut, dass du fragst.« Amelie hat sofort wieder bessere Laune. »Ich brauche noch passende Schuhe zu dem neuen Kleid und wollte dafür in die Stadt. Kommst du mit?«

Ich lache.

»Klar. Aber ich dachte, du wolltest in New York shoppen. Solltest du da nicht etwas Platz im Koffer lassen?«

»Zur Not packe ich in Amerika ein Paket und schick es hierher. Passt dir Dienstagabend?«

»Nicht so gut. Da bin ich mit Lasse verabredet.«
Sie zögert.

»Ach so. Dann vielleicht Donnerstag?«
Ich räuspere mich.

»Da wollten wir ins Kino gehen. Natürlich nicht hier. Irgendwo weiter weg. Willst du mitkommen?«
Sie schnaubt.

»Nee, ihr zwei im Glück und ich daneben. Das brauche ich nicht.«

Das kann ich verstehen. Ich will nicht, dass sie sich vernachlässigt fühlt.

Aufmunternd sage ich:

»Komm doch irgendwann in der Mittagspause vorbei. Ich hab Lasagne im Gefrierfach.«

Sie schweigt kurz.

»Na gut, ich guck mal, ob ich es morgen schaffe.«
Ich stocke. »Äh, morgen ist ...«

Sie zischt: »Ich weiß Bescheid. Dann bis demnächst mal, Kaya«, und legt auf.

Als ich auf Wahlwiederholung drücke, geht die Mailbox ran. Habe ich schon erwähnt, dass das alles ganz schön kompliziert ist?

\*

Am letzten Abend ihres Praktikums wollen Rob und ich mit Milli essen gehen. Weil wir dem Teenager die Wahl lassen, sitzen wir dann im Schnellrestaurant vor Burgern und Pommes und können uns an Millis zufriedenem Grinsen freuen.

»Ich werde dich vermissen, Süße! Wir hatten viel zu wenig Zeit füreinander. Vor den nächsten Ferien bitte keine Ratten klauen, noch mal trete ich dich nicht zwei Wochen an Rob ab.«

»Das werden wir ja sehen.« Er zwinkert Milli zu. »Wenn du so weitermachst, kannst du bald meine Praxis übernehmen, und ich kann mich endlich zur Ruhe setzen.«

»Meinst du, ich könnte das wirklich schaffen? Tierärztin werden, meine ich?« Sie guckt auf ihren Burger und versucht, die Frage beiläufig klingen zu lassen, aber ich merke, dass ihr seine Antwort wirklich wichtig ist.

Rob wartet geduldig, bis sie den Blick hebt und ihn ansieht. »Natürlich kannst du das schaffen. Es ist kein leichter Weg, du brauchst Durchhaltevermögen, aber wenn du es wirklich willst, dann ist es keine Frage, dass du das hinkriegst.« Er wirft mir einen Seitenblick zu. »Da wird dir die Mahler'sche Dickköpfigkeit helfen, die du ja anscheinend geerbt hast.«

Milli weiß wohl nicht so recht, ob sie das als Kompliment auffassen darf. Mir geht es ähnlich. Wir wechseln einen Blick, und Rob lacht.

»Wie geht es eigentlich den beiden geretteten Rattendamen?«

Milli grinst. »Im Moment werden sie von Justus' Oma versorgt, weil er mit seinen Eltern im Urlaub ist. Thelma ist schon kugelrund gefüttert. Um Louise machen wir uns ein bisschen Sorgen. Sie frisst gut und wirkt munter, aber sie nimmt überhaupt nicht zu. Justus und ich wollen Montag mit den beiden in deine Sprechstunde kommen, damit du sie dir mal ansiehst.«

»Es könnte sein, dass die eine mit den Zähnchen Probleme hat. Wir schauen mal.« Rob schiebt das Tablett mit kalten Pommesresten von sich weg. »Da bin ich ja mal gespannt auf dein Diebesgut. Und auf deinen Justus natürlich.«

Milli wird ein bisschen rot, und ich muss schmunzeln.

»Das ist nicht mein Justus!«, zischt Milli und sammelt übereifrig den Müll ein, um die Tabletts wegzubringen. Rob zwinkert mir verschmitzt zu. Dafür würden einige Frauen alles geben. Inklusive der jungen Rothaarigen am Nachbartisch, die ihn nicht aus den Augen lassen kann, obwohl sie mit Sicherheit glaubt, dass er mit Frau und Kind hier ist. Nur aus Spaß drücke ich ihm einen Kuss auf den Mundwinkel, bevor ich Milli folge. Sie steht schon vor der Tür und tritt ungeduldig von einem Fuß auf den anderen.

»Rob wollte dich nicht ärgern, Süße!«

Sie nickt, aber die leicht vorgeschobene Unterlippe zeigt mir, dass sie seine Anspielung nicht lustig fand.

»Ich will nicht, dass Rob am Montag vor Justus irgendwas sagt, was dann voll peinlich ist.«

»Das würde er nie machen. Ehrlich. Auf Rob kannst du dich verlassen.«

»Okay.« Sie lächelt versöhnlich.

»Wir sind einfach nur gute Freunde, aber alle denken immer, wir wären ein Paar oder so. Das nervt total!«

Ich muss lachen.

»Das Problem kenne ich. Aber es ist doch egal, was die Leute denken. Lass sie reden und freu dich, dass du einen guten Freund hast.«

Ob Justus mit seinem Platz in der Friendzone wohl zufrieden ist? Bei so einem hübschen, klugen Mädchen wie Milli wohl eher unwahrscheinlich.

»Ich würde deinen Kumpel trotzdem gern mal kennenlernen. Vielleicht können wir drei ja mal zusammen ein Eis essen. Hast du Lust?«

Sie lächelt.

»Auf Eis doch immer!«

Wie auf Kommando taucht Rob in der Tür auf und balanciert drei Softeistüten mit Schokosoße.

»Also ich habe mir Nachtisch geholt, Ladys. Schade, dass ihr keinen wollt.« Lachend stürzen wir uns auf die Beute.

\*

Milli fehlt mir, wenn ich morgens aufstehe. Mit ihr kam ich in Schwung, weil sie gleich nach dem Aufstehen Musik angemacht hat, und ihre gute Laune hat locker für zwei gereicht. Allein ist der Morgen viel zähflüssiger, und ich werde erst richtig wach, wenn ich mich aufs

Fahrrad setze, um zum Stall zu fahren und Achterbahn zu versorgen. Weil der gerade sein dickes Winterfell verliert, komme ich dabei ordentlich ins Schwitzen und sehe danach aus, als hätte ich mich in Pferdehaaren gewälzt.

Als ich sicher war, dass Franz und Helga nicht zu Hause sind, habe ich Lasse noch mal mit zum Stall genommen, und er hat mir geholfen. Eine Pferdehaarallergie hat er definitiv nicht, und er war auch schon ein wenig mutiger im Umgang mit Achterbahn. Das freche Pony scheint zu spüren, dass Lasse Respekt vor ihm hat, und natürlich gefällt ihm das. Jedenfalls sieht es so aus, als ob Achterbahn absichtlich mit dem Huf aufstampft oder mit dem Kopf schlägt, wenn Lasse in seiner Nähe ist, nur um ihn zu erschrecken. Aber Lasse hat sich getraut, ihm eine Möhre aus der Hand zu füttern, und mein Pony hat sich gnädig gezeigt und nicht danach geschnappt, sondern sie ganz vorsichtig entgegengenommen, wie er es sonst nur bei kleinen Kindern macht.

Ohne Milli kann ich mich natürlich viel einfacher mit ihrem Klassenlehrer treffen. Wenn sie davon wüsste, würde sie wahrscheinlich sofort die Schule wechseln wollen. Und wenn es jemand anderes erfahren würde, wären Lasse und ich schlagartig Topthema Nummer eins im ganzen Ort. Und Milli gleich mit. Das würde sie mir nie verzeihen.

Bisher hat niemand Verdacht geschöpft, aber Neuberg unterscheidet sich da nicht von anderen kleinen

Orten: Nichts bleibt hier für immer geheim. Es ist nur eine Frage der Zeit. Deshalb wäre es vernünftig, es zu beenden, bevor es Gerede gibt. Also am besten sofort. Aber so eindringlich ich mir das auch sage – ich will es nicht, und ich es kann es nicht. Das liegt nicht daran, dass die Unvernunft und ich ein ziemlich enges Verhältnis haben. Und auch nicht am Sex, der mit Lasse wirklich berauschend ist. Jedenfalls nicht nur.

Es ist das Zuhausegefühl, das ich empfinde, sobald ich in seiner Nähe bin. Es sind die Gespräche, die bei kleinen und großen Themen nie austauschbar werden und sich anfühlen, als könnten wir bis ans Ende aller Zeiten weiterreden. Es sind die kleinen Momente – eine winzige Geste, ein kurzer Blick, eine flüchtige Berührung – die so intensiv wärmen, dass es fast weh tut. Ich will das festhalten, solange es geht. Denn ich brauche mir nichts vorzumachen. Warum sollte Lasse in Neuberg bleiben? Enden wird es so oder so.

*

Nicht lange nach den Osterferien hat Lasse früher Schulschluss und steht eine halbe Stunde vor Beginn der Mittagspause im Buch-Café. Weil sowieso kein Kunde da ist, schließe ich hinter ihm ab und folge ihm in den Laden.

Als er sich zu mir umdreht, versuche ich einen unschuldigen Augenaufschlag.

»Sie wünschen?«

Er grinst kurz, dann wird er ernst und spielt mit. Er stellt seine lehrertypische Ledertasche ab und geht unschlüssig die Bücherreihen entlang. Dabei kommt er mir immer näher. Als wir uns fast berühren, schaut er mich an.

»Können Sie mir vielleicht etwas empfehlen?«

Wie zufällig streicht er meinen Unterarm entlang, und ein kleiner Schauer läuft darüber. Ich weiche einen Schritt zurück und lande mit dem Rücken an der Kriminalliteratur. Er verkürzt den Abstand und steht wieder genau vor mir.

»Das kommt darauf an«, sage ich leise. »Suchen Sie Gefühl oder Action?«

Er hebt die Hand und fährt neben mir mit dem Finger die Buchreihe entlang. Ganz langsam. Als er an meiner Schulter angekommen ist, fährt er darüber, seitlich an meinem Hals, über meine Wange bis zum Mund. Sanft drückt er mit dem Finger auf meine Unterlippe, so dass mein Mund sich öffnet. Ich mache einen tiefen Atemzug.

»Beides«, flüstert er und küsst mich. Er drängt sich an mich, und ich bin froh, dass er mir damit Halt gibt, weil meine Knie ihren Job nur halbherzig machen. Ich lege meine Arme in Lasses Nacken und habe das Gefühl, genau so – mit diesem Kuss – dürfte die Welt untergehen. Mein Herz klopft laut, immer lauter. Zu laut. Lasse hebt irritiert den Kopf und schaut Richtung Tür.

»Da ist jemand.«

Ich brauche einen Moment, um wieder Boden unter den Füßen zu spüren. Es stimmt. Jemand pocht mit steigender Intensität an die Ladentür.

Dann eine Stimme.

»Kaya?«

O Gott, Milli.

Lasse hat die Stimme seiner Schülerin auch schon erkannt und schaut sich nach einem Versteck um. Oder nach einem Fluchtweg. Die Tür zum Garten ist abgeschlossen und ich habe keine Ahnung, wo der Schlüssel liegt. Einen anderen Ausgang gibt es nicht. Lasses Blick wandert zu mir.

»Sollen wir es ihr nicht einfach sagen?«

Ich werde hektisch.

»Bist du verrückt? Nicht so. Das geht nicht.«

Ich brauche schnell einen Notfallplan. Ich schiebe Lasse vor mir her.

»Du versteckst dich hinter der Theke. Ich locke Milli an dir vorbei ins Lese-Café. Wenn wir dort sind, kannst du hoch in die Wohnung schleichen. Nicht raus! Dann hört sie die Türglocke.«

Er sträubt sich und seufzt.

»Ist das wirklich nötig?«

Ich schaue ihn eindringlich an.

»Bitte. Tu es für mich.«

Er zögert, dann gibt er nach und geht hinter der Verkaufstheke in die Hocke.

Ich stürme zur Ladentür und öffne sie.

Milli sitzt davor auf den Stufen und dreht sich überrascht um.

»Hast du mich doch gehört? Ich dachte, du duschst oder hast Kopfhörer auf oder so.«

Sie steht auf und drückt mich kurz. Ich küsse sie auf den Kopf.

»Sorry, Süße. Aber ich hätte doch auch nicht zu Hause sein können.«

Sie zeigt zur Tür.

»Nee, der Schlüssel steckte ja von innen. Das konnte ich durch die Seitenscheibe sehen.«

Puh, ich hoffe, sie hat nicht noch mehr gesehen.

»Warum hast du überhaupt schon geschlossen?«

»Äh. Es ging mir nicht so gut. Ich hatte mich eben hingelegt.«

Milli reißt die Augen auf.

»Und ich klopf dich raus. Das tut mir leid. Ich komm ein anderes Mal wieder.«

Ich bin echt eine schäbige Tante. Ich lüge, und Milli hat ein schlechtes Gewissen. Ich lege einen Arm um sie und schiebe sie hinein.

»Quatsch. Es geht mir schon wieder gut. Schön, dass du da bist. Wie geht es dir denn?«

Sie schluckt.

»Ich muss mit dir über etwas reden. Du wirst wahrscheinlich nicht begeistert sein.«

Sie will an der Schiebetür abbiegen und die Treppe

zur Wohnung hochgehen, doch ich ziehe sie einfach weiter.

»Komm. Wir setzen uns ins Lese-Café. Da ist es gemütlich.«

Genau vor der Verkaufstheke bleibt Milli stehen und seufzt. »Ich hätte längst mit dir reden sollen, Kaya. Ich hab mich einfach nicht getraut.«

Sie schaut mich nicht an, sondern starrt in eine Ecke. Ohne nachzudenken, folge ich ihrem Blick und erstarre. Genau da steht Lasses Ledertasche auf dem Fußboden. So unschuldig, so verräterisch.

»Milli ... ich ...«

Sie schaut mich an.

»Kaya, bitte lass mich jetzt einfach reden, bevor mich der Mut verlässt.«

Sie ignoriert die Tasche und lässt sich im Lese-Café auf einen Stuhl fallen. Besorgt folge ich ihr und setze mich dazu. Ich nehme ihre zarten Hände in meine und suche ihren Blick. Ganz ungewohnt weicht sie mir aus.

»Es tut mir wirklich leid. Du hast mir so geholfen, und ich habe nichts Besseres zu tun, als gleich wieder Probleme zu machen. Deshalb wollte ich dir auch erst nichts sagen ...«

»Milli, jetzt sag doch erst mal, was los ist.«

Im Flur klappt die Schiebetür, und Milli dreht sich um.

»Ist jemand hier?«

Ich winke ab.

»Das war der Wind.«

Eher mein stürmischer Liebhaber, aber egal.

Milli wendet sich zu mir.

»Justus ist sicher, dass du uns helfen kannst. Er wollte eigentlich mitkommen, aber ich mag dir das lieber allein sagen.«

»Milli, mach mich nicht fertig. Worum geht's?«

Ich versuche ruhig zu bleiben, aber ich könnte sie gerade schütteln. Sie holt Luft.

»Wir haben nicht aufgepasst. Also, Justus trifft keine Schuld, er hat sich da auf mich verlassen. Und ich hätte es besser wissen müssen.«

Bitte lass es nicht das sein, was ich denke.

»Wir haben auch gar nicht gedacht, dass das so schnell gehen kann. Voll naiv. Dabei sind wir beide total gut in Bio.«

Okay. Ruhig bleiben. Durchatmen.

»Soll das heißen … Ihr … Ihr bekommt …?«

Mir stockt der Atem. Milli nickt zerknirscht und ist den Tränen nahe.

Sie ist dreizehn. Ihre Mutter war drei Jahre älter, und auch wenn wir alle Milli lieben, steht außer Frage, dass es Cordulas Leben ganz schön durchgerüttelt hat. Milli ist so fröhlich und unbekümmert. Sie hat ihre ganze Jugend noch vor sich.

»Steht es denn fest?«, frage ich vorsichtig nach. Milli nickt.

»Ultraschall war eindeutig.«

Ich lehne mich zurück. Ausgerechnet bei mir sucht Milli Hilfe. Ich fühle mich doch selbst mit dem Erwachsensein überfordert, obwohl ich mit siebenundzwanzig darin langsam geübt sein sollte.

»Bist du sauer?«

Milli ist so tapfer. In ihrem Blick sehe ich Cordula. Gläserne Zerbrechlichkeit eingefasst in eisernen Willen.

Ich neige mich vor, bis mein Gesicht dicht vor ihrem ist.

»Süße, ich halte zu dir! Welche Entscheidung du auch triffst, ich werde alles tun, um dir zu helfen.«

»Ehrlich?«

Ich nicke, und Milli läuft ein Tränchen die Wange herunter, das ich mit dem Daumen wegwische. Sie lächelt unsicher.

»Es ist zwar komisch, aber irgendwie freue ich mich ein bisschen darauf. Obwohl es natürlich besser nicht passiert wäre.«

Ich kann sie tatsächlich verstehen. Und sie hat ihre Entscheidung wohl schon getroffen.

»Wann kommt es denn?«

Sie grinst.

»Du meinst, wann kommen sie denn.«

Ich schlucke.

»Sie? Zwillinge?«

Sie schüttelt den Kopf.

»Nee, fünf oder sechs. Wenn Rob sich beim Ultraschall nicht verzählt hat.«

»Rob?«, frage ich atemlos.

Sie zuckt die Schultern.

»Klar. Denkst du, ich gehe mit meinen Ratten zu irgendeinem anderen Tierarzt?«

Ich muss aufstehen und ans Fenster treten. In mir jubelt es. Lachend drehe ich mich um.

»Die Ratten sind schwanger?«

Milli schaut mich skeptisch an.

»Trächtig heißt das. Und natürlich nur eine davon. Thelma. Louise hat sich leider als Louis entpuppt und ist jetzt werdender Vater. Aber davon reden wir doch die ganze Zeit, oder?«

Ich lache noch mal auf.

»Klar. Natürlich reden wir davon.«

Ich nehme die verblüffte Milli in den Arm und drücke sie fest.

»Ich finde, das ist eine wunderbare Nachricht!«

»Hätte ich gewusst, dass du so reagierst, hätte ich es dir gleich gesagt. Also darf ich einen Zettel in deinen Laden hängen, dass wir ein Zuhause für die Babys suchen?«

Ich küsse sie auf die Wange.

»So viele Zettel, wie du willst.«

Sie wischt sich theatralisch meinen Schmatzer weg.

»Adoptierst du auch zwei?«

Abwartend schaut sich mich an. Ich zwinkere.

»Auf gar keinen Fall!«

Sie seufzt.

»Du bist also doch noch du selbst. Ich hatte gerade das Gefühl, dass du ziemlich hohes Fieber hast.«

Ich drücke sie noch einmal. Dann tue ich so, als ob ich doch wieder Kopfschmerzen bekomme, und lotse sie mit dem Rücken zur verräterischen Ledertasche nach draußen.

Als ich in der Wohnung bin und Lasse vom Gespräch mit Milli berichte, kann er nicht aufhören zu lachen. Immer wieder muss ich ihm den Dialog wiedergeben, und er macht sich so darüber lustig, dass ich irgendwann ein wenig beleidigt bin. Das hält aber nicht lange an, weil wir endlich da weitermachen, wo wir durch Millis Klopfen unterbrochen wurden.

# 16

**ALS ICH AN** einem warmen Maiabend kurz vor Ladenschluss das Buch-Café betrete, hat Kaya noch Kundschaft. Sie diskutiert mit einem älteren Herrn über Sinn und Unsinn von Bestsellerlisten, während sie ihm einen Stapel Bücher einpackt. Ich zwinkere ihr zu und trete zu einem Regal, um die Buchrücken zu studieren. Oder so zu tun, denn eigentlich warte ich nur darauf, dass Kaya hinter dem Mann die Ladentür schließt und ganz mir gehört.

Ich fand es immer seltsam, wenn ein verliebtes Paar ständig zusammen sein musste, und jetzt halte ich es selbst kaum einen Tag ohne Kaya aus. Ihre beste Freundin hat sich schon beschwert, weil Kaya kaum Zeit für sie hat. Ich will nicht besitzergreifend sein, und ich finde, auch in einer Partnerschaft braucht jeder seinen eigenen Raum und seine eigene Zeit. Was nichts daran ändert, dass Kaya mir bereits nach kurzer Zeit fehlt, wenn wir uns nicht treffen können. Mittlerweile verbringe ich definitiv mehr Zeit in der Buchhandlung am Kirchplatz als in meiner Wohnung am Fluss. Man könnte mich für einen bibliophilen Stammkunden halten, und zum Teil stimmt das sogar. Schließlich sitze ich gern mit einem Buch in einem der alten Ohrensessel und schaue der hübschesten Buchhändlerin der Welt beim Arbeiten zu. Ich mag es, wie offen und herzlich sie jeden bedient, und sie kann mit so viel eigener Begeisterung die Neugier auf ein Buch wecken, dass man es unbedingt lesen will. Währenddessen kann ich an einem der Tische Klausuren korrigieren oder Unterricht vorbereiten, und nicht selten komme ich mit netten Leuten ins Gespräch. Ich bin nicht der Einzige, der häufig in Kayas Buch-Café anzutreffen ist, und irgendwann kennt man sich. Doch niemand ahnt, dass ich mich nicht nur in den kleinen Laden verliebt habe und die Inhaberin sehr gern vom Arbeiten abhalte, sobald ich mit ihr allein bin. Wenn keiner auf mich achtet, tue ich so, als würde ich das Café verlassen, und schlüpfe durch die Schiebetür, um oben in der Wohnung das Abendessen vorzubereiten. Manchmal fühlt es sich so an, als könnte es immer so weitergehen.

Als Kaya und der Mann sich einig sind, dass alles immer schlimmer wird, nimmt er zufrieden seine Bücher und verabschiedet sich. Kaya dreht den Schlüssel und strahlt mich an.

»Da ist ja mein Buchjäger-Assistent!«

Bevor ich nachfragen kann, nimmt sie ein Buch von der Theke und hält es triumphierend hoch.

»Deine Idee mit den coversortierten Bücherregalen

war Gold wert. Ich habe zwar keinen Laden gefunden, aber das Internet ist voll von Leuten, die ihre Bücher nach Farben ordnen. Volltreffer!«

Sie drückt mir das Buch in die Hand. Blauer Himmel, gelbes Blumenfeld. Raps wahrscheinlich. Und ein schöner Titel.

»Ich schenke es dir. Die Kundin hat ihr Exemplar schon abgeholt und war überglücklich. Ich wollte nur reinlesen und konnte nicht aufhören. Es ist also gebraucht, und ich hab es nicht mehr geschafft, es in Geschenkpapier zu verpacken.« Sie schaut gespielt zerknirscht auf das Buch in meinen Händen. Dann lacht sie. »Aber es ist wirklich gut. Und ich hab dir was reingeschrieben.«

Ich schlage es auf.

*Manchmal findet man dort, wo man gar nicht gesucht hat. K.*

Neben das K hat sie ein winziges Herz gemalt.

Ich will etwas sagen, aber als ich den Kopf hebe, ist Kaya verschwunden. Ich höre, wie sie nebenan im Lesecafé Geschirr wegräumt, und schlucke die Worte hinunter.

Ich bleibe in der Tür stehen.

»Das ist wirklich schön. Vielen Dank!«

Sie winkt ab.

»Ach, mir ist nichts Besseres eingefallen. Aber das Buch wird dir ...«

In wenigen Schritten bin ich bei ihr und küsse sie. Ich will nicht zulassen, dass sie weniger daraus macht. Als sie sich schließlich von mir löst, schaut sie mich mit einem Funkeln in den Augen an.

»Wenn du dich immer so bedankst, darfst du dir gern noch ein Buch aussuchen. Ich glaub, ich hab so viele, dass ich sie verkaufen könnte.«

Lachend zieht sie mich hinter sich her die Treppe hoch. Ihr Schlafzimmer sieht wie immer so aus, als hätte die Drogenmafia es nach verstecktem Koks durchsucht. Da fallen ein paar Kleidungsstücke mehr auf dem Boden gar nicht auf.

\*

Alles wird hell. Ich bin doch wieder über Nacht geblieben und vor allen Neubergern aufgestanden, damit ich ungesehen mein Fahrrad aus Kayas verwildertem Garten holen konnte. In solchen Momenten kommt mir unsere Heimlichtuerei ziemlich albern vor. Aber anders als ich sitzt Kaya hier fest und ist mit den Leuten verbunden, deshalb halte ich mich da raus. Wenn es ihr wichtig ist, dass niemand von uns weiß, werde ich mich weiter verstohlen aus dem Haus schleichen wie ein Dieb. Obwohl wir nur wenig geschlafen haben, fühle ich mich nicht müde, und wenn ich schon bei Sonnenaufgang auf dem Rad sitze, kann ich auch noch eine kleine Tour rund um den Ort machen. Der Frühling steht Neuberg gut. Die graubraunen Ackersümpfe haben sich in hellgrüne Felder verwandelt, an deren Rändern Klatschmohn wächst, als hätte jemand für eine Kitschpostkarte dekoriert. Auf den ehemals kargen Wiesen stehen unzählige Kühe, Pferde und Schafe im hohen Gras, bestimmt mehr als Neuberg Einwohner hat. Die blühenden Obstbäume und der weite Blick lassen das Landleben gar nicht mehr so trist wirken. So viel Platz für so wenig Menschen, daran kann man sich gewöhnen.

Als ich mit dem Fahrrad die Schneise zwischen zwei Rapsfeldern entlangfahre, muss ich an Kayas Buch in meinem Rucksack denken. Und an ein winziges, mit Kugelschreiber gezeichnetes Herz. Aber mein neuer Blick auf Neuberg hat nicht nur mit einer ganz bestimmten Einwohnerin zu tun.

Da ist noch mehr. Seit Neuberg aus dem Winterschlaf erwacht ist, wird es lebendig auf den Straßen und in den riesigen Gärten. Und wie selbstverständlich werde ich ein Teil davon.

Neulich wollte ich im Nachbarhaus nur nach einer Bohrmaschine fragen und bin schließlich auf einer Grillparty gelandet. Fast jeder dort wusste, wer ich bin und woher ich komme, denn jeder kennt ein Kind von meiner Schule. Mir fiel es schwer, die vielen Gesichter zuzuordnen und mir Namen zu merken, aber das schien auch nicht wichtig zu sein. Ich bekam ein Bier in die Hand gedrückt und musste den neuen Grill bewundern, mit dem man angeblich sogar einen gefüllten Braten grillen könne. Es gab aber Würstchen und durchgebratene Steaks mit mayonnaisegetränkten Salaten. Niemand fragte nach Low-Carb oder glutenfreien Beilagen, und für die Vegetarier fand der mitgebrachte Grillkäse auf dem Rost mitten zwischen den Steaks Platz.

Ich stellte mich irgendwo dazu und wurde sofort miteinbezogen in die Diskussion um die Bundesliga, die Windkraftanlagen oder den neuen Schützenkönig. Von alldem hatte ich keine Ahnung, aber niemanden störte das. Ein wenig erschrocken stellte ich fest, dass ich mich zwischen den Dorfleuten ungewohnt wohl fühlte.

»Bleibst du denn in Neuberg?«, fragte mich jemand. Ich schüttelte zögernd den Kopf.

»Wahrscheinlich nicht.«

»Wartet in Köln jemand auf dich?«

Einige Gesichter wendeten sich interessiert zu mir. Ich schüttelte wieder den Kopf.

»Dann kannst du doch bleiben. Einen schöneren Ort als Neuberg findest du nicht.«

Einstimmiges Nicken. Keine Ironie. Die Neuberger sind da, wo sie sein wollen.

Ich lasse die Rapsfelder hinter mir und erreiche den Ortsrand. Noch ein Stück den Fluss entlang, dann bin ich zu Hause. *Zu Hause?* Meine innere Stimme schreckt auf, und ihr Tonfall schwankt zwischen fasziniert und entsetzt. Ich habe meine Bleibe in Neuberg noch nie so genannt. Aber jetzt ist da Kaya. Kaya, in die ich mich jeden Tag ein bisschen mehr verliebe, obwohl ich weiß, wie gefährlich das ist. Weil wir noch nicht einmal darüber gesprochen haben, wie es weitergehen wird im Sommer. Ob es überhaupt weitergeht. Selbst wenn wir es wollten. Ich kann nicht nur für sie bleiben. Und sie würde nicht mitkommen. Ich könnte das gar nicht zulassen. Alles, woran ihr Herz hängt, ist hier in Neuberg. Ihr Laden, ihre Freunde, ihr Achterbahnpony. Ihr ganzes Leben. Mein Leben ist in Köln. Ich gehöre in die Großstadt. *Wenn du aber noch viel mehr zu Kaya gehörst? Dann kannst du doch bleiben.* Es klingt so schrecklich einfach. Aber ich weiß noch nicht mal, was sie dazu sagen würde. Ich sehe sie vor mir, wie sie die Stirn runzelt und sich auf die Unterlippe beißt. Es tue ihr leid, aber mehr als eine Affäre habe sie nicht gewollt. Ich könnte es ihr nicht verdenken. Sie hat nie mehr versprochen.

Wir treffen uns heimlich bei ihr oder weit außerhalb. Wir reden, wir lachen, wir haben Sex. Unglaublich intensiven Sex. Patricia hat mir immer das Gefühl gegeben, etwas falsch zu machen. In ihrem Blick lag ein kühles *Er bemühte sich stets*. Sie wollte nicht drüber reden.

»Es liegt nicht an dir. Ich bin einfach nicht so der Typ für körperliche Nähe.«

Das war das Einzige, was sie dazu sagte. Mit Herrn Krenz schien sich das schlagartig geändert zu haben. Aber davon habe ich ja erst später erfahren.

Kaya zeigt mir, was ihr gefällt, und reißt mich mit. Ich finde alles an ihr heiß, und das stört sie nicht im Geringsten. Im Gegenteil. Wir tun es, als könnten wir für den anderen mitfühlen. Unsere Körper waren sich schon einig, als wir uns noch kaum kannten. Und wenn das alles für sie ist? Ein prickelndes Spiel mit absehbarem Ende? Ich werde gehen, und sie kann sich auf irgendeiner Festzeltbank neben den Nächsten setzen und lächeln. Ich schüttele mich unwillkürlich. So wird das nichts. Ich kann Runde um Runde in Gedanken Achterbahn fahren. Es ändert nichts daran, dass ich mit Kaya reden muss. Nicht heute und nicht morgen. Aber bald.

\*

»Bist du jetzt eigentlich im nächsten Schuljahr noch hier?«

Viola beißt von ihrem Salamibrötchen ab und lässt ihren Blick routiniert über den Schulhof wandern. Für sie ist es Smalltalk während der Pausenaufsicht, für mich die Frage aller Fragen. Auf die ich immer noch keine Antwort habe, weil ich einfach zu feige bin, mit Kaya über die Zukunft zu sprechen.

»Ich weiß es noch nicht. Ich habe Ende nächster Woche einen Termin mit der Schulleitung, um darüber zu sprechen. Vielleicht hat es sich dann sowieso erledigt, weil sie mir gar keine Vertragsverlängerung anbieten.«

Und was mache ich dann? Kaya nach Köln locken und hoffen, dass sie sich ans Großstadtleben gewöhnt? Träum weiter, Lasse.

»Das glaube ich nicht.«

Viola klopft sich Krümel vom pinken Poloshirt.

»Frau Schuster hat angedeutet, dass sie dich gern behalten wollen. Aber sie gehen davon aus, dass dich nichts in Neuberg hält. Ist ja auch so, oder?«

Sie hebt den Kopf. In ihrem Blick liegt mehr als eine Frage. O Mann, ich hoffe, sie weiß nichts. Sie kennt so ungefähr jeden und erzählt gern, was sie über die Leute weiß. Ich versuche, gelassen zu bleiben, und zucke ausweichend mit den Schultern. Sie lächelt und legt mir kurz eine Hand auf den Unterarm.

»Ich fände es jedenfalls schön, wenn du bleibst.«

Das ist nett. Sie ist wirklich eine liebe Kollegin. Sie kann ja nichts dafür, dass ich diese Worte tausendmal lieber aus einem anderen Mund hören würde.

»Danke, Viola. Wer weiß, vielleicht können wir unsere Foto-AG tatsächlich nach den Ferien weiterführen.«

Statt einer Antwort stürmt sie los, um zwei Halbwüchsige zu trennen, die sich schubsen. Ich will ihr zur Hilfe eilen, aber sie hat die Situation sofort im Griff. Grinsend kommt sie zurück.

»Nach den Zeugniskonferenzen wird es schwieriger. Dann denken sie, dass ihnen sowieso nichts mehr blüht.«

Mir fällt ein, dass ich Viola fragen wollte, ob sie bei Milenas Referat über ihr Praktikum dabei sein möchte. Sie sagt sofort zu und fragt, wie mein Eindruck beim Praxisbesuch war. Ich erzähle ihr davon, und sie nickt zufrieden.

»Gut, dass du unangekündigt hingefahren bist. Ich war etwas skeptisch. Ich wollte es dir eigentlich nicht sagen, aber zwischen Milenas Tante und dem Tierarzt gibt es eine Verbindung. Eine ziemlich enge Verbindung.«

Sie zwinkert, und mein Magen zieht sich zusammen. Frag nicht nach!, denke ich und höre meine Stimme:

»Was meinst du mit enger Verbindung?«

Sie zuckt die Achseln, aber natürlich gefällt ihr, dass ich es wissen will.

»Ach, es heißt oft, dass sie ein Paar sind. Aber dann wird Kaya Mahler wieder mit irgendeinem anderen gesehen. Rob Schürmann hat allerdings immer nur sie an seiner Seite.«

Sie sieht mich verschwörerisch an und senkt die Stimme.

»Obwohl er so gut wie jede haben könnte. Immer nur sie. Das ist echt auffällig.«

Sie knüllt das Butterbrotpapier zusammen und wirft es gekonnt ein paar Meter entfernt in den Mülleimer.

»Ich habe keine Ahnung, was bei den beiden läuft. Vielleicht so eine On-Off-Beziehung. Oder sie braucht die Herausforderung und Bestätigung von anderen Kerlen, und für ihn ist es okay. Weil sie am Ende immer wieder bei ihm landet.«

Ich starre sie an und befürchte, dass mir gleich mein Frühstück hochkommt. Viola zuckt arglos die Schultern.

»Soll ja jeder machen, was er will. Für mich wäre das nichts. Treue ist mir wichtig. Dir auch, oder?«

Zum Glück muss ich nicht antworten, weil in diesem Moment die Pause vorbei ist und wir in verschiedene

Richtungen müssen. Während ich im Strom der Schüler die Treppe hochsteige, versuche ich mich zu überzeugen, dass Viola mir nur wilde Gerüchte erzählt hat. Dorfklatsch vom Feinsten halt. Aber irgendwie passt es zusammen. Ich denke an das Osterfeuer, das vertraute Geplänkel zwischen den beiden und vor allem an seinen Blick. Ich kann Kaya nicht auf irgendwelche Gerüchte ansprechen. Nicht bevor wir endlich über uns geredet haben. Ich werde ihr ein paar Tage aus dem Weg gehen, um mir klarzuwerden, was ich eigentlich will. Und dann werde ich sie das Gleiche fragen.

# 17

**ICH SCHLIESSE DIE** Ladentür hinter mir ab und laufe am Fluss entlang. Mein Herz hämmert mit meinen zielstrebigen Schritten um die Wette. Ich habe Lasse eine ganze Woche nicht gesehen. Wir hatten beide viel zu tun und haben keine Möglichkeit für ein heimliches Treffen gefunden. Lasse war so beschäftigt, dass wir nicht mal in Ruhe telefonieren konnten. Ich wollte immer so gern einen, der auch mal ohne mich auskommt, und jetzt komme ich selbst kaum klar. Schrecklich!

Viele Neuberger hat der sommerliche Juniabend an den Fluss gelockt. Hunde und Kinder toben an der Böschung, es riecht nach Grillwürstchen und Sonnencreme, und immer wieder sehe ich bekannte Gesichter. Ich bleibe kurz stehen für ein paar Worte, obwohl ich innerlich mit den Hufen scharre. Zum Glück fragt keiner nach meinem Ziel.

Lasse hat mich eingeladen. In seine Wohnung, in der ich seit unserer ersten Nacht nicht war. Und er hat eine Überraschung für mich. Mehr wollte er nicht verraten.

Endlich stehe ich vor seiner Haustür, aber obwohl ich

es eben noch so eilig hatte, verharre ich einen Moment. Plötzlich ist mir die Nacht ganz nah, als wir beide hier standen, völlig durcheinander und unentschlossen. Ich kann fast die klammen Jeans an meinen Beinen fühlen und das Gefühlschaos in meinem Bauch, das Lasse in mir ausgelöst hatte. Es kommt mir vor, als wäre das schon ewig her, aber gleichzeitig frage ich mich, ob ich ihm nicht erst gestern zögernd durch das Treppenhaus gefolgt bin. Bei den Klingelschildern finde ich seinen Namen – Lasse Fries –, und ich frage mich, was passiert wäre, wenn ich das in jener Nacht gelesen hätte. Was hätte es geändert? Der Türsummer reißt mich aus den Gedanken, und ich stürme die Treppe hoch. Lasse steht in der Wohnungstür. Sein Lächeln ist alles, was ich gerade brauche. Nie hätte ich gedacht, dass man solche Sehnsucht nach jemandem haben kann, den man vor wenigen Tagen das letzte Mal gesehen hat. Vielmehr komme ich mir vor wie Penelope, die ihren nach zwanzig Jahren heimgekehrten Odysseus erkennt. Sofort werfe ich mich in seine Arme, atme ihn ein und freue mich über das Gefühl von Vertrautheit, das sich in mir ausbreitet.

»Da bin ich.«

Ich hebe mein Gesicht aus seiner Halskuhle und schaue ihn an.

Er küsst mich zart auf den Mund.

»Da bist du.«

Er zieht mich an der Hand in seine Wohnung, und ich bin darauf vorbereitet, dem ersten Umzugskarton auszuweichen. Doch im Flur steht keine Kiste mehr, dafür ein kleines Schuhregal und ein Garderobenständer. An der Wand hängt ein rechteckiger Spiegel und ein großes Schwarzweißfoto von einem Vogel mit einem Apfel. Lasse grinst.

»Jetzt weißt du, warum ich so wenig Zeit für dich hatte.«

Ich komme aus dem Staunen nicht mehr raus, denn die ganze Wohnung ist eingerichtet, und alle Kartons sind verschwunden. Als ich am großen Fenster mit der Aussicht auf den Fluss stehenbleibe, umarmt er mich von hinten. »Gefällt es dir?«

Ich küsse ihn auf die Wange. »Es ist wunderschön.«

Ich will fragen, ob es bedeutet, dass er bleibt. Und ich traue mich nicht. Ich, Kaya Mahler, ungeschlagene Miss Große Klappe, bekomme eine einfache Frage nicht über die Lippen. Aber das muss es doch bedeuten, oder?

»Los, komm!«

Er dreht sich mit mir um und schiebt mich in die Küche. »Ich habe Kartoffelsalat gemacht, und mein neuer Esstisch ist noch nicht eingeweiht.«

Ich wende mich ihm zu und zwinkere.

»Möchtest du erst essen oder erst den Esstisch einweihen?« An seinem Grinsen sehe ich, dass er verstanden hat.

»Frau Mahler, Sie nehmen sich jetzt brav einen Teller, denn sonst bekomme ich das Gefühl, immer wenn ich für Sie koche, muss ich es am Ende einfrieren. Und Kartoffelsalat kann man nicht einfrieren.«

»Aber kalt essen«, mache ich noch einen Versuch und ziehe ihn näher zu mir ran.

Lachend windet er sich aus meinem Arm.

»Wir essen jetzt und reden. Dann sehen wir weiter.«

Gespielt schmollend setze ich mich an den weißen Tisch, der jetzt mitten in der Küche steht. Der Kartoffelsalat schmeckt superlecker, und abwechselnd erzählen wir von den letzten Tagen, die bei Lasse tatsächlich in erster Linie aus dem Zusammenschrauben von Möbelstücken und dem Ausräumen von Umzugskartons bestanden haben.

»Wann hast du denn die ganzen Möbel besorgt?« Ich ziehe die Salatschüssel zu mir und nehme eine zweite Portion.

»Ehrlich gesagt, hatte ich seit Monaten einen kompletten Möbelhauseinkauf originalverpackt im Keller stehen. Es war einfach Zeit. Jetzt fehlen noch ein paar Bilder, dann bin ich zufrieden.«

Jetzt, Kaya. Frag ihn, ob er bleibt.

Ich nicke mit dem Kinn Richtung Flur.

»Hast du das Foto von dem Apfelvogel selbst geknipst?« Na toll. Sehr mutig.

Er zieht die Augenbrauen hoch.

»Geknipst? Es hat eine halbe Stunde gedauert, bis die Sonne so stand. Aber ja, das habe ich fotografiert.«

Ich trete ihn unter dem Tisch sanft ans Schienbein.

»Da hast du ja Glück gehabt, dass der Vogel so lange durchgehalten hat.«

Er schüttelt grinsend den Kopf. »Du bist unmöglich.«
Ich zucke die Schultern. »Das wusstest du schon.«
Er sieht mich an. Sein Blick ist eine Antwort auf alles, was ich nicht fragen kann.
»Hast du das Schlafzimmer auch eingerichtet?«
Er schmunzelt.
»Klar.«
Ich stehe auf.
»Lass mal sehen.«
Er erhebt sich zögernd.
»Sollen wir nicht erst …«
Ich lasse ihn gar nicht zu Wort kommen, reden können wir noch die ganze Nacht. An der Hand ziehe ich ihn zum Schlafzimmer. Er folgt mir ohne Widerstand und lässt sich neben mich aufs Bett fallen. Wir wenden unsere Gesichter einander zu, und eine ganze Weile sagen unsere Münder nichts und unsere Augen alles. Als er beginnt, mich zu küssen, explodiert die ganze Sehnsucht in mir. Ich rolle mich auf ihn und spüre sofort, dass auch er es nicht erwarten kann, in mir zu sein. In null Komma nix liegen auf dem freigeräumten Fußboden ohne Umzugskartons Klamottenteile verstreut.

Meine Lippen wandern über seinen ganzen Körper, am liebsten würde ich reinbeißen, so wundervoll fühlt er sich an. Sein leises Seufzen und seine warmen, festen Hände, die über meinen nackten Körper streichen, geben mir das Gefühl, dass die Raumtemperatur um mindestens zehn Grad steigt. Ich greife nach dem Kondom auf dem Nachttisch, reiße die Packung auf und streife es ihm zärtlich über, bevor ich mich wieder auf ihn lege und ihn dabei in mich eindringen lasse. Einen Moment liegen wir ganz still und schauen uns an. Ich genieße seine Haut an meiner und den Blick in die graublauen Augen, die ganz bei mir sind. Jeder seiner Atemzüge hebt mich leicht an, und diese winzige Bewegung reicht, um zwischen meinen Beinen ein unfassbar angenehmes Prickeln hervorzurufen. Nur ganz langsam steigern wir die Bewegung, kosten jede Sekunde aus, und die Luft zwischen uns scheint zu flimmern wie vor einem Gewitter. Als er mich am Po fester an sich drückt, macht er irgendwas genau richtig, denn ich sehe ein Feuerwerk und höre mich selbst in seine Halskuhle ein klischeehaftes »O mein Gott« stöhnen. Es dauert noch ein paar heftige Stöße, dann kommt auch er, und obwohl Puls und Atmung rasen, kann ich kurz denken, wie wunderbar es ist, dass unsere Körper so gut zueinander passen wie der Rest. Als wir wieder Luft haben und nebeneinanderliegen, streiche ich mit den Fingern seinen Oberarm entlang.

»Ich hab dich vermisst, Herr Fries. Ich bin so froh, dass es mal wieder geklappt hat mit uns.«

Er neigt den Kopf und küsst meine Hand an seiner Schulter.

»Und ich erst. Tut mir leid, ich habe einfach mal ein bisschen Zeit für mich gebraucht.«

Ich nicke.

»Alles gut. Amelie war froh, dass ich mal wieder Zeit für sie hatte. Ich darf sie nicht noch mal so vernachlässigen, das war nicht fair von mir. Aber auf die Party heute wollte ich wirklich nicht mit.«

»Was für eine Party?«

Ich winke ab.

»Ach, im Hexenkessel ist Freaky F. Da legt immer irgendein pseudobekannter DJ auf. Meistens gehen wir da zusammen hin. Die Musik ist mäßig bis grauenhaft, aber die Stimmung ist gut, und der Hexenkessel ist jedes Mal voll.«

Lasse grinst, und ich kann ihm die spöttischen Gedanken über Dorfdiscos an der Nasenspitze ablesen.

»Das scheint man nicht verpassen zu dürfen. Du hättest mit Amelie hingehen sollen. Ich wäre dann nicht eingeschnappt gewesen, auch wenn mir noch eine Nacht ohne dich ziemlich zugesetzt hätte.«

»Nee, ich hatte wirklich keine Lust darauf und wollte den Abend lieber mit dir verbringen. War dann auch okay für Amelie. Dafür fahre ich morgen zum Brunch zu ihr.«

Lasse legt den Kopf schief.

»Na toll. Und ich habe extra für ein großes Frühstück eingekauft.«

Ich lache.

»Macht doch nichts. Zweimal Frühstück klingt nach einem guten Plan.«

»Oder nach einem Hobbit.«

Er zwickt mich in die Taille, und ich stürze mich auf ihn. Lachend balgen wir uns zwischen den Kissen. Als wir atemlos wieder nebeneinanderliegen, fragt Lasse:

»Geht Amelie denn jetzt ohne dich auf den Hexenberg?«

Ich strecke ihm die Zunge raus.

»Hexenkessel heißt das, du arroganter Stadtmensch. Niemals geht Amelie allein dahin. Aber vielleicht hat sie Nele gefragt.«

Er spielt mit einer meiner Haarsträhnen.

»Du hast mir echt gefehlt. Ich bin, ehrlich gesagt, ganz glücklich, dass du nicht auf diese Party wolltest.«

Ich lache leise.

»Amelie fand die Idee mit dem Frühstück morgen gut. Da muss ich aber auf jeden Fall hin, denn nachmittags fliegt sie in Urlaub, und ich will sie unbedingt vorher noch mal sehen. Aber wenn sie gestartet ist, machen wir zwei noch was zusammen, oder?«

Er setzt sich halb auf.

»Was möchtest du denn machen?«

Statt einer Antwort beiße ich mir auf die Unterlippe und lasse meinen Blick über seinen Körper gleiten. Lachend lässt er sich rückwärtsfallen.

»Ich bin schon dreißig. Ab und zu müssen wir mal was anderes machen, sonst droht Verschleiß.«

Ich kuschele mich an ihn.

»So ein Blödsinn. Aber hättest du vielleicht Lust, mit mir auszureiten?«

Er starrt mich entgeistert an.

»Ich kann nicht reiten. Achterbahn war das erste Pferd, dem ich überhaupt näher als drei Meter gekommen bin.«

»Lulu ist ganz brav, und ich kann sie als Handpferd nehmen. Dann hab ich sie am Strick, und du musst nichts anderes tun, als drauf zu sitzen.«

Er zieht skeptisch die Augenbrauen hoch.

»Ganz wohl ist mir dabei nicht. Ich gebe es ja ungern zu, aber davor habe ich echt Schiss.«

Ich schiebe die Unterlippe vor.

»Vertraust du mir etwa nicht?«

Er grinst.

»Ist das eine Fangfrage?«

Ich pieke ihn mit dem Zeigefinger in die Seite.

»Lulu ist ehrlich eine Lebensversicherung. Rob kann sie sogar ohne Halfter auf der Weide impfen.«

Lasse dreht sich auf die Seite und stützt den Kopf auf.

»Na gut, ich kann es ja mal versuchen.«

Er streicht nachdenklich eine Falte im Laken glatt.

»Sag mal, Rob und du, ihr kennt euch richtig gut, oder?«

Ich drehe mich auf den Bauch und schaue ihn an.

»Ich würde sagen, besser geht's nicht. Er ist mein bester Freund, seit ich denken kann.«

Er gibt ein unbestimmtes Brummen von sich.

»Du bist doch nicht etwa eifersüchtig? Ehrlich, Rob und ich sind einfach richtig gut befreundet, mehr aber nicht!«

Er sieht mich wieder an.

»Sieht er das auch so? Ich hatte nämlich den Eindruck, dass ...«

Er zögert und kneift die Augen leicht zusammen.

Ich lasse ihn nicht weiterreden. Ich weiß, dass diese Diskussion nichts bringen würde. Ich hab sie oft genug geführt. Thomas wollte mir damals sogar den Umgang mit Rob verbieten. Lasse soll gar nicht erst damit anfangen. Patziger als ich will, unterbreche ich ihn:

»Hör bitte auf mit dem Quatsch. Da ist nichts, und da wird auch nie was sein. Aber an der Freundschaft zu Rob wird nicht gerüttelt. Das ist mein Ernst.«

Ich erwidere seinen Blick und lächele vorsichtig, um meinen Worten die Schärfe zu nehmen. Ich will doch einfach nur, dass er mir vertraut.

Er schaut mich noch einen Moment nachdenklich an, dann nickt er und setzt sich auf.

»Kann ich jetzt endlich meine Überraschung loswerden?«

Dankbar für den Themenwechsel richte ich mich auf.

»Was? Ich dachte, deine perfekt eingerichtete Wohnung wäre die Überraschung!?«

»Hm, es hat ein bisschen damit zu tun. Ich wollte mit dir über etwas Wichtiges sprechen. Ich schiebe es schon eine Weile vor mir her.«

In meinem Bauch kribbelt es, und mein Herz flattert. Ich weiß nicht, wovor ich Angst habe. Lasse schaut mich mit seinem Pokerface an. Ich atme durch.

»Leg los!«

Er nickt und holt Luft.

»Also, ich hatte ein Gespräch mit der Schulleiterin. Es ging darum, dass ...«

Auf dem Nachttisch klingelt mein Handy. Mit einem entschuldigenden Blick greife ich danach, um es auszuschalten. Beim Blick auf das Display stutze ich. Warum ruft Hannes mich spätabends an?

»Ich höre dir gleich wieder zu. Ich glaube, ich geh da besser mal dran.«

»Kaya? Hier ist Hannes.«

Er brüllt fast in den Hörer, was auch nötig ist, um die laute Musik im Hintergrund zu übertönen.

»Ich hoffe, du hörst mich. Ich bin im Hexenkessel. Amelie ist hier, und es geht ihr nicht gut. Kannst du sie holen?«

»Ich ... äh ... klar ... Was ist mit ihr?«, frage ich ruhig, doch weil ich nur ein gebelltes »Hallo?« zurückbekomme, übernehme ich Hannes' Brüllton.

»Was hat Amelie?«

Er lacht.

»Ich schätze ungefähr 0,7 Promille!« Doch sein Tonfall wird sofort wieder ernst. »Sie ist echt drüber. Und noch dazu schmeißt sie sich hier jedem Dreckskerl an den Hals. Ich hab sie jetzt hinter die Bar geholt, aber wenn der Chef mich erwischt, bin ich den Job los.«

Ich kann nicht glauben, dass er wirklich von Amelie spricht.

»Ist Nele nicht da? Oder sonst eine aus der Clique?«
Hannes wird ungeduldig.

»Nein. Sie ist allein. Pass auf, entweder du holst sie jetzt sofort ab, oder ich setze sie in ein Taxi und lass sie zu dir fahren. Sie muss hier weg.«

Ich schlucke.

»Ich bin in zehn Minuten da.«

»Schick mir eine Nachricht, wenn du da bist, dann bringe ich sie dir raus. Hier ist die Hölle los.«

»Danke, Hannes.«

Ich lege auf, und Lasse hat ein großes Fragezeichen im Gesicht. Meine Stimme klingt belegt.

»Amelie ist so betrunken, dass Hannes meint, ich muss sie abholen. Und der jobbt ständig an Theken und ist einiges gewohnt.«

Lasse ist schon aufgestanden und zieht sich an.

Ich starre ihn an. »Kommst du mit?«

Er schaut erstaunt auf.

»Selbstverständlich. Du hast dein Auto doch gar nicht hier. Und wie willst du fahren und gleichzeitig den Kotzeimer halten? Ich hole schon mal einen.«

Er verlässt das Zimmer. Ich ziehe mir hektisch meine Sachen über und folge ihm. Er hat schon einen großen Putzeimer in der Hand, in den er eine Küchenrolle und eine Wasserflasche stellt.

»Du scheinst ja Übung in so was zu haben!?«

Er grinst.

»Ich habe einen feierwütigen Bruder und außerdem

schon zwei Abschlussfahrten begleitet. Du wirst mir noch danken.«

Als wir in seinem Polo sitzen und starten, kann ich es immer noch nicht glauben.

»Jetzt fahren wir wahrscheinlich die fünfzehn Kilometer zur Disco in Dreisbach, und dann ist das gar nicht Amelie, und Hannes hat sie verwechselt.« Ich lehne mich seufzend im Sitz zurück.

»Ich glaube, dann bring ich ihn um.«

»So oder so ist es ihm hoch anzurechnen, dass er sich kümmert.«

Ich mag die Ruhe, die von Lasse ausgeht. Er schafft es, dass ich mich sofort viel gelassener fühle.

»Sag mal, worüber wolltest du eigentlich gerade mit mir sprechen?«

Er lächelt.

»Später. Lass uns erst mal Amelie retten.«

Am Hexenkessel ist natürlich kein Parkplatz frei, und am Eingang herrscht Gedränge. Ich erkläre Lasse, wo er wenden kann, und quetsche mich unter bösen Blicken und Protestrufen durch die Wartenden nach vorn, während ich ein *Bin da* an Hannes' Handynummer schicke. Zum Glück wartet er schon auf mich. Verwechslung ausgeschlossen, neben ihm steht Amelie. Vielmehr lehnt sie an ihm, und das anscheinend mit vollem Gewicht. Das sind bei Amelie keine sechzig Kilo, trotzdem ist Hannes die Erleichterung anzumerken, als er mich erkennt. Meine beste Freundin reißt die Augen auf und will mir entgegenstürzen, was sie dann auch wortwörtlich macht und schwankend und kichernd in meinem Arm landet. Okay, sechzig Kilo sind auch Gewicht.

»Kaya, das ist so toll, dass du hier bist.«

Es klingt ungefähr wie »Kaa, daschotoll, daschu hiabis«. Sie lallt und hat eine Fahne, bei der ich bestimmt allein vom Einatmen fahruntauglich werde.

Ich funkele Hannes an.

»Hast du sie so abgefüllt?«

Er verschränkt die Arme.

»Spinnst du? Für wen hältst du mich? Wahrscheinlich hat sie sich ständig was mitbringen lassen. Ich hätte ihr schon längst den Hahn zugedreht. Aber mein Job ist das eigentlich nicht. Genausowenig wie das hier.«

Er nickt mit dem Kinn Richtung Amelie.

Sie versucht zu lächeln und erklärt mit der Inbrunst einer Betrunkenen: »Kaya, du hast so recht gehabt. Ich muss mehr Spaß haben. Ich muss mehr Männer kennenlernen. Und nicht mehr so prüde sein. Du hast recht!«

Gegen seinen Willen muss Hannes grinsen.

»Ja, das trifft sehr gut ihr Motto am heutigen Abend. Sie hat mich echt auf Trab gehalten, weil ich sie ständig irgendeinem vom Hals ziehe musste.«

Ich schüttele fassungslos den Kopf.

»O Mann, danke, danke, danke, Hannes. Das war mächtig cool von dir.«

»Danke, danke, danke«, echot Amelie und findet das ziemlich lustig.

Hannes zuckt die Schultern.

»Schon gut, ihr zwei. Kommt gut nach Hause. Ich muss jetzt wirklich wieder rein.«

Ich packe Amelies Arm um meine Schultern und fasse sie fest in der Taille. So kann ich sie halbwegs zielstrebig Richtung Ausgang führen.

»Ischipadyschovobei?«, murmelt sie an meinem Hals.

Ich antworte mehr zu mir selbst. »Ja, Süße, die Party ist definitiv vorbei.«

Der Polo steht warnblinkend am Straßenrand. Ich schiebe Amelie auf die Rückbank und schnalle sie an. Als ich sehe, dass sie schon bei stehendem Fahrzeug Schräglage bekommt, klettere ich seufzend neben sie. Lasse sucht meinen Blick im Rückspiegel.

»Geht es ihr gut?«

Ich nicke ihm zu.

»Zu gut, befürchte ich. Sie muss sich benommen haben wie eine rollige Katze, die ins Whiskyfass gefallen ist.«

Das Kätzchen lässt seinen Kopf auf meine Schulter fallen. »Mir ist ein bisschen schlecht.«

Lasse reicht kommentarlos den Eimer nach hinten.

»Wohin?« Er lässt den Motor an.

»Ich nehme sie mit zu mir. Sie kann im Gästezimmer ausnüchtern, da ist direkt ein Bad dran.«

Zum Glück bleibt der Eimer leer, und Amelie döst an meiner Schulter, bis Lasse vor meiner Ladentür parkt. Gemeinsam hieven wir sie aus dem Wagen und die Treppe hoch bis ins Gästezimmer. Während Lasse bei ihr bleibt, koche ich schnell einen Liter Gemüsebrühe – das beste Rezept, um einem Kater vorzubeugen. Was in Amelies Fall kaum mehr als Schadensbegrenzung sein wird. Ich habe sie noch nie so betrunken erlebt. Als ich ins Zimmer zurückkomme, ist Amelie deutlich wacher, sitzt auf dem Bett und redet auf Lasse ein, der sich einen Stuhl herangezogen hat wie ein Besucher im Krankenhaus. Als ich höre, worum es geht, bleibe ich in der Tür stehen und kann mir ein Grinsen nicht verkneifen.

»Wenn ich mit Kaya gebadet habe, waren wir ganz brav. Da ist nix passiert! Nie! Das musst du mir glauben.«

Selbst unter Alkohol wird sie dabei so rot, dass sogar ein Lügendetektor nicht erkennen würde, dass sie die Wahrheit sagt.

Lasse antwortet in beruhigendem Tonfall.

»Das weiß ich doch, ich habe nie etwas anderes vermutet. Mach dir keine Gedanken. Wie wäre es, du legst dich jetzt hin und schläfst dich gut aus, damit du morgen fit bist für deine Reise?«

Einen Moment scheint sie darüber nachzudenken, dann tippt sie Lasse mit dem Zeigefinger vor die Brust.

»Du bist der Beste! Du bist der Allerbeste! Und ich hab dich gefunden.« Sie kichert. »Ich hätte dich besser selbst behalten, als dich für Kayas Wette zu nehmen. So was Doofes.«

Ihre Worte sind immer noch verwaschen, aber leider gut zu verstehen.

Obwohl Lasse mir den Rücken zugewandt hat, merke ich, wie er sich anspannt. Die Temperatur im Raum scheint zu sinken, und in meinen Ohren rauscht es. Mit schnellen Schritten bin ich bei den beiden und stelle die Suppentasse auf den Nachttisch. Lasse weicht meinem Blick aus, während Amelies Zeigefinger jetzt auf mich weist.

»Kaya hat mir gesagt, dass ein Mann nie nein sagt zu unverblindig ... unverbillich ... zu Sex. Nie! Sie hat gewettet, sie hat's bewiesen. Tadaaa!«

Der Zeigefinger wandert wieder zu Lasse, und ich hoffe, dass ich gerade einen Albtraum habe und gleich aufwache. Stattdessen kommt es noch schlimmer.

»Kaya weiß, wie das geht. Sag's ihm, Kaya!«

Lasse schaut mich an. Sein Blick ist eisig. »Ja, sag's mir, Kaya!«

Ich schaue erst ihn, dann Amelie flehend an und weiß doch, dass längst nichts mehr zu retten ist.

»Ich will's sagen!«, platzt die betrunkene Kronzeugin heraus. »Man spielt dem Mann vor, was er gerade braucht, dann ist alles perfekt. Stimmt's, Kaya?«

»Amelie, du redest Unsinn. Leg dich jetzt hin.« Meine Stimme zittert. Aus irgendeinem Grund hört sie auf mich und lässt sich rückwärts aufs Bett fallen. Ihr Stöhnen verrät, dass das eine schlechte Idee war, aber gerade tut sie mir nicht leid.

»Du hast die Wette gewonnen, Kaya«, murmelt sie, »Männer sind so. Aber ich kann das nicht wie du.«

Lasse schiebt geräuschvoll den Stuhl zurück und verlässt den Raum, ohne mich eines Blickes zu würdigen. Einen Moment bleibe ich wie erstarrt stehen. Ich atme nicht. Alles dreht sich. Als ich ihm folge, fahren auf meiner Zunge tausend Worte Achterbahn. Nicht eins ist das richtige.

# 18

**LASSE LEHNT AN** der Küchenanrichte, sein ganzer Körper ist unter Spannung, und sein Blick sucht prüfend meinen. Anscheinend steht mir das Schuldbewusstsein ins Gesicht geschrieben, denn er stößt sich schnaubend von der Arbeitsplatte ab und läuft an mir vorbei durch den Flur Richtung Treppe.

»Lasse, warte ... Ich ...«

»Was?«, zischt er wütend und dreht sich um. »Was willst du mir sagen? Dass irgendwas nicht stimmt von dem, was deine Freundin da gerade ausgeplaudert hat?«

Ich will nach seinem Arm greifen, doch er weicht mir mit einer raschen Bewegung aus. »Lasse, das ist alles nicht so ... lass es mich erklären, bitte!«

»Ich habe keine Lust auf noch mehr Lügen.« Er steigt die Treppe hinunter, und ich folge ihm stolpernd und nach Worten ringend.

»Lügen? Ich hab dir das mit der Wette nicht erzählt, aber ...« Er bleibt so abrupt stehen, dass ich fast in ihn hineinlaufe. Langsam dreht er sich um und schaut zu mir hoch, weil ich zwei Stufen über ihm verharre.

»Die Wette. Das ist ein gutes Stichwort. Dann erklär doch mal! Hast du ernsthaft mit Amelie gewettet, dass du mich ins Bett kriegst?«

»Nein!«, sage ich viel zu laut, aber am liebsten würde ich es schreien. Ich atme durch und versuche, ruhiger zu sprechen. »Nein, es ging nur darum, dass ich mich eine halbe Stunde mit dir unterhalte. Wir hatten vereinbart, dass das reicht, weil Männer das nur tun, wenn ...«

Ich rede nicht weiter, weil ich selbst merke, wie erbärmlich das klingt.

»... weil Männer nur mit einer Frau reden, mit der sie auch ins Bett wollen?«, vollendet Lasse den Satz.

»Ja, aber nicht ...«

»Hältst du Männer für so primitiv? Hältst du mich für so einen Idioten?« Wütend starrt er mich an.

»Dich doch nicht! Aber viele.«

Er schüttelt verständnislos den Kopf. »Stell dir mal vor, ich würde so was über Frauen behaupten. Ich stünde als das letzte Arschloch da. Aber euch steht wohl das Recht zu, so eine dermaßen bescheuerte Wette auch noch lustig zu finden. Und ich Vollidiot fall drauf rein.«

»Lasse, das war der Anfang, aber dann ist doch alles ganz anders gekommen.«

»Der Anfang, ja.« Er steigt eine Stufe höher und steht jetzt direkt vor mir. Seine Stimme wird leise. Sie klingt jetzt nicht mehr wütend, sondern traurig. Es zerreißt mir das Herz.

»Kaya, weißt du, was ich am Anfang das Allerschönste

fand, als du mich angesprochen hast? Wie unglaublich toll ich mit dir reden konnte. Jetzt weiß ich auch, warum. Du musstest ja deine scheiß halbe Stunde vollkriegen.«

Er wendet sich ab und setzt seinen Weg fort. Mit schnellen Schritten überhole ich ihn und stelle mich ihm an der Haustür in den Weg.

»Hör mir zu. Ich hatte diese dämliche Wette nach fünf Minuten vergessen. Ich wollte einfach immer weiterreden, weil es so wunderschön war mit dir. Weil plötzlich alles anders war. Alles!«

»Kaya, du hast es genauso gemacht, wie Amelie es gerade gesagt hat. Du hast mir das vorgespielt, was ich gerade brauchte. In Perfektion! Es war von Anfang an alles zu schön, um wahr zu sein. Trotzdem habe ich es geglaubt. Obwohl ich es echt hätte besser wissen müssen.«

Am liebsten würde ich ihn an den Schultern nehmen und schütteln. »Lasse, schau mich an. Diese Wette war der totale Mist, aber sieh doch, was daraus geworden ist. Wir beide ... Das ist doch kein Spiel. Das ist doch viel mehr!«

»Ist es das?« Er reibt sich mit einer Hand die Schläfe. »Ich wollte das wirklich mit uns. Vielleicht zu sehr. Deine Lebensfreude, deine Lockerheit, vielleicht auch dein Wunsch, alles nicht so ernst zu nehmen, das hat mich fasziniert. Aber diese Geschichte mit der Wette hat mir gerade die Augen geöffnet. Ich kann bei diesem Spiel nur verlieren.«

Ich stehe zitternd in der Tür, fest entschlossen, ihn nicht so gehen zu lassen. »Es tut mir so wahnsinnig leid. Ich wünschte, ich könnte diese Wette rückgängig machen. Ich wünschte, ich hätte dich einfach so angesprochen und ...«

»Hast du aber nicht!« Er tritt einen Schritt auf mich zu und schaut mich an. Sein Blick ist kühl. »Hättest du auch nicht. Gib es zu!«

Ich weiche nicht aus. »Nein. Du hast recht. Du wärst mir wahrscheinlich gar nicht aufgefallen. Aber jetzt – jetzt sehe ich dich. Jetzt will ich dich. Lasse, jetzt liebe ich dich!« Die Worte fließen einfach aus mir raus, und ich höre sie selbst erst, als sie schon zwischen uns in der Luft schweben.

Einen Moment wird Lasses Blick weich. Für eine Sekunde kann ich in seine Augen eintauchen, dann kneift er sie zusammen. Als er antwortet, ist seine Stimme tonlos und resigniert. »Liebe heißt Vertrauen. Wo siehst du das hier? Worauf haben wir gebaut? Was an uns ist echt? Ich weiß es nicht. Und du weißt es auch nicht.«

»Doch, ich weiß es.« Ich flüstere fast, doch er steht so nah, dass er mich hören muss. »Das mit uns ist echt. Ich vertraue dir. Und du kannst mir vertrauen!«

Er seufzt. »Das habe ich. Ich habe dich nach unserem Kennenlernen gefragt. Da wusstest du längst, wie unglaublich wichtig mir Ehrlichkeit ist. Warum hast du nicht einfach die gottverdammte Wahrheit gesagt?« Vorsichtig berühre ich mit dem Zeigefinger seinen Brustkorb. Diesmal weicht er nicht aus. »Genau deshalb. Ich wollte dir nicht weh tun. Versteh das doch.«

Er weicht einen Schritt zurück. »Diese Geschichte hatte ich schon, Kaya. Lügen, um nicht zu verletzen, ist das, was ich gar nicht brauche. Nie wieder.« Er greift an mir vorbei nach dem Türgriff. »Ich gehe, Kaya. Ich beende das ... das mit uns. Ich wünschte ... Ach, egal ...« Er öffnet die Tür und läuft, ohne sich umzusehen, auf die nächtliche Straße.

»Lasse!«, rufe ich und weiß doch, dass es keinen Sinn hat. So wie es keinen Sinn hätte, ihm jetzt nachzulaufen. So bleibe ich verlassen in der Tür stehen und schaue ihm fassungslos hinterher. Nach ein paar Metern hält er an, verharrt einen Moment und kommt zurück. Mein Herz schlägt einen dreifachen Salto, bis mir sein eiskalter Blick begegnet. Seine Stimme klingt erschreckend unverbindlich. »Was ich noch sagen wollte: Mach dir keine Sorgen wegen Milena. Ich werde sie behandeln wie alle anderen Schüler auch. Außerdem ist mein Vertrag nicht verlängert worden. Wenn das Schuljahr vorbei ist, gehe ich zurück nach Köln.«

Er schiebt die Hände in die Jackentaschen, schaut mich prüfend an, als wolle er sichergehen, dass ich ihn verstanden habe, steigt dann ohne Zögern in sein Auto und fährt davon.

Ich schließe die Tür und setze mich auf die unterste Stufe der Treppe. Alles in mir fühlt sich taub an. Meine Gedanken sind wie ein Puzzle mit zehntausend Teilen, das man gerade ausgeschüttet hat. Nichts passt zusammen. Ich bleibe einfach sitzen und warte. Irgendwann warte ich auf gar nichts mehr.

\*

Nach langer Zeit stehe ich auf. Mir ist kalt, mein Kopf ist leer, und alles tut weh. Ich rolle mich auf der Couch zusammen. Mehrmals tippe ich auf Lasses Namen in meinem Handy, und mein Finger schwebt über dem grünen Anrufsymbol. Aber ich traue mich nicht. Ich will so gern mit ihm sprechen, aber ich weiß nicht, was ich sagen kann, damit er mir verzeiht. Damit er versteht, was ich selbst gerade erst so richtig kapiert habe: Ich will ihn nicht verlieren.

In mir drin hab ich ein zartes Bild gemalt von einer Zukunft mit ihm. Ein Morgen mit ihm, ein Jahr mit ihm, vielleicht ein Leben mit ihm, wer weiß. Ich kann dieses Bild nicht wegwerfen, nicht wegen so etwas. Wegen einer bedeutungslosen Wette, die plötzlich alles bedeutet.

Ich kenne Lasse erst ein paar Monate, aber er hat mich etwas spüren lassen, was ich nicht kannte, was jeden Tag intensiver wird und was mich erahnen lässt, wie viel mehr noch möglich ist. Möglich gewesen wäre. Denn nach dieser kurzen Zeit kenne ich Lasse gut genug, um zu wissen, dass er es ernst meint. Er will mich nicht mehr, und er wird nicht bleiben. Trotzdem halte ich das Telefon fest umklammert in der albernen Hoffnung, er könnte jeden Moment anrufen und mir sagen, dass alles wieder gut ist.

*

Ich habe es immer noch in der Hand, als es längst hell ist und ich vor einer Teetasse am Küchentisch sitze. Inzwischen habe ich es nicht mehr ausgehalten und mehrmals bei ihm angerufen. Natürlich geht er nicht ran, und die Mailbox ist ausgeschaltet. Plötzlich höre ich Poltern im Gästezimmer. Anscheinend ist meine persönliche Kassandra aufgewacht. Ich horche in mich hinein, um herauszufinden, wie wütend ich auf sie bin. Erstaunlicherweise hält es sich in Grenzen. Ich weiß ja, dass Amelie das bestimmt nicht gewollt hat. Sonst bin ich selbst die Königin darin, etwas zu sagen, was ich bereits Sekunden später bereue, und dafür muss ich nicht mal beschwipst sein. Außerdem ist mir völlig klar, dass mir auch ohne Amelies alkoholbedingte Redseligkeit die Geschichte mit der Wette wahrscheinlich irgendwann um die Ohren geflogen wäre. Wie ein Häufchen Elend kommt sie in die Küche geschlurft. Sie hat mein langes T-Shirt an, das ich für sie zurechtgelegt hatte, bevor die ganze Katastrophe ihren Lauf nahm. Ihre Haare sind zerzaust, die Make-up-Reste überdecken nur unzureichend die blassgraue Gesichtsfarbe, und der Alkoholgeruch ist immer noch penetrant. Sie bleibt stehen und schaut mich an.

»Habe ich Mist gebaut?«

Ich weiß nicht, wie ich gerade aussehe, aber anscheinend reicht ein Blick auf das, was von mir übrig ist, als Antwort.

»Oh, Scheiße, ich habe richtig Mist gebaut! Kaya, es tut mir leid. Es tut mir so leid!«

Ich winke hilflos ab.

»Wie geht's dir?«, fragte ich.

Meine Stimme klingt belegt.

»Hundeelend!«

Sie lässt sich auf einen Stuhl fallen. Darf mich das freuen? Amelie ist zwar quer über mein Schloss aus Sand gelaufen, aber ihr das vorzuwerfen baut es auch nicht wieder auf. Ich stehe auf, fülle Tee in eine große Tasse, drücke eine Kopfschmerztablette aus der Packung und schiebe ihr beides zu. Sie sieht mich zerknirscht an.

»Ist Lasse sehr sauer wegen dem, was ich ihm erzählt habe?«

Ich seufze.

»Sauer ist kein Ausdruck. Er hat Schluss gemacht.«

Amelie schlägt die Hände vors Gesicht.

»Kaya, ich kann verstehen, wenn du mich jetzt hasst.«

Ich schweige einen Moment.

»Das war gestern weder diplomatisch noch rhetorisch besonders geschickt, was man bei zwei Promille wahrscheinlich auch nicht erwarten darf.«

Amelie wird rot.

»Aber ich hasse dich nicht. Es stimmt ja alles, was du

gesagt hast – irgendwie. Außerdem wäre er wohl sowieso nicht geblieben und ...«

Der Kloß in meinem Hals schnürt mir die Luft ab.

»Soll ich mit ihm reden, Kaya?«

Obwohl mir zum Heulen zumute ist, muss ich hilflos lachen.

»Oh, bitte nicht! Auf keinen Fall!«

Ich sehe ihr an, dass sie das nicht lustig findet, und werde wieder ernst.

»Ich hab ihm gesagt, dass ich ihn liebe.«

Sie setzt mit Schwung die Teetasse ab.

»O mein Gott, stimmt das denn?«

Ich lächele müde.

»Ich befürchte ja.«

»Und was hat er gesagt?«

»Mehr oder weniger, dass ich von Liebe keine Ahnung habe.« Empört schnellen ihre Augenbrauen nach oben.

»Spinnt der?«

Ich seufze. »Er hat ja nicht ganz unrecht. Vor allem aber hätte ich ihm von der Wette erzählen sollen. Je ernster es mir mit ihm wurde, desto weniger wusste ich wie, aber ich hätte es ihm längst sagen müssen.«

Sie schüttelt den Kopf.

»Nein, Kaya. Ich hätte es ihm nicht sagen dürfen. Dann hätte er es nie erfahren. Es ist meine Schuld.«

»Das hätte nichts daran geändert, dass ich ihm etwas verschweige, das ihn und mich betrifft. Vielleicht um ihn nicht zu verletzen, aber trotzdem zu Unrecht.«

»Ist es nicht eigentlich egal, wie ihr euch kennengelernt habt?«

Ich male nachdenklich mit dem Zeigefinger in einem Teefleck auf der Tischplatte.

»Gerade dann hätte ich es ihm sagen müssen, oder nicht?«

Sie legt eine Hand auf meinen Unterarm.

»Jedenfalls hatte ich nicht das Recht dazu. Ich habe alles kaputt gemacht, und Alkohol ist keine Entschuldigung. Ich war echt nicht ich selbst.«

Ich streiche mir die Haare aus dem Gesicht.

»Okay, lass hören. Was war mit dir los? Ich dachte erst, Hannes spinnt, aber du warst wirklich ...«

Mir fehlen die Worte, und Amelie läuft rot an.

»Ich war immer noch enttäuscht, dass ich allein in den Hexenkessel musste. Aber nur weil ihr alle keine Zeit hattet, wollte ich nicht auf die Party verzichten. Und dann habe ich mir in den Kopf gesetzt, dass ich meinen ersten One-Night-Stand haben würde, um es euch zu zeigen.«

Ich schüttele ungläubig den Kopf.

»Um uns was zu zeigen?«

Sie zuckt die Achseln.

»Keine Ahnung. Dass ich auch cool und locker sein kann. Ich war irgendwie neugierig, und ein bisschen habe ich auch gedacht, vielleicht habe ich ja so viel Glück wie du, und es ist ein ganz Toller und ... Ach, ich weiß auch nicht.«

Das klingt echt süß. Wenn man nicht wüsste, wie die Geschichte ausgeht.

»Jedenfalls war ich natürlich weder cool noch locker und habe mich nicht getraut, jemanden anzusprechen. Außerdem ist allein in die Disco gehen ein Albtraum. Ich wollte gerade abhauen, da wurde die Ladys' Hour ausgerufen. Gratissekt. Das war mein Verhängnis.«

Und meins, will ich sagen, behalte es aber für mich.

»Nach dem dritten Glas war ich cool und locker, und plötzlich wurden lauter Typen auf mich aufmerksam. Ich bekam ständig was ausgegeben und fühlte mich super. Dann war Hannes auf einmal da. Ich sage dir, dem einen Kerl hätte er fast eine verpasst.«

Ich grinse bei der Vorstellung.

»Du kannst ihm so dankbar sein, Amelie. Ohne ihn hätte das echt schiefgehen können.«

Sie nickt. »Ich weiß. Und ohne dich. Was du wahrscheinlich ewig bereuen wirst. Schließlich habe ich zum Dank deine große Liebe in die Flucht geschlagen.«

Jetzt werde ich wahrscheinlich rot.

»Übertreib mal nicht.«

»Kaya, du hast noch nie davon gesprochen, dass du jemanden liebst. Abgesehen von deinem zotteligen Pony.«

Ich will etwas erwidern, aber mein Blick fällt auf die Küchenuhr.

»Wann holt dein Papa dich ab?«

Sie folgt meinem Blick und springt wie von der Tarantel gestochen auf.

»Verdammt, ich muss los. Ich muss noch duschen und all das. Kannst du mir eine Jeans leihen und ein Taxi rufen?«

Es ist verrückt, die stets perfekt organisierte Amelie mal so zu erleben.

»Such dir eine Hose aus. Wenn du so weit bist, fahre ich dich nach Hause.«

Auf der Fahrt reden wir über die Reise und das Wetter, aber nicht mehr über gestern Nacht. Erst als wir uns vor ihrer Haustür in den Arm nehmen, sagt sie dicht an meinem Ohr: »Bitte verzeih mir! Ich hoffe so sehr, dass das mit Lasse wieder in Ordnung kommt.«

Ich nicke an ihrer Schulter. Viel Hoffnung habe ich nicht.

**MEINE WOHNUNG IST** still und leer. Mein Handy bleibt stumm. Wie ein unruhiges Tier im Käfig laufe ich unschlüssig von Raum zu Raum. Ich sollte aufräumen. Ich sollte duschen. Ich sollte zu Achterbahn fahren, um mich auf andere Gedanken zu bringen, oder Rob anrufen, der mir still zuhören würde, bis das Kopfchaos sich sortiert hätte. Für nichts davon habe ich Kraft. Plötzlich fällt mein Blick auf die CD, die Milli mir geschenkt hat. Ich starre minutenlang auf das Cover, und obwohl mir Lasses Gesicht inzwischen so vertraut ist, dass ich nur noch eine ganz entfernte Ähnlichkeit mit Bryan Adams erahne, versetzt mir das Foto einen Stich. Ich reiße die Folie auf, nehme die CD mit ins Schlafzimmer und lege sie in den alten CD-Player. Ich lasse mich aufs Bett fallen und schmiege mich ans Kissen. Als der zweite Song endet, steht mein Entschluss fest. Ich werde hier liegen bleiben, bis Lasse zu mir zurückkommt. Es ist anzunehmen, dass das nicht passieren wird. Dann stehe ich eben nie wieder auf.

Bis Sonntagmittag halte ich mich an meinen Vorsatz und verlasse das Bett nur, um aufs Klo zu gehen und um halbherzig eine Schüssel Müsli zu essen. Appetit habe ich keinen, aber Verhungern ist auch keine Lösung. Als mein Handy klingelt, stürze ich mich darauf und lasse es fast fallen. Endlich! Aber es ist gar nicht Lasse, der anruft, sondern Rob. Ich zögere, dann gehe ich ran.

»Ist alles okay?«, meldet er sich. Ich überlege, ob er telepathische Fähigkeiten besitzt, da klärt er mich schon auf. »Ich war gerade bei Hannes. Sein Ziegenbock hat eine Lungenentzündung. Er hat mir von Amelie erzählt, und ich wollte mal hören, ob es ihr wieder gutgeht.«

Ich schlucke. »Doch ... Ja ... Sie hatte einen ordentlichen Kater und wird bestimmt noch bei der Landung in New York Restalkohol gehabt haben. Kurz vor dem Start hat sie mir geschrieben, dass sie nie wieder trinken wird.«

Er lacht leise. »Wer's glaubt. Was war los mit ihr?«

Mein Seufzen aktiviert sein Alarmsystem. »Ist bei dir alles in Ordnung, Kaya?« Ich antworte nicht. »Kaya?«

»Ich weiß nicht«, sage ich knapp. Diesmal antwortet er nicht. Ich spüre, dass er wartet. Er ist da und atmet und schweigt, bis ich so weit bin.

»Lasse hat Schluss gemacht. Wegen der Wette und weil ich ihm davon nicht erzählt habe. Er glaubt irgendwie, dass ich alles nur gespielt habe und nichts echt ist, dabei hat sich noch nichts in meinem Leben so echt angefühlt und so wunderbar, und jetzt tut es so weh und ...« Meine Stimme überschlägt sich fast.

»Kaya?« Rob unterbricht mich sanft. »Kannst du das noch mal der Reihe nach erzählen? Ich komme da gerade nicht mit.« Mit stockender Stimme erzähle ich ihm alles, was Freitagnacht passiert ist. Als ich verstumme, bleibt er still.

»Rob?«

»Ich bin da. Ganz ehrlich, wenn er dich deshalb verlässt, ist er der allergrößte Vollidiot und hat dich nicht verdient.« Dafür sind Freunde da.

»Das ist lieb von dir. Aber du musst ihn verstehen.«

»Pff, gar nichts muss ich. Ich kann dir bestimmt zwanzig Kerle nennen, die ihren rechten Arm dafür geben würden, dass du um sie wettest. Außerdem war das ja, bevor irgendwie mehr draus wurde.«

Warum kann ich das nicht einfach auch so sehen und aufhören, Lasse zu verteidigen? »Es geht ihm nicht um die Wette selbst. So wie es ihm bei Milli nicht um den Rattendiebstahl ging. Es ging um das Verschweigen. Es ging um Vertrauen.«

Rob seufzt. »Ihm ist nicht zu helfen. Punkt. Und du suchst jetzt deine Laufklamotten raus. Ich hole dich in zwanzig Minuten ab, wir fahren zum Fluss und gehen joggen.«

Ich will protestieren, doch er unterbricht mich sofort. »Keine Widerrede. Tierärztliche Verordnung!«

»Hast du nicht Notdienst?«, mache ich einen letzten Versuch, meine Liebeskummerhöhle nicht verlassen zu müssen.

»Das ist ein Notfall. Bis gleich!« Ohne eine Antwort abzuwarten, legt er auf.

Ich finde es ziemlich frech, dass er einfach davon ausgeht, dass ich mache, was er sagt. Aber ich weiß ja, dass er mir helfen will. Wenn ich ehrlich bin, gehe ich mir mit meinem Selbstmitleid ziemlich auf den Keks, und der Gedanke an frische Luft und Bewegung weckt ein wenig meine Lebensgeister. Also ziehe ich mich an, putze die Zähne und knubbel meine Haare am Hinterkopf zu einem Knoten zusammen. Den Blick in den Spiegel vermeide ich, und an Make-up verschwende ich keinen Gedanken. Rob hat mich schon in ähnlich erbärmlichen Zuständen gesehen, auch wenn ich im Moment wahrscheinlich meinen persönlichen Tiefpunkt erreicht habe.

Als ich mir die Schuhe zubinde, höre ich den Bulli vorfahren. Ich steige auf den Beifahrersitz, und wir sehen uns an. Ich bin überzeugt, dass Rob und ich ohne Worte kommunizieren können, weil wir schon so viele Jahre miteinander vertraut sind. Sein Blick sagt: »Du tust mir so leid, und ich will, dass es dir wieder gutgeht. Ich weiß nicht, wie ich dir helfen kann. Aber ich bin da.« Und meine Augen antworten: »Ich bin froh, dass du da bist. Ich will nicht reden, ich will nicht denken. Bitte sei bei mir, als wäre ich allein.« Er schaut nach vorn, legt den Gang ein und fragt knapp: »Von der Schafsbrücke aus flussabwärts?« Ich nicke und lehne mich im Sitz zurück.

\*

Der Himmel ist grau, aber es riecht nach Sommer. Wir beginnen in ruhigem Tempo. Ich weiß, dass Rob allein deutlich schneller läuft, aber wenn wir zusammen joggen, passt er sich mir wunderbar an, ohne mir das Gefühl zu geben, ihn zu bremsen. An der Flussbiegung werde ich schneller und merke, wie all die wirren und traurigen Gedanken für den Augenblick hinter mir zurückbleiben. Als die Wolkendecke aufreißt und mich ein warmer Sonnenstrahl trifft, spüre ich, dass ich lächle. Rob überholt mich, und sein Seitenblick fordert mich heraus mitzuhalten. Erst als wir über die Steinbrücke hinweg sind und uns flussaufwärts auf den Rückweg machen, gebe ich mich geschlagen und falle in mein Ponytempo zurück, dem sich Rob kurze Zeit später anpasst. Als wir am Auto ankommen, brennen meine Beine wie Feuer, und ich bin klatschnass geschwitzt. Etwas Besseres hätte Rob gar nicht einfallen können.

An meinem Haus steigt er mit aus und bringt mich zur Tür. Ich zögere mit dem Schlüssel in der Hand.

»Auf, rein mit dir! Du erkältest dich sonst. Bist super gelaufen, Kaya, Respekt!«

Ich sehe ihn an. »Danke!«

Er grinst verlegen. »Nicht dafür. Hat mir auch gutgetan.«

»Und mir erst. Meinst du … Meinst du, ich kann das mit Lasse noch retten?«

Er seufzt. »Ist der Pauker das denn wert?«

Ich trete einen Schritt auf ihn zu. »Ja, er ist es mehr als

wert.« Ich lehne meine Stirn an Robs Brust. »Rob, seit ich ihn kenne, weiß ich, wie es sein kann. Ich will das nicht hergeben.«

Er legt sanft die Arme um mich und hält mich. »Weißt du, was eine kluge, hübsche Frau mal zu mir gesagt hat, als ich dachte, mein Leben ist ein Scherbenhaufen? *Am Ende wird alles gut. Und wenn es nicht gut ist, ist es noch nicht das Ende.*«

Ich murmele in sein Shirt.

»Du sollst mir nicht immer meine Sprüche um die Ohren hauen.«

Er küsst mich auf den Scheitel. »Aber hier passt es doch perfekt. Außerdem beginnt man ein Gespräch mit einem Lehrer am besten mit einem Zitat.«

Ich lache leise. »Hab ich das etwa auch mal gesagt?«

Er schiebt mich von sich. »Nee, das hat sich gerade ein einfacher Tierarzt ausgedacht. Was ich meine, ist: Rede mit ihm!«

Ich nicke. »Du hast recht. Das mach ich. Gleich nach Millis Prüfung. Danke, Rob. Ich bin so froh, dass ich dich habe.«

Er schiebt mich Richtung Tür. »Schluss jetzt damit. Ich muss duschen und dann zur Abwechslung mal wieder ein paar Vierbeiner retten. Und du musst auch endlich raus aus den verschwitzten Klamotten.«

Als ich die Tür schließe, ist er mit dem Bulli schon durchgestartet. Ich lehne mich an die Innenseite der Tür. Ich werde Lasse alles erklären. Am Ende wird alles gut.

## 20

*Wenn das Schuljahr vorbei ist, gehe ich zurück nach Köln.* Meine Worte hallen in meinem Kopf nach, und ich spüre Kayas Blick im Rücken, als ich ins Auto steige. Ohne in den Rückspiegel zu schauen, trete ich auf das Gaspedal und komme viel zu schnell vor meiner Haustür an. Unschlüssig mache ich ein paar Schritte darauf zu, drehe mich dann um und laufe einfach los. Ziellos flüchte ich durch die dunklen Straßen. Ich will nicht nach Hause. Ich habe gar kein Zuhause. Gerade hat es sich noch so angefühlt, als könnte aus meiner Unterkunft in *Hauptsache weit weg* so etwas werden wie ein Platz zum Bleiben, aber ich hätte damit rechnen müssen, dass diese Seifenblase irgendwann platzt. Mit einem Knall, war ja klar.

Wie ein Kinotrailer, den ein Verrückter im Vollrausch zusammengeschnitten hat, rasen Bilder und Worte durch meinen Kopf, und mir wird übel. Ich bin unfassbar wütend auf Kaya und ihr falsches Spiel, aber noch tausendmal wütender bin ich auf mich selbst. Ich hätte es wissen müssen, aber anscheinend bin ich unfähig, aus Erfahrung zu lernen. Meine schnellen Schritte auf dem Asphalt fühlen sich unangenehm vertraut an. Als wäre ich seit dem grauen Septemberabend im Kreis gelaufen. Die Erinnerung reißt auf wie eine schlecht verheilte Wunde.

\*

Es ist Ende September, und der halbherzige Sommer ist nahtlos einem nassgrauen Herbst gewichen. Ich bereue ein wenig, das Fahrrad genommen zu haben, anstatt bequem die vier Stationen mit der U-Bahn zu fahren. Allerdings wird mein Immunsystem durch den kalten Gegenwind und den hartnäckigen Nieselregen wahrscheinlich deutlich weniger gefordert als durch den hochprozentigen Bazillencocktail eines U-Bahn-Waggons zur Rushhour. Am Rheinufer muss ich Schlangenlinien fahren, um den trüben Pfützen auszuweichen, die sich auf dem unebenen Teerweg gebildet haben. Ich hoffe, dass der Prosecco in meinem Rucksack nicht zu sehr durchgeschüttelt wird. Ich kann dem Zeug nicht viel abgewinnen, aber Patricia liebt es, und ich habe extra ihre Lieblingsmarke besorgt, um sie zu überraschen und endlich vom Schreibtisch wegzulocken.

Die Schule fordert sie sehr, und noch dazu setzt sie sich selbst ziemlich unter Druck. Sie ist einfach wahnsinnig ehrgeizig, will alles richtig machen und kann es kaum erwarten, beruflich weiterzukommen. Ich könnte wetten, dass sie in wenigen Jahren Schulleiterin ist. Oder im Regierungspräsidium. Und ich bin dann immer noch der einfache Pauker. Patricia hasst es, wenn ich das sage. Sie findet es selbstabwertend und resigniert. Aber so meine ich das gar nicht. Es ist genau das, was ich sein will, und ich finde, der Job liegt mir. Ich will gar nicht mehr, aber für meine Freundin ist »mehr« so eine Art grundsätzliches Lebensziel.

Dafür nimmt sie seit Wochen an so vielen Konferenzen, Planungssitzungen und Teambesprechungen teil, dass ich befürchte, dass sie ein Burnout bekommt, bevor sie fünfunddreißig ist. Nicht mal in den Sommerferien ist sie zur Ruhe gekommen, sondern hat mit der Oberstufenleitung an einem neuen Kurskonzept gearbeitet. Dass wir mal richtig Zeit für uns hatten, ist ewig her. Deshalb muss sie heute einfach mal ihre Lehrpläne und didaktischen Empfehlungen zur Seite schieben und sich einen schönen Abend gönnen. Sie darf sich aussuchen, wo wir essen gehen. Von mir aus sogar in eine ihrer geliebten Sushi-Bars, obwohl ich den Trend von rohem Fisch auf Fließbändern eher bizarr finde.

Die Schule wirkt schon ziemlich verlassen, als ich ankomme. Vielleicht ist Patricia sogar die Einzige, die sich noch nicht losreißen konnte und jetzt einsam am Laptop »noch eben schnell« etwas fertig macht. Es ist höchste Zeit, dass ich sie vor sich selbst rette. Im Lehrerzimmer ist sie nicht, und bevor ich jetzt das ganze Schulgebäude durchsuche, rufe ich sie kurzerhand auf dem Handy an. Als sie rangeht, klingt sie ziemlich genervt.

»Lasse, wir brauchen hier noch einen Moment. Ich habe dir doch gesagt, dass es später wird.«

Ich hoffe, dass ich ihre Laune gleich bessern kann. »Wo bist du denn gerade?«

Meine Frage lässt sie noch patziger werden. »In der Schule. Wo sonst? Warum fragst du das jetzt?«

Ich wollte eigentlich gern ihr überraschtes Gesicht sehen, aber bevor sie gleich einfach auflegt, kläre ich sie besser auf. »Weil ich auch hier bin. Ich will meine Karrierefrau zum Essen ausführen. Also, wo bist du?«

Am anderen Ende ist Stille, dann höre ich etwas rascheln. Ihre Stimme klingt nicht mehr zickig. Die Überraschung ist wohl gelungen. »Oh ... Äh ... Ich bin beim Sekretariat. Ich komme gleich runter. Wir können uns auf dem Schulhof treffen.« Sie legt auf.

Ich hole die Sektflasche aus dem Rucksack und gehe ihr entgegen. An der Glastür zum Verwaltungstrakt begegnen wir uns. Sie lächelt mich unsicher an, und ich strecke ihr den Prosecco entgegen. Sie muss dringend für heute Schluss machen, sie sieht echt k. o. aus. Irritiert bemerke ich, dass die helle Bluse über ihrem kurzen Rock falsch geknöpft ist. Ich denke mir nichts dabei, aber sie folgt meinem Blick, und als sie den Kopf wieder hebt und ich die geröteten Wangen und den schuldbewussten Gesichtsausdruck sehe, ist es, als hätte jemand ganz plötzlich das Licht angeknipst.

»Lasse, ich ...« Kleinlaut setzt sie zum Reden an, aber ich unterbreche sie.

»Wer?« Als passende Antwort taucht Oberstufenleiter Krenz an der Verbindungstür auf. Er zögert kurz, dann drückt er die Klinke und tritt zu uns.

»Herr Fries, so spät sieht man Sie selten hier.« Er bemüht sich um einen humorvollen Tonfall, und ich würde ihm gern die Flasche mit der Sektplörre über den kahlrasierten Schädel ziehen, damit ihm die Schlaubergerbrille von der Nase fliegt. Patricia schaut ihn kurz an, und allein dieser Blick sagt mehr als jedes falsch geknöpfte Oberteil. »Lukas, lässt du uns einen Moment allein.«

Lukas Arschloch wird blass, als er die Situation richtig deutet. Hilflos schaut er zwischen uns hin und her. Schließlich wendet er sich an seine Mitarbeiterin des Monats.

»Äh ... Falls du mich brauchst ... Also, ich warte unten.«

Sie nickt ungeduldig, und er macht das einzig Richtige und verschwindet aus meinem Blickfeld. Patricia verschränkt die Arme und verdeckt damit das Beweisstück.

»Es tut mir leid, Lasse, dass du es so erfährst.«

Ich gebe ein verächtliches Geräusch von mir. »Aha. Wie sollte ich diese nebensächliche Information denn eigentlich erhalten? Und vor allem wann?«

Immerhin weicht sie meinem Blick nicht aus. »Ich hätte längst mit dir reden müssen. Aber ich konnte irgendwie nicht. Ich wollte dich einfach nicht verletzen.«

Ich glaube, ich habe mich verhört. »Längst??? Wie lange läuft das denn schon?«

Sie senkt den Kopf und spricht ziemlich leise. »Ein paar Monate. Am Anfang dachte ich, es war ein Ausrutscher. Aber wir können einfach nicht die Finger voneinander lassen.« Ich hebe abwehrend die Hand. »Erspar mir die Details. Erklär mir lieber mal, warum du mir nicht einfach gesagt hast, was Sache ist. Du bist doch sonst nicht auf den Mund gefallen.«

Sie zuckt unschlüssig mit den Schultern. »Irgendwie wollte ich dir nicht weh tun.«

»Ja klar. Stattdessen belügst du mich mit irgendwelchen Scheißkonzepten, an denen du angeblich arbeitest, und ich halte dir den Rücken frei, während du und der Krenz ...« Ich muss gleich kotzen.

Patricia schüttelt den Kopf. »Das stimmt so nicht. Lukas und ich können sehr gut zusammen arbeiten, und wir haben wirklich viel an dem Oberstufenkonzept gefeilt. Dabei sind wir uns halt nähergekommen. Wir konnten gar nichts dagegen machen, das ist einfach so passiert.«

Ich schnaube abfällig. »Einfach so immer wieder, oder was? Aber da braucht der naive Lasse ja nichts von zu wissen. Der soll mal schön weiter einkaufen und kochen und warten, während seine Freundin sich die Karriereleiter hochschläft.«

Sie hebt die Brauen, und in ihrem Augenwinkel glitzert ein theatralisches Tränchen. »Sei nicht fies, Lasse. Das passt nicht zu dir.« Den Oberlehrertonfall hat sie echt drauf. »Du kannst nichts dafür. Du bist ein toller Mann, so nett und verständnisvoll, ich hätte es nicht besser treffen können. Mein Kopf weiß das, und der wollte dich nicht loslassen. Aber mir fehlt das Prickeln. Am Ende wollen wir Prinzessinnen dann doch eine richtig starke Schulter zum Anlehnen. Einen tapferen Helden, der uns beschützt und dem klar ist, was er will und wo es langgeht.«

Ich schaue sie entgeistert an. »Und das soll der Krenz sein, oder was?«

Sie zuckt wieder die Achseln. »Jedenfalls bist es nicht du.« Kawumm, das hat gesessen. Um es noch schlimmer zu machen, schaut sie mich mitleidig an.

»Das mit uns hat doch schon eine Weile nicht mehr richtig gepasst. Du bist immer mit allem zufrieden, aber mir reicht dieses Dahinplätschern nicht.«

Ich schüttele fassungslos den Kopf. »Hörst du dir eigentlich mal selbst zu? Was soll der Schwachsinn?« Anscheinend hat sie sich fest vorgenommen, bei der Masche »verständnisvoll« zu bleiben, jedenfalls ändert sich ihr Psychologentonfall nicht.

»Lasse, ich weiß, dass das echt unschön gelaufen ist. Es ist klar, dass du dich ausgenutzt fühlst. Zu Recht. Ich habe Fehler gemacht. Viele Fehler.« Sie holt Luft. »Den einzigen Fehler, den du gemacht hast, ist, dass du das alles nicht eine Sekunde hinterfragt hast.«

Das kann nicht ihr Ernst sein. »Warum hätte ich das tun sollen? Ich habe dir vertraut.«

Ihr Blick wird zärtlich und sticht wie ein gezacktes Messer. »So bist du halt. Das finde ich total toll an dir.

Deshalb hoffe ich, dass wir als Freunde auseinandergehen können.«

Das hat sie jetzt nicht wirklich gesagt, oder? Aus welchem beschissenen Film hat sie das? Ich balle meine Hände und merke, dass ich immer noch den verdammten Prosecco in der Hand halte. Als ich die Faust öffne, zerspringt die Flasche klirrend am Boden, und weißer Schaum breitet sich über den schmutziggrauen Kunststoff aus. Erschrocken schaut meine frischgebackene Ex mich an.

»Daraus wird nichts.« So ruhig wie möglich drehe ich mich um und laufe Richtung Treppe. Patricia ruft noch einmal kleinlaut meinen Namen, aber sie folgt mir nicht. Als ich das Schulgebäude verlasse, beschleunige ich meinen Schritt. Am Tor steht Lukas Krenz und zieht nervös an seiner Zigarette. Als er mich sieht, macht er unentschlossen einen Schritt auf mich zu und setzt zum Reden an. »Es ist alles nicht so ...« Ein Blick von mir reicht, dass er verstummt und mir aus dem Weg geht. Von wegen tapferer Ritter. Armseliger Pisser. Ich laufe einfach weiter. Und weiter.

\*

Ich laufe weiter, obwohl ich weiß, dass mich das nicht weiterbringt. Anstatt mir nach Patricia einen Panzer anzulegen, eine gesunde Portion Misstrauen anzueignen und zu kapieren, dass man als netter Typ schon verloren hat, lasse ich mich naiv und blind wie ein Katzenbaby von der Nächsten auf den Arm nehmen. Ich wollte Kaya widerstehen. Irgendwie habe ich gespürt, dass sie eine Nummer zu groß für mich ist. Aber ich habe es nicht geschafft, und deshalb habe ich es eigentlich gar nicht besser verdient. Diesmal werde ich meine Lektion lernen und dafür sorgen, dass ich nicht noch mehr verletzt werden kann. Der Plan ist einfach. Es sind nur noch ein paar Wochen bis zu den Sommerferien. Bis dahin werde ich einfach nur arbeiten und meine Rückkehr nach Köln vorbereiten. Sonst nichts. Ich werde den Kirchplatz meiden und auch sonst alle Orte, an denen Kaya mir begegnen könnte. Es war nur eine kurze Zeit mit ihr, die werde ich ja irgendwie aus meinem Leben löschen können.

Ich weiß nicht, wie lange ich gelaufen bin, als ich doch vor meinem Haus lande. Mir ist kalt. Mir tut alles weh. Mir ist alles egal. Als ich mich endlich ins Bett lege, will ich nur noch schlafen. Ich drehe mich auf die Seite, um das Licht auszumachen. Auf dem Nachttisch steht das Foto von Kaya. Sie sieht mich an. Sie sagt: »Lasse, jetzt liebe ich dich!« Ich lege das Bild in die Schublade und schiebe sie mit Schwung zu. Das mit dem Schlafen hat sich erledigt. Stattdessen bekomme ich eine weitere Fahrt mit dem Gedankenkarussell.

*

Irgendwann muss ich doch eingeschlafen sein, und als ich aus einem unruhigen Schlaf mit wirren Träumen erwache, ist es hell. Drei Sekunden weiß ich nicht, warum ich so schlechte Laune habe, dann fällt es mir schlagartig ein. Es wäre der perfekte Moment, um von den *Men In Black* geblitzdingst zu werden. Ich stehe auf und mache mich auf die Suche nach meinem Handy, um die Uhrzeit zu erfahren. Ich finde es in der Tasche meiner Jacke, die neben der Wohnungstür auf dem Boden liegt. Ich hänge sie an den Garderobenhaken. Es ist 13 Uhr 17, und ich habe drei Anrufe in Abwesenheit. Alle von Kaya. Gut, dass mein Handy noch von dem Termin in der Schule auf stumm geschaltet war. Besser noch, dass ich grundsätzlich die Mailbox ausschalte. Jetzt ihre Stimme zu hören würde mich wahrscheinlich umbringen. Ich schalte das Mobiltelefon ganz aus, hole einen Joghurt aus dem Kühlschrank und setze mich vor meiner neuen Couch auf den Teppich. Ich schalte den Fernseher an und suche einen Kanal mit Trickfilmen. Willkommen zurück am Boden!

\*

Nichts hilft. Ich kann nicht aufhören, an sie zu denken. Ich starre stundenlang auf die flimmernden Comicfiguren, und währenddessen schiebe ich meine Gedanken wie in einem endlosen Tetrisspiel hin und her, stapele sie aufeinander und füge sie zusammen, aber nie scheint es zu passen. Als es dunkel wird, bin ich kein bisschen weiter. Ich stelle mich unter die Dusche, schließe die Augen und hoffe, dass das Wasser alles von mir abspült. Stattdessen sehe ich sie vor mir, unverschämt nackt mit ihrem unvergleichlichen Kaya-Lächeln. Ich liege im Bett, und es kommt mir vor wie ein Albtraum. Ich möchte aufwachen und neben ihr liegen. Der Gedanke lässt mich bitter über mich selbst lachen. Anscheinend gewöhne ich mich an die Rolle des selbstmitleidigen Köters, der seine Wunden leckt. Zum Glück sieht es keiner. Zum Glück weiß es keiner. Morgen muss ich unbedingt mit Mark sprechen, bevor er allen und jedem von Kaya erzählt und ich mein neues altes Leben mit Erklärungen beginnen muss. Außerdem wird es verdammt guttun, dass mein Bruder mich versteht.

# 21

**OBWOHL ES SCHON** Mittag ist, als ich mein Handy einschalte und Marks Nummer wähle, klingt er ziemlich verschlafen, als er sich meldet. Ich habe keine Nerven für Smalltalk und lasse direkt die Bombe platzen.

»Ich habe mit Kaya Schluss gemacht!«

Mein Bruder ist augenblicklich hellwach.

»Bist du verrückt? Warum das denn? Ihr seid ein Traumpaar!«

Ich seufze.

»Tja, Traum ist wahrscheinlich das richtige Wort. Aus der Traum!«

»O bitte, tu mir das nicht an. Sie ist toll. Ehrlich, es hat mich glücklich gemacht, dass du so eine Hammerfrau angeschleppt hast. Behalte sie!«

Habe ich ernsthaft mit Marks Verständnis gerechnet?

»Ich mache dich nur ungern unglücklich, Bruderherz«, sage ich spöttisch, »aber vielleicht könntest du dir erst mal anhören, warum ich das mit Kaya beendet habe.«

»Ist sie deine nach der Geburt verkaufte Zwillingsschwester? Eine Außerirdische? Ist sie vielleicht ein Mann? Ich weiß nicht mal, ob mich einer dieser Gründe überzeugen würde.«

Ich überlege kurz, einfach aufzulegen, aber mit wem außer Mark soll ich darüber sprechen? Wenn ich weiterhin nur mit mir selbst diskutiere, bin ich spätestens Ende der Woche reif für die Zwangsjacke. So ruhig wie möglich sage ich: »Nein, Mark, es ist ein wenig komplizierter, und es wäre sehr freundlich von dir, wenn du mir einfach mal zuhörst. Ausnahmsweise!«

Eine gewisse Schärfe in meinem Tonfall kann ich nicht leugnen, was meinem Bruder hoffentlich den Ernst der Lage klarmacht. Er seufzt ergeben.

»Okay. Wenn es dich nicht stört, dass ich dabei pinkeln gehe und mir einen Kaffee koche. Für dich auch?«

Ich frage mich einen Augenblick, ob Mark mir gerade durchs Telefon Kaffee angeboten hat, bis ich kapiere, dass er im Bett nicht allein ist. War ja klar.

»Den Weg zum Bad kennst du ja«, sagt er freundlich. »Bin in der Küche. Mein Bruder hat ein Problem.«

Einige Sekunden höre ich nur Rascheln und Rauschen. Dann wieder Marks Stimme.

»Leg los. Ich hör dir zu.«

Ich lege los. Ich kotze es ihm quasi durch den Hörer, und mein Bruder schafft es, mich nicht zu unterbrechen, sondern mir nur ab und zu durch ein Brummen zu verstehen zu geben, dass er noch da ist. Ich ende mit:

»Ich habe mich entschlossen, sie nie wiederzusehen,

das Schuljahr hier über die Bühne zu bringen und zurück nach Köln zu kommen.«

Ich höre, wie Mark schluckt und seine Kaffeetasse abstellt. Was er dann sagt, lässt mich daran zweifeln, dass er mir zugehört hat.

»Kannst du mir jetzt endlich erklären, warum um Himmels willen du dich von Kaya getrennt hast? Was ist dein Problem?«

Ich kann nicht glauben, dass er das ernsthaft fragt. Genervt antworte ich:

»Weil ich nur eine Wette für sie war. Kapierst du das nicht?«

»Was ich kapiert habe ist, dass das alles mit einer Wette angefangen hat. Einer ziemlich harmlosen noch dazu. Aber hat sie denn auch gewettet, dass sie dein Auto aus dem Matsch schiebt?«

Er scheint auf eine Antwort zu warten. »Nein, natürlich nicht. Aber ...«

Er unterbricht mich.

»Was aber? Hat sie gewettet, dass sie mit dir deinen bekloppten Bruder in Köln besucht? Oder dass sie lieber mit dir Händchen hält, anstatt mit ihrer Freundin Party zu machen? Hat sie ...«

Jetzt falle ich ihm ins Wort.

»Du kannst aufhören. Ich weiß, worauf du hinauswillst. Aber es geht ja vor allem darum, dass sie es mir nicht einfach ehrlich gesagt hat.«

Er lacht spöttisch.

»Tja, deine absolut übertriebene Reaktion zeigt ja, dass sie damit richtiglag. Deine gekränkte Eitelkeit lässt mich bezweifeln, dass du es besser verkraftet hättest, wenn sie es dir *einfach ehrlich* gesteckt hätte.«

Ich lasse die harten Worte meines Bruders sacken. Hat er recht? Seine Stimme wird sanfter.

»Lasse, ich kenne dich. Du wirst es bereuen. Du bereust es jetzt schon. Ihr kriegt das wieder hin. Rede mit ihr, bevor es zu spät ist und sie merkt, was für ein Waschlappen du bist.«

Ich weiß, dass er den letzten Satz nur so dahingesagt hat, trotzdem trifft er den Schmerzpunkt. Ich zische: »Und wenn es so ist? Wenn ich nicht gut genug für sie bin? Zu verletzlich, zu langweilig, zu was-weiß-ich?«

Mark stöhnt.

»Mann, deine fremdvögelnde Ex hat dir echt die Eier abgebunden! Du bist ein Hammertyp! Kaya weiß das. Ich habe gesehen, wie sie dich ansieht. Wenn man euch beide zusammen erlebt, kann man nur neidisch werden. Du bist verrückt nach ihr – zu Recht! Also vergiss diese verdammte Wette und hol Kaya zurück. Liebe sie, heirate sie, krieg zehn Kinder mit ihr und all das. Ihr beide könnt das schaffen!«

Ich muss gegen meinen Willen lachen.

»Drehst du jetzt gerade durch?«

Er klingt todernst.

»Nein, Bruder, du drehst durch. Re-de mit ihr!«

Die letzten drei Worte betont er, als wäre ich schwer

von Begriff. Ich trete mit dem Telefon ans Fenster und starre auf den Fluss. Dann nicke ich.

»Okay, ich rede mit ihr.«

Er lässt nicht locker.

»Jetzt gleich?«

Ich seufze.

»Ja, jetzt gleich.«

»Das ist mein Bruder.«

Ich sehe sein zufriedenes Gesicht vor mir, als er auflegt.

\*

Unter der Dusche wasche ich die letzten Zweifel ab, und als ich vor der Tür von warmen Sonnenstrahlen begrüßt werde, bin ich fest entschlossen, Kaya diese ganze Wettgeschichte und all das zu verzeihen und ihr endlich zu sagen, dass ich fest mit ihr zusammen sein will. Je näher ich dem Kirchplatz komme, desto alberner und übertriebener kommt mir meine Reaktion auf Amelies Offenbarungen vor. Mark hat völlig recht. Kaya kann nichts dafür, dass sie genau meinen wunden Punkt getroffen hat, dafür weiß sie viel zu wenig über die Sache mit Patricia. Dass sie mich nicht verletzen wollte, kann ich ihr schlecht vorwerfen, und der Gedanke, dass ich ihr nichts bedeute, widerlegt sich allein schon durch ihre Verzweiflung Freitagnacht.

Bestimmt ist sie immer noch am Boden zerstört, und

es ist meine Schuld. Als Allererstes muss ich sie um Verzeihung bitten für alles, was ich ihr in meiner Enttäuschung an den Kopf geworfen habe. Die Sonne lockt die Menschen vor die Tür. Überall hört man fröhliches Reden und Lachen, kleine Kinder machen schwankend die ersten Radfahrversuche, Hunde ziehen Menschen an der Leine hinter sich her, und als hätte jemand auf einen unsichtbaren Startknopf gedrückt, scheint Sommer zu sein. Meine Wut und meine Enttäuschung haben sich in Luft aufgelöst. Ich habe einfach nur noch Sehnsucht, und mein Herz klopft bis zum Hals, als ich um die Ecke zum Kirchplatz biege.

Es sind vielleicht noch fünfzig Schritte bis zu Kayas Tür, als ein Auto vorfährt. Es ist ein großer blauer Van, und auf der Heckscheibe prangt ein weißes V auf rotem Grund mit einer schwarzen Schlange. Der Tierarzt ist da. Ohne darüber nachzudenken, trete ich einen Schritt Richtung Hauswand. Er steigt aus, und wenn neunundneunzig Prozent aller Männer in engen Laufhosen albern aussehen, gehört er natürlich zu den wenigen, die jede Sportbekleidungsfirma sofort für ihren Katalog ablichten würde. Die Beifahrertür öffnet sich, und Kaya steigt aus. Mein Herz macht einen Sprung. Sie ist einfach die schönste Frau auf diesem Planeten. Ihre Haare sind hochgebunden, was ihre tolle Figur in der Laufkleidung noch besser zur Geltung bringt. Sie lächelt. Warum lächelt sie?

Während es mir seit vorgestern das Herz zerreißt und

ich keinen klaren Gedanken fassen kann, scheint sie schon ziemlich über mich hinweg zu sein. Jedenfalls besteht kein Zweifel, dass die beiden vom Sport kommen, wahrscheinlich vom gemeinsamen Joggen durch den Sommerwind. Ich versuche, den Gedanken nicht zuzulassen, was sie sonst getrieben haben. Aber wozu denken, wenn man es sich einfach anschauen kann, denn Kaya schmiegt sich an den Kerl, und er legt die Arme um sie und hält sie an sich gepresst, als wäre es das Selbstverständlichste auf der Welt. Das ist es wahrscheinlich auch. Mein Magen krampft sich zusammen, und ich bin froh, dass ich heute nichts gegessen habe, denn sonst würde ich mich in dieser Sekunde auf den Bürgersteig übergeben.

Als der Tierarzt den Kopf senkt und Kaya zärtlich auf die Haare küsst, reicht es mir. Mehr brauche ich nicht zu sehen, und mehr könnte ich auch gar nicht ertragen. Ich drehe mich um und laufe mit schnellen Schritten davon. Hallo, Wut, willkommen Enttäuschung, da seid ihr ja wieder! Und wie ihr gewachsen seid! In meinem Tempo rempele ich jemanden an, und irgendwas fällt runter. Ich reagiere nicht auf das Rufen und drehe mich nicht um. Nur von hier weg, so weit wie möglich.

\*

Meine Schüler müssen denken, dass ich am Wochenende gegen meinen bösartigen Zwillingsbruder vertauscht worden bin, so wie ich ihnen den Montag zur Hölle mache. Meine Laune ist am Gefrierpunkt, und die ganze Bande geht mir einfach nur auf die Nerven. Ich gelte auch sonst als streng, dabei aber als freundlich und gerecht, und heute kann weder von freundlich noch von gerecht die Rede sein. Ich kann mich so selbst nicht leiden, und es ist absolut unprofessionell, aber ich kann gerade nicht anders. Als ich schließlich eine Aufgabe aus dem Buch an die Tafel schreibe, die sie in Stillarbeit erledigen sollen, wirken sie fast dankbar, und tatsächlich ist es so ruhig in der Klasse wie nie zuvor. Ich beginne mit der Korrektur des Überraschungstests, den ich der neunten Klasse in der ersten Stunde aufs Auge gedrückt habe, was meine Laune nicht gerade verbessert.

Plötzlich höre ich neben meinem Pult ein leises Räuspern. Milena steht da. Zaghaft lächelt sie mich an, und erschrocken registriere ich, dass sie das gleiche Lächeln hat wie ihre Tante.

»Was ist los, Milena?«

Sie schluckt.

»Es geht um mein Referat am Mittwoch. Ich wollte fragen, ob es in Ordnung ist, wenn meine Tante mitkommt zum Daumendrücken?«

Ich schaue sie skeptisch an, und sie dreht nervös ihren Kugelschreiber in den Händen.

»Es ist nur ... Ich bin ziemlich aufgeregt deswegen, und es würde mir helfen, wenn meine Tante dabei ist und zuhört.« Ich lehne mich auf dem Stuhl zurück. Kaya will also wirklich herkommen? Will sie sehen, wie es mir ohne sie geht? Mich am Boden zerstört erleben als hoffnungslosen Trauerkloß? Den Gefallen werde ich ihr nicht tun! So freundlich, wie ich den ganzen Tag noch nicht gesprochen habe, sage ich:

»Ja, sie kann ruhig kommen, wenn es dir wichtig ist. Du kannst ihr sagen, dass ich kein Problem damit habe. Kannst du noch Hilfe gebrauchen? Sollen wir das Referat noch mal durchsprechen?«

Wieder das Kaya-Lächeln.

»Nein, vielen Dank. Herr Schürmann hat mir bei der Vorbereitung geholfen.«

War ja klar. Der Tierarzt, dem die Frauen vertrauen. Ich nicke.

»Gut, ich bin gespannt.«

Das bin ich wirklich.

\*

Als ich am Mittwoch Richtung Lehrerzimmer laufe, bin ich vorbereitet, trotzdem spüre ich einen Stich in der Brust, als ich Kaya mit Milena im Flur stehen sehe. Sie trägt Bluejeans und einen straffen Pferdeschwanz und steht mit dem Rücken zu mir. Als Milena mich sieht, sagt sie etwas zu ihr, und Kaya dreht sich um. Ihr Anblick trifft mich wie eine Brandungswelle, und kurz schwanke ich in meiner Entschlossenheit. Dann trete ich auf die beiden zu.

»So, Milena, los geht's. Frau Mahler?«

Ich reiche ihr die Hand, und sie drückt sie und lächelt mich unsicher an. Ich weiche ihrem Blick aus und ziehe meine Hand zurück. Kaya will etwas sagen, doch ich lasse sie nicht zu Wort kommen.

»Ah, da hinten kommt auch Frau Meyer. Sie wird heute Beisitzerin sein. Milena, du musst dir keine Sorgen machen, ich bin mir sicher, dass du das gut hinbekommen wirst, und wir helfen dir auch.«

Als meine Kollegin bei uns ankommt, trete ich ein Stück zurück.

»Viola, du kennst Milena ja schon. Das ist Frau Mahler, ihre Tante, die zur seelischen Unterstützung dabei sein möchte. Kennen Sie sich?«

»Nur flüchtig«, presst Kaya hervor, und Viola flötet: »Ich finde es ganz wunderbar, dass Sie Ihre Nichte unterstützen.«

Sie schüttelt Kaya überschwänglich die Hand. Kayas Gesichtsausdruck gefällt mir. Ich glaube, das Ganze läuft nicht so, wie sie es sich vorgestellt hat. Im Besprechungsraum setzen wir uns, und ich erkläre den Ablauf. Ich bin mir sicher, dass Kaya genau wie ich daran denkt, wie wir in diesem Raum zum ersten Mal aufeinandergetroffen sind, aber ich schaffe es, sie keines Blickes zu würdigen.

Milena beginnt etwas unsicher, aber schnell fasst sie Fuß und schafft es, dass ich ihre Tante für den Moment vergesse und immer wieder anerkennend nicke. Sie folgt der Struktur des Praktikumsberichts, erzählt aber ihre

Erfahrungen so lebendig, dass der Vortrag richtig unterhaltsam ist. Als Sonderthema hat sie den Kaiserschnitt bei einer Kuh gewählt. Ihre Faszination ist nicht gespielt und überträgt sich auf uns Zuhörer. Als sie endet, fängt Viola spontan an zu klatschen, und nach kurzem Zögern fallen Kaya und ich ein. Meine Kollegin ergreift das Wort. »Milena, das war ein phantastischer Vortrag! Ich will dich auch gar nicht mit vielen Nachfragen nerven. Aber sag mir bitte, ob mein Eindruck stimmt, dass du einen möglichen Beruf für dich gefunden hast?«

Milena strahlt. »Auf jeden Fall. Ich weiß aber, dass ich dafür sehr gute Noten brauche, um überhaupt einen Studienplatz zu bekommen. Herr Schürmann sagt, das ist das erste Hindernis auf meinem Weg zur Tierärztin.«

Ich räuspere mich.

»Heute bekommst du jedenfalls eine Eins. Ich habe auch in höheren Klassen selten so ein gutes Referat gehört, und deine Begeisterung für das Praktikum war nicht zu übersehen. Ich freue mich, dass sich das Blatt so gewendet hat. Für mich ist die andere Praktikumsgeschichte damit endgültig abgeheftet.«

Sie wirft einen glücklichen Blick zu Kaya, die aufsteht, um den Tisch zu ihr läuft und sie in den Arm nimmt.

Viola formt ein »Süß!« mit den Lippen und bedeutet mir, ihr aus dem Raum zu folgen. Als ich mich in Bewegung setze, hebt Kaya den Kopf.

»Herr Fries, können wir vielleicht ...«

Ich unterbreche sie eiskalt.

»Jetzt nicht, Frau Mahler. Ich muss in den Unterricht. Wenn mit Milena etwas ist, kann ihre Mutter jederzeit einen Gesprächstermin mit mir vereinbaren.«

Ich ignoriere ihren verletzten Blick. Ich weiß ja, dass es sie nicht wirklich trifft.

»Milena, wir sehen uns dann gleich in Deutsch, ja?«

Ohne eine Antwort abzuwarten, verlasse ich den Raum. Ich würde sagen, heute habe ich so einiges endgültig abgeheftet.

# 22

**ES KOMMT ZIEMLICH** häufig vor, dass ich meinen Job als Tierarzt verfluche. Besonders lautstark beschimpfe ich mich um drei Uhr nachts für meine dämliche Berufswahl, denn es ist ein furchtbares Gefühl, aus dem Tiefschlaf gerissen zu werden und zu wissen, dass man die nächsten Stunden in einem kalten Kuhstall verbringen wird oder absolut übermüdet, aber zu hundert Prozent gefordert am OP-Tisch. Ich verfluche meinen Job außerdem, wenn ich mal wieder viel zu spät und noch in Arbeitskleidung bei einer Geburtstagseinladung erscheine, weil die Sprechstunde länger gedauert hat und einem Pferdebesitzer abends um acht eingefallen ist, dass er das Ekzem seines Vierbeiners, der sich seit zwei Wochen Schweif und Mähne schubbert, auf keinen Fall bis zum nächsten Tag unbehandelt lassen möchte.

Dann stürzt man sich auf das Büfett, weil man den ganzen Tag noch nicht zum Essen gekommen ist, und hat beim anschließenden Partysmalltalk Mühe, die Augen offen zu halten. Den Preis als beliebtester Gast gewinnt man so natürlich nicht.

Außerdem bin ich kurz davor, meine Praxis unter der Rubrik »Schnellstmöglich zu verschenken« anzubieten, wenn ich Anwaltspost bekomme. Da mache ich um Mitternacht einen Notkaiserschnitt bei einer Hündin, deren Besitzer viel zu lange versucht haben, die Geburt mit Hausmittelchen und Tipps aus dem Internet voranzutreiben, die aufgrund des querliegenden Welpen wirkungslos bleiben. Tatsächlich gelingt es mir, die Mutter und vier der fünf Welpen zu retten, und weil ich weiß, dass die Hundehalter nicht viel Geld haben, berechne ich deutlich weniger, als ich müsste. Was sie nicht davon abhält, mir per Anwalt mitzuteilen, dass sie vermuten, dass der fünfte Welpe durch mein Verschulden gestorben sei und sie die Rechnung nicht bezahlen und Schadenersatz von mir fordern würden. Ist das nicht ein echter Traumjob?

Aber diese Fluchmomente vergehen, bevor ich beim Arbeitsamt anrufen kann.

Die Kuh, die nicht mehr aufstehen konnte, wird durch die Calciuminfusion geheilt, und auf der Rückfahrt taucht der Sonnenaufgang die Landschaft in so wunderbares Licht, dass ich alle bedauere, die diesen Anblick verschlafen.

Früher oder später wird man sowieso nur noch von den Leuten eingeladen, die wissen, dass man wahrscheinlich erst kommt, wenn die Ersten gehen, und einem wortlos einen übervollen Teller in die Mikrowelle schieben und die Kaffeemaschine anschmeißen.

Mit dem Brief vom Anwalt kommt zufällig meistens auch ein zweiter Brief an, zum Beispiel von einem kleinen Mädchen, dessen Pony man die Zähne geraspelt hat. Es hat davon eine eigenwillige Zeichnung angefertigt und mit krakeliger Schrift »Sternchen sagt danke« dazugeschrieben. Sofort weiß ich wieder, dass ich mir keinen anderen Beruf für mich vorstellen kann.

Die wirklich, wirklich schlimmen Momente als Tierarzt sind andere. Es sind die, in denen dir dein langes Studium und alle Erfahrung nichts bringen und der Schrank voller Medikamente wertlos wird. In denen es kein Buch mehr gibt, in dem du nachschlagen, und keinen Spezialisten, den du anrufen kannst. Es sind die Momente, in denen du alles getan hast und die Medizin am Ende ist. Du kannst nur noch abwarten, welche Entscheidung die Natur, der Zufall oder das Schicksal trifft. Diese Momente sind nicht so selten, wie man denken könnte, und jeder einzelne schmerzt und kostet Kraft. Es geht nicht nur um das Tier, das ums Überleben kämpft, sondern auch um seine Menschen, die alle Hoffnung in einen setzen, und man muss ihnen sagen, dass man mehr nicht tun kann und nichts bleibt als Warten.

Heute muss ich das dem Menschen sagen, der mir mehr bedeutet als alle anderen. Ich muss es ihr sagen, und ich weiß nicht, ob sie damit klarkommen wird.

Als ich Kayas Anruf entgegennahm, war ich nicht überrascht, dass sie bedrückt klang. Das ist leider zum Normalzustand geworden, seit dieser verdammte Pauker vor zwei Wochen den Fehler seines Lebens gemacht hat. Allerdings schwang in ihrer Stimme eine große Portion Panik mit.

»Rob, kannst du zum Stall kommen? Mit Achterbahn stimmt was nicht. Er liegt auf der Seite und schwitzt. Er hebt nicht mal den Kopf, wenn ich ihn anspreche.«

Sie versuchte, die Angst in ihrer Stimme zu unterdrücken, doch es gelang ihr nicht. Außerdem war ihre Sorge völlig berechtigt. Was sie beschrieb, klang mehr als beunruhigend.

»Lass ihn einfach so liegen und versuch nicht, ihn zum Aufstehen zu bewegen. Leg ihm eine Decke über. Ich komme sofort.« Auch ich schaffte es nicht zu verbergen, wie besorgt ich war, was Kaya den letzten Rest Fassung nahm.

»Bitte beeil dich!«, presste sie in den Hörer und legte auf.

Als ich am Stall ankam, fand ich Achterbahn so vor, wie Kaya es beschrieben hatte. Das alte Pony lag regungslos da und gab nur ab und zu ein Stöhnen von sich. Kaya kniete neben seinem Kopf und streichelte ihn, während sie beruhigend auf ihn einredete. Während ich Kreislauf, Körpertemperatur und Darmgeräusche untersuchte, stellte ich Kaya die Routinefragen, und sie antwortete tonlos, ohne den Blick von dem kleinen Patienten zu heben. Die Stallbesitzer waren dieses Wochenende nicht da, aber morgens hatte der Nachbar gemistet und gefüttert. Kaya hatte ihn schon angerufen, ihm war nichts

Besonderes aufgefallen. Wegen des schlechten Wetters hatte er die Pferde im Stall gelassen. Die völlig zerwühlte Pferdebox und die vielen Mistflecken in Achterbahns Fell sprachen dafür, dass er sich schon eine ganze Weile vor Bauchschmerzen immer wieder gewälzt hatte.

Ich wusste, dass Kaya von mir irgendwas Beruhigendes hören wollte, obwohl ihr selbst klar war, dass ihr Pony sich in Lebensgefahr befand. Was auch immer Achterbahn im Bauch diese Schmerzen bereitete, waren keine einfachen Blähungen oder leichte Darmkrämpfe. Mit Worten konnte ich den beiden nicht helfen, also lief ich zum Auto und holte in einer Tragekiste Medikamente und Material. Ich legte einen Zugang in die Halsvene und verabreichte darüber zwei starke Schmerzmittel. Dann hängte ich einen Fünflitersack Kochsalzlösung an die Stalltür und ließ sie langsam in den Blutkreislauf des Ponys tropfen. Kaya sah mir stumm zu und schien wie erstarrt. Ich musste sie dreimal nach einem Eimer fragen, bis sie sich wie in Trance erhob und mir aus einem Schrank einen reichte. Obwohl ich nicht wusste, ob sie mich wirklich hörte, erklärte ich ihr die ganze Zeit, was ich machte und warum.

»Wenn die Medikamente wirken, müssen wir Achterbahn helfen, in Brustlage zu kommen. Es ist besser für seinen Kreislauf, und er braucht eine Nasenschlundsonde. Du weißt ja, dass Pferde sich nicht übergeben können, und wir müssen verhindern, dass im Magen durch Rückstau oder Gas zu viel Druck entsteht. Wenn dein Pony größer wäre, würde ich rektal den Darm abtasten, ob etwas verdreht ist, aber beim Shetty geht das nicht.«

Kaya schien durch mich hindurchzusehen und ganz woanders zu sein.

Ich bin verdammt froh, dass wir bereits vor langem über eine solche Situation gesprochen haben und Kaya mir damals entschieden gesagt hat, dass eine Kolik-Operation bei Achterbahn für sie nicht in Frage kommen würde.

»Alles, was du im Stall machen kannst, wird gemacht. Aber wir zwingen den alten Herrn nicht auf den verhassten Pferdehänger, um dann im OP zu erfahren, dass es sowieso keinen Sinn hat.«

Das waren ihre Worte. Ich hatte ihr erklärt, dass erfolgreiche Kolik-Operationen keine Seltenheit sind, aber sie war klar bei ihrer Meinung geblieben.

Was für mich jetzt bedeutet, dass Achterbahns Überleben in meiner Hand liegt. Oder eben nicht. Das ist es, was ich ihr sagen muss.

Wir konnten ihn tatsächlich in Brustlage bringen, und der sonst so freche Tierarztfeind ließ sich teilnahmslos einen Schlauch durch die Nüster bis in den Magen schieben. Ich schüttete ihm darüber einen halben Eimer lauwarmes Wasser mit einem großen Schluck Paraffinöl ein. Der Kreislauf besserte sich etwas, doch er drehte sich immer wieder zu seinem Bauch um und stöhnte. Erst als ich die Betäubungsmittelschublade aufschloss und ein sehr viel stärkeres Schmerzmittel wählte, wurde er ruhig.

Damit habe ich alles getan, was ich kann. Der Moment ist gekommen.

Kaya sitzt mit angezogenen Beinen neben Achterbahn. Ihre Arme umfassen ihre Knie, auf denen sie das Kinn abgelegt hat. Ich gehe neben ihr in die Hocke.

»Kaya? Wir können nur noch abwarten und hoffen, dass er irgendwann aufsteht und es ihm bessergeht. Wenn er wieder anfängt zu stöhnen oder zu schwitzen, dann dürfen wir ihn nicht länger leiden lassen. Dann muss ich ihn einschläfern.«

Sie reagiert nicht. Ich berühre sanft ihren Unterarm. »Kaya?«

Sie dreht kurz den Kopf zu mir, und ein Blick in ihre Augen reicht, um zu wissen, dass sie alles verstanden hat. Sie wendet sich wieder ihrem Pferd zu. Ich hasse meinen Job.

Unruhig laufe ich hin und her, überprüfe zum hundertsten Mal die unveränderte Tropfgeschwindigkeit der Infusion oder greife unter die Ponydecke, um zu fühlen, wie warm Achterbahns Körperoberfläche ist und ob er schwitzt. Wenn ich wenigstens wüsste, warum der kleine Kerl so schreckliche Bauchschmerzen hat. Eine Verstopfung ist unwahrscheinlich, denn er hat ja nur sein gewohntes Futter bekommen. Die letzte Wurmkur ist noch nicht lange her, also sind es auch keine Parasiten. Bleibt also eine Darmverlagerung oder sogar ein Darmverschluss. Es könnte auch ein Tumor dahinterstecken. Medizinisch ausgedrückt läuft das auf eine sehr zweifelhafte Prognose hinaus, was klar übersetzt bedeutet, dass es wenig wahrscheinlich ist, dass Achterbahn die Nacht überlebt. Und ich kann nichts tun, als hilflos daneben zu stehen und auf ein Wunder zu hoffen.

Ich kann mich noch erinnern, wie Kayas Opa uns abgeholt hat, für eine große Überraschung, zu der er uns nicht mehr verraten wollte. Es ist so viele Jahre her und trotzdem, als ob es gestern gewesen wäre. Kaya hüpfte wie ein Gummiball auf dem Autositz auf und ab, bis wir bei Franz auf den Hof fuhren. Dann saß sie plötzlich ganz still mit großen Augen, weil sie es ahnte und doch nicht glauben konnte. Ihr Opa drehte sich zu ihr um.

»Schau mal in die mittlere Box. Da will dich jemand kennenlernen.«

In diesem Augenblick stürzte Kaya aus dem Auto und rannte los. Ich schnallte mich ab und folgte ihr. Als ich beim Stall ankam, hatte sie ihre Arme schon fest um den Ponyhals geschlungen. Das junge freche Shetlandpony legte den Kopf auf ihre Schulter und stand ganz ruhig. Es war Liebe auf den ersten Blick. Seitdem gehört Achterbahn zu Kaya. Auch für mich ist er ein letztes Stück Kindheit, ein alter Freund, mit dem man unzählige Abenteuer erlebt hat und der einfach dazugehört. Es fällt mir schwer, mir den Stall ohne ihn vorzustellen. Wie muss es erst für Kaya sein?

Irgendwann lehne ich mich neben der Stalltür an die

Wand. Weil Kaya völlig in sich gekehrt ist und mich nicht beachtet, kann ich sie einfach anschauen. Es tut mir weh, sie so zu sehen. Sie ist blass, ihre Augen wirken leer und müde und der Mund vor Sorge schmal. Trotzdem ist sie wunderschön. Ihr Anblick versetzt mir jedes Mal einen kleinen Stich. Die Natur hat dem Körper unzählige phantastische Schutzmechanismen gegeben, aber sie hat nicht dafür gesorgt, dass man aufhört zu lieben, wenn es keine Hoffnung mehr gibt. Das weiß ich seit einem Regentag im Sommer, als Kaya ihre Entscheidung in wenigen Sekunden getroffen hat. Zwei Tage habe ich für meine Entscheidung gebraucht: lieber ein Leben als bester Freund an ihrer Seite als ein Leben ohne sie.

Seitdem warte ich darauf, dass sich das Gefühl für sie ändert. Ich habe andere Frauen getroffen, Dates gehabt und auch ein paar sexuelle Begegnungen, sogar kurze Beziehungen, aber es ist hoffnungslos: Keine ist wie sie.

Vielleicht habe ich darauf gewartet, dass sich ihr Gefühl für mich ändert. Dass sie mich plötzlich mit anderen Augen sieht und nicht ungläubig lachend abwinkt, wenn mal wieder jemand fragt, warum wir zwei eigentlich kein Paar sind. Aber auch das ist hoffnungslos. Seit sie diesem Lehrer begegnet ist, weiß ich es mit Sicherheit. Wie sie von ihm spricht, wie er sie aus der Bahn wirft, wie verrückt sie nach ihm ist und wie er sie begeistert, das hat noch kein Mann bei Kaya geschafft. Allein der Blick, den sie ihm beim Osterfeuer zuwarf, hat mir klargemacht: Mit weniger als dem, was sie für ihn empfindet, wird Kaya sich nicht zufriedengeben. Und der Vollidiot kapiert das nicht und bricht ihr das Herz. Wenn sie jetzt auch noch Achterbahn verliert, wird sie wahrscheinlich durchdrehen.

Es wird dunkel draußen und kühl. Ich schalte die Stalllampe an. Kaya scheint es gar nicht zu bemerken. Es passt überhaupt nicht zu ihr, wie sie stumm dasitzt und ins Leere starrt, nicht weint, nicht redet und sich nicht bewegt. Vielleicht sollte ich wenigstens verhindern, dass sie sich verkühlt. Ich nehme eine saubere Pferdedecke aus der Sattelkammer und lege sie ihr um die Schultern.

»Kaya, habt ihr irgendwo einen Strohballen, auf den du dich setzen kannst?«

Wie in Zeitlupe dreht sie sich zu mir und schaut mich stirnrunzelnd an.

»Strohballen?«, frage ich erneut.

Sie deutet mit der Hand schwach eine Richtung an, und ihre Stimme klingt tonlos.

»In der letzten Box liegt ein großer Ballen Haferstroh. Wir mischen manchmal etwas davon unter das Heu im Auslauf zum Knabbern.«

Ich öffne die Box, aber sie ist bis auf ein paar einzelne Heu- und Strohhalme auf kahlem Boden leer.

»Keiner da«, sage ich zu Kaya.

Sie legt nachdenklich den Kopf schief, zuckt dann mit den Achseln und fällt in ihre Teilnahmslosigkeit zurück. Vor Lulus Box hängt eine Abschwitzdecke. Sie ist voller Pferdehaare, aber ich gehe davon aus, dass das Kaya kaum stören wird. Ich falte sie mehrmals und bringe sie zu ihr, damit sie nicht mehr direkt auf dem Stallboden sitzen muss. Mein Handy klingelt. Ich gehe nach draußen auf den Hof in die Dunkelheit. Bei Bauer Schulte hat eine Kuh nach einer schweren Geburt die Gebärmutter herausgepresst. Ein Notfall, der nicht warten kann. Ich überschlage im Kopf die Fahrtzeit und die Behandlungsdauer und komme zu dem Ergebnis, dass ich frühestens in zwei Stunden wieder hier bin. So lange kann ich Kaya auf keinen Fall allein lassen. Unschlüssig gehe ich zu ihr. Sie sitzt unverändert da, aber sie hat etwas in der Hand. Ich trete näher. Es ist die kleine Holzfigur, die der Pauker ihr geschenkt hat. Ununterbrochen streicht sie mit dem Daumen darüber. Mir kommt ein Gedanke, der mir absolut nicht gefällt. Ich schließe die Augen und hoffe auf eine bessere Idee. Da das sinnlos ist, gehe ich zu meinem Auto und lasse mich auf den Sitz fallen. Ich wähle Millis Nummer. Als sie drangeht, fasse ich mich kurz.

»Hier ist Rob. Es tut mir leid, dass ich so spät anrufe. Kannst du mir bitte die Nummer von deinem Klassenlehrer geben?«

# 23

**ALS MEIN HANDY** klingelt, bin ich gerade dabei, meine Fotos der letzten Tage zu vergrößern. Ich hatte gehofft, dass mich das auf andere Gedanken bringt und irgendwie meine Laune bessert, allerdings ist es eher frustrierend. Es gibt viele Künstler, die mit Schmerz und Enttäuschung ihre besten Werke erschaffen haben. Ich gehöre offensichtlich nicht dazu. Was hier vor mir liegt, ist das Fotopapier nicht wert. Nicht mal meine Kamera scheint mir noch wohlgesonnen zu sein. Automatisch werfe ich einen Blick auf das Telefon, als ich danach greife. Es ist schon fast elf, und die angezeigte Handynummer ist mir unbekannt. Ein Gefühl von nervöser Anspannung macht sich in mir breit, als ich abhebe.

»Hallo?«

»Ist da Lasse Fries?«

Eine Männerstimme mit sachlichem Tonfall.

Ich schlucke. »Ja.«

»Hier ist Robert Schürmann, der Tierarzt. Ich rufe wegen Kaya an.«

Ich habe mich wohl verhört. Was bildet der Typ sich

ein, hier mitten in der Nacht anzurufen? Und ich werde ganz bestimmt nicht mit ihm über Kaya sprechen. Allein wenn ich nur dran denke, wie die beiden vor ihrer Haustür rumgeschmust haben, bekomme ich einen Würgereiz.

»Hallo?« Anscheinend habe ich zu lange geschwiegen.

Ich frage kühl: »Hat Kaya gesagt, dass du mich anrufen sollst?«

Er lacht bitter. »Wenn die Frage ernst gemeint war, weiß ich nicht, ob wir über die gleiche Kaya sprechen. Die, die ich kenne, würde niemals jemanden vorschicken.«

Da hat er leider recht. Ich ärgere mich über seine selbstgefällige Art, aber noch mehr über meine dämliche Frage. Ich möchte dieses Telefonat einfach nur noch schnell hinter mich bringen. »Was willst du?«

Er räuspert sich. »Glaub ja nicht, dass mir das hier irgendwie leichtfällt oder ich auch nur entfernt sicher bin, dass ich das Richtige tue. Ich fasse mich kurz und erzähle es nur einmal, also hör gut zu.«

Der Kerl ist echt Anwärter auf den Wichtigtuer des Jahres. Und das sage ich, der den ganzen Tag von Lehrern umgeben ist.

»Kannst du mal zum Punkt kommen?«

Ich muss ja wohl nicht auch noch auf freundlich machen.

Er ignoriert meinen scharfen Ton und redet mit ruhiger Stimme weiter.

»Ich habe absolut keine Ahnung, wie du auf die Idee gekommen bist, die tollste Frau der Welt zu verlassen. Du hast ihr echt das Herz gebrochen. Bilde dir darauf bloß nichts ein. Sie wird hundertmal schneller über dich hinweg sein als du über sie. Aber heute Nacht muss sie wahrscheinlich einen echten Verlust verkraften, deshalb rufe ich an.«

Es sollte mir egal sein, aber ich habe augenblicklich einen Eisklumpen im Magen.

»Was? Was ist passiert?«

»Ihr Pony ist schwer krank. Es kann sein, dass ich es in den nächsten Stunden einschläfern muss.«

Ich ziehe erschrocken die Luft ein.

»Achterbahn? Ach du Scheiße.«

Aus meiner Stimme ist jegliche Coolness gewichen, und auch dem Tierarzt mischt sich zum ersten Mal etwas wie Beunruhigung in den neutralen Tonfall.

»Sie sitzt schon seit Stunden bei ihm, spricht nicht und schaut durch mich hindurch. Sie weint nicht, wirkt einfach wie erstarrt. Ich muss sie allein lassen, weil ich zu einem Notfall muss. Wenn du nur etwas Anstand besitzt und wirklich mal was für sie empfunden hast, dann kommst du jetzt hierher und stehst ihr bei, bis ich zurück bin. Weißt du noch, wo der Stall ist?«

»Ja, das finde ich, aber ...«

Er hat schon aufgelegt.

\*

Der Hof ist dunkel, aber der Tierarztbulli ist nicht zu übersehen. Er ist noch da. Ich stelle den Polo direkt daneben und sehe erst beim Aussteigen, dass Rob an der Fahrertür lehnt und anscheinend auf mich gewartet hat. Unerwartet freundlich sagt er: »Danke, dass du gekommen bist.«

Ich schiebe die Hände in die Jackentaschen.

»Ist sie im Stall?«

Er nickt, aber als ich loslaufen will, hält er mich auf. »Lasse?«

Ich drehe mich fragend um.

»Die Mädels haben sich einen Spaß gemacht, na und? Zählt nicht, was daraus geworden ist?«

Ich gehe einen Schritt auf ihn zu.

»Halt dich da raus. Was weißt du schon?«

Er weicht meinem Blick nicht aus.

»Ich weiß, dass Kaya kein falsches Spiel spielt. Man weiß bei ihr immer, woran man ist.«

Ich kneife die Augen zusammen.

»Aha. Und woran bist du bei ihr?«

Selbst im Schummerlicht der Fahrzeuginnenbeleuchtung sehe ich, dass ich damit einen Volltreffer gelandet habe. Allerdings nicht so, wie ich erwartet hatte. Ich sehe weder Schuldbewusstsein noch Triumph, nicht mal mehr Überheblichkeit. Sein Blick erinnert mich verdammt an das, was ich seit zwei Wochen im Spiegel sehe: Schmerz und Enttäuschung. Aber warum?

»Ach, vergiss es einfach!«

Er läuft an mir vorbei zum Stalleingang, und ich folge ihm.

An der halbhohen Tür, die ich von meinem ersten Besuch hier kenne, tritt er zur Seite und lässt mich vorbei. Der Anblick zerreißt mir das Herz. Das kleine Pony sieht irgendwie noch viel winziger aus, als ich es in Erinnerung hatte. Es liegt auf dem Bauch mit angeklappten Beinen und berührt mit der Nase fast den Boden. Über ihm ist eine Wolldecke ausgebreitet, und von seinem Hals führt ein dünner Schlauch zu einem großen Plastiksack mit Flüssigkeit, der an der Stallwand hängt. Neben ihm sitzt mit angezogenen Knien Kaya. Um ihre Schultern liegt eine übergroße Decke, und ihr Blick ruht auf Achterbahn. Beide wirken regungslos wie ein todtrauriges Stillleben. Sie bemerken mich nicht. Eine halbe Ewigkeit weiß ich nicht, was ich tun soll. Dann mache ich einen Schritt auf die beiden zu, gehe in die Hocke und sage leise Kayas Namen. Wie in Zeitlupe wendet sie mir das Gesicht zu. Sie sieht blass und erschöpft aus, und ihre sonst so lebendigen Augen wirken leer. Sie betrachtet mich stumm. Plötzlich ist es, als würde eine Maske von ihr abfallen. Sie sieht nicht mehr erstarrt aus, sondern unendlich traurig, und ihre Augen füllen sich mit Tränen.

»Lasse?«

Ich schlucke und nicke. Sie macht eine hilflose Geste in Richtung des kranken Ponys.

»Ich weiß«, sage ich, und ohne darüber nachzudenken, knie ich mich neben sie und nehme sie in den Arm. Sie fängt an zu schluchzen und zu zittern, und ich halte sie, so fest ich kann. Es tut so weh, und gleichzeitig fühlt es sich so gut an. Als ich den Kopf hebe, ist der Tierarzt verschwunden. »Kaya?« Ich spreche leise an ihrem Ohr. »Können wir irgendwas für Achterbahn tun?«

Sie löst sich von mir und schüttelt den Kopf. »Nur warten und auf ihn aufpassen«, sagt sie heiser.

»Dann machen wir das.« Ich setze mich neben sie und lehne mich an die Stallwand. Sie wirft mir einen Seitenblick zu und schaut dann wieder zu dem Pony. Lange schweigen wir. Was soll man auch sagen, wenn schon so viele Worte zwischen einem stehen?

»Er wusste, dass er sterben würde.«

Kayas Stimme klingt belegt. Ich drehe ihr den Kopf zu. Sie schaut mich nicht an. Es ist fast, als würde sie mit sich selbst sprechen.

»Mein Opa, meine ich. Er hatte Leberkrebs. Er hat es keinem gesagt. Nur Franz wusste davon. Mein Papa hat es erst im Krankenhaus erfahren, als Opa schon im Sterben lag. Aber vorher hat er Achterbahn für mich ausgesucht. Franz hat erzählt, dass er eigentlich ein älteres Pony kaufen wollte, ein ganz braves. Der Züchter hatte eine ganze Wiese voll Verkaufsponys, aber Achterbahn wich meinem Opa vom ersten Moment an nicht von der Seite. Wann immer er sich ein anderes Pony genauer anschauen wollte, drängte Achterbahn sich dazwischen und wollte die volle Aufmerksamkeit. Er wollte mit. Und Opa wollte für mich etwas, das mir von ihm bleibt.«

Jetzt wendet sie doch den Kopf zu mir. Ihr laufen Tränen über die Wangen. Als sie sie mit dem Handrücken wegwischt, sehe ich, dass sie etwas in der Hand hält. Es ist die Pferdefigur vom Flohmarkt. Ich verstehe das alles nicht. Sie hat meinen Blick bemerkt und lächelt traurig auf das Holzpferdchen in der flachen Hand.

»Ich hoffe, dass es ein Glücksbringer ist für Achterbahn.« Sie dreht mir den Kopf zu. »Danke, dass du hier bist. Ich weiß, dass du mit mir eigentlich nichts mehr zu tun haben willst. Nach Millis Prüfung …«

»Ich habe dich mit Rob gesehen«, falle ich ihr ins Wort und würde mich im selben Moment am liebsten dafür ohrfeigen. Kaya hat gerade echt andere Sorgen, und ich haue ihr erst mal schön einen fetten Vorwurf um die Ohren. Tolle Leistung!

Sie runzelt die Stirn. »Mit Rob? Wann?«

Ich winke ab. »Es ist egal jetzt. Vergiss es.«

Aber es ist zu spät. Sie richtet sich auf und scheint für den Moment ihre Sorge um Achterbahn vergessen zu haben. »Das ist absolut gar nicht egal. Ich will wissen, was du meinst!«

»Kaya, lass uns ein anderes Mal darüber reden. Es geht gerade nicht um uns.« Ich nicke mit dem Kinn Richtung Achterbahn, und ein paar Sekunden schaut sie nachdenklich in seine Richtung. Als sie mich wieder ansieht, weiß ich, dass sie nicht lockerlassen wird.

»Lasse, sag mir jetzt bitte, was du gesehen hast. Ich will es wissen.«

Ich weiche ihrem Blick aus und zähle die Tropfen, die in den Infusionsschlauch fallen. Beim zehnten steht mein Entschluss: Ich sage es ihr. Dann ist wenigstens alles geklärt. Als ich meinen Kopf zu ihr drehe, merke ich, dass sie mich abwartend ansieht.

»Zwei Tag nach der Geschichte mit Amelie wollte ich eigentlich zu dir kommen und mit dir über alles reden. Ich war schon auf dem Weg. Aber dann kamst du mit Rob vom Sport zurück, und da habe ich gesehen ... Also, seitdem weiß ich ...«

Mein Rumstottern klingt einfach nur erbärmlich.

In Kayas Gesicht arbeitet es nachdenklich, dann schnellen ihre Augenbrauen nach oben.

»Du hast gedacht, er und ich ... dass da was läuft???«

Sie schaut mich fassungslos an, und ich puste hörbar Luft aus.

»Etwa nicht? Es sah jedenfalls verdammt danach aus!«

Ich sehe sie herausfordernd an, und sie schüttelt ungläubig den Kopf.

»Spinnst du? Fang du nicht auch noch damit an. Jeder denkt immer, nur weil Rob und ich so gute Freunde sind, muss da irgendwie mehr sein. Ist es aber nicht. Das kannst du mir glauben. Ich war untröstlich, weil du Schluss gemacht hast, und Rob hat versucht, mich auf andere Gedanken zu bringen.«

»Das ist ihm ja anscheinend gelungen«, knurre ich.

Trotz allem deutet sie ein zaghaftes Lächeln an. Ist sie so abgebrüht?

»Lasse, ehrlich, so war das nicht. Rob hat mich in den Arm genommen, weil ich mir wegen dir die Augen aus dem Kopf geheult habe. Du kannst ihn gern fragen.«

So weit kommt's noch.

»Lieber nicht«, brumme ich und starre unentschlossen geradeaus. Ich krame in meinem Gedächtnis nach den mühsam verdrängten Bildern. Kann es sein, dass Kaya die Wahrheit sagt? Dann bin ich der Vollidiot des Jahrtausends. Aber ein glücklicher Vollidiot. Ich werfe ihr einen Seitenblick zu. »Du hast mir also nachgeweint, ja?«

Jetzt grinst sie wirklich.

»Das findest du jetzt gut, oder was?« Sie wird ernst. »Lasse, es tut mir alles furchtbar leid. Diese Wette ...«

»Vergiss die Wette!«, unterbreche ich sie.

Sie starrt mich ungläubig an. »Hast du gerade *Vergiss die Wette* gesagt?«

Jetzt hält sie mich wahrscheinlich endgültig für nicht zurechnungsfähig.

»Irgendwie sehe ich das alles jetzt anders. Darüber wollte ich ja mit dir reden, als ...«

Eine Bewegung von Achterbahn stoppt mich. Ich muss zugeben, dass ich gar nicht mehr an ihn gedacht habe. Das Pony hebt den Kopf. Für einen Moment werden die dunklen Augen klar, und Achterbahn schaut uns aufmerksam an. Dann lässt er den Kopf wieder sinken. Kaya ist sofort bei ihm, redet mit leisen Worten auf ihn ein und streicht über die struppige Mähne, während sie mit einer Hand eine Taste auf ihrem Handy drückt und es ans Ohr hebt.

\*

Rob hat am Telefon gesagt, so lange Achterbahn nur müde wirke, sollten wir ihn einfach dösen lassen. Ich weiß nicht genau, was er gefragt hat, aber bei Kayas Antwort ist mir warm geworden.

»Lasse bleibt bei mir.«

Damit das Pony mehr Ruhe hat, verlegen wir unseren Wachposten vor die Stalltür, lassen diese aber geöffnet, um zwischendurch einen Blick auf das Krankenlager zu werfen. Kaya hat nach Robs telefonischer Anleitung den Infusionsschlauch abgestöpselt und die Nadel im Hals mit einem Plastikdeckel verschlossen. Als sie sich neben mich setzt, schmiegt sie sich wie selbstverständlich an mich, und mich durchflutet ein Glücksgefühl. Ich küsse sie aufs Haar. Nach kurzer Zeit wird ihr Kopf auf meiner Schulter schwer und ihr Atem ruhig. Ich bin froh, dass der Schlaf ihr eine Auszeit gibt von der Angst um Achterbahn. Vielleicht wird alles gut. Wenn es plötzlich um Leben und Tod geht, dann merkt man, was wirklich wichtig ist. Dass manche Probleme eigentlich gar keine sind. Oder nur eingebildet. Ich wünsche mir so sehr, dass Achterbahn es schafft. Aber was auch immer passiert, ich hoffe, Kaya und ich finden wieder zusammen. Wenn sie mich überhaupt noch will.

# 24

**ICH WERDE DAVON** geweckt, dass Lasse mich zärtlich auf die Wange küsst. Ich will die Augen nicht öffnen. Mir ist kalt, und vom Schlafen im Sitzen tut mir jeder Knochen weh, aber ich habe furchtbare Angst, was mich erwartet. Als ich nicht reagiere, werden Lasses Küsse heftiger. Er wandert mit seinen Lippen durch meine Haare und an mein Ohr. Als dann auch noch seine Zunge ins Spiel kommt, wird es mir zu viel.

»Hör auf damit!«, sage ich verschlafen und will ihn von mir wegdrücken. Meine Hand berührt Fell, und ich höre ein vertrautes Brummeln. Ich mache die Augen auf. Neben mir steht Achterbahn und streckt neugierig seine Nase durch die geöffnete Boxentür. Sofort sucht er in meiner Hand nach etwas Essbarem. Wenn das ein Traum ist, will ich nie wieder aufwachen. Wie um mir zu beweisen, dass ich nicht träume, schleckt Achterbahn mir mit seiner feuchten Ponyzunge quer über die Hand. Ich beuge mich vor, lege meine Arme um seinen Hals und vergrabe mein Gesicht in der weichen Mähne. Ich fange schon wieder an zu heulen. Diesmal vor Glück. Einen Moment verharrt Achterbahn und lässt mich seinen vertrauten Geruch einatmen, dann fängt er an, an meinen Jackentaschen nach Leckereien zu suchen.

»Warte, mein Großer, ich koche dir Mash.« Ich rappele mich auf und will die Boxentür schließen, doch der Anblick lässt mich stocken. Überall in der Box liegen matschig-faserige Haufen, die mit normalen Pferdeäpfeln wenig zu tun haben und von Größe und Menge eher an einen Elefanten als ein Shetlandpony denken lassen. Ich ziehe Achterbahn sein Halfter über und sage leise: »Ich glaube, ich binde dich erst mal draußen an. Hier ist Großreinemachen angesagt. Wenn das alles in deinem Bauch war, dann kann ich verstehen, dass es dir echt dreckig ging.«

Mein Blick fällt auf den schlafenden Lasse. Er lehnt seitlich an der großen Haferkiste, und seine Knochen werden sich ähnlich beschweren wie meine, wenn er aufwacht. Ich betrachte ihn und staune, wie viel Vertrautheit, Nähe und Zuneigung ich für ihn empfinde. Er war so sauer auf mich, und trotzdem ist er gekommen, als ich ihn brauchte, als wäre es das Selbstverständlichste der Welt. Obwohl dieser verrückte Kerl sogar dachte, ich hätte mich mit Rob über ihn hinweggetröstet, was zeigt, dass er nicht die leiseste Ahnung hat, wie viel er mir bedeutet.

Unschlüssig stehe ich mit Achterbahn am Führstrick vor ihm und weiß nicht, ob ich ihn wecken soll. Warum ist er hier? Dass Rob ihn zu Hilfe gerufen hat, ist klar. Es gibt keine andere Erklärung. Aber wollte er mir nur trotz allem zur Seite stehen, als es Achterbahn so schlechtging, weil er eben Lasse ist? Es würde zu ihm passen, seine Wut auf mich hintanzustellen, weil ich ihn gebraucht habe. Oder habe ich noch eine Chance bei ihm? Er hat *Vergiss die Wette* gesagt, was auch immer das bedeuten sollte. Ich atme tief ein, dann gehe ich in die Hocke und rüttele ihn sanft an der Schulter, bis er die Augen öffnet. Er starrt mich entsetzt an. Es dauert kurz, bis ich verstehe, dass er nicht mich so ansieht, sondern Achterbahn, der ihm neugierig seine Nase entgegenstreckt. Ich habe Lasses Angst vor Pferden ganz vergessen, und Achterbahn befindet sich gerade mit ihm auf Augenhöhe. Ich ziehe das Pony zurück und lächele Lasse entschuldigend an.

»Es tut mir leid, ich wollte dich nicht erschrecke. Ich wollte dir nur unbedingt zeigen, wer auferstanden ist.« Lasse schaut von Achterbahn zu mir und wieder zu Achterbahn. Dann grinst er. »Das gibt's ja nicht.«

Er kommt unbeholfen auf die Beine, und ich bin mir sicher, dass dabei jedes Gelenk knirscht, aber mit Achterbahn auf Hüfthöhe fühlt er sich sichtlich wohler. Er streicht meinem Pony vorsichtig die Nase und wirft mir einen fragenden Blick zu.

»Ist er wieder ganz gesund?«

Ich zucke die Achseln, aber ich kann nicht aufhören zu lächeln.

»Ich glaube schon. Er scheint sich einfach überfressen zu haben. Ich muss gleich Rob anrufen, dass er ihn sich anschaut.«

Er nickt.

»Mach das.«

Einen Moment herrscht Schweigen. Dann setzen wir beide zum Reden an und lachen unsicher.

»Du zuerst«, sagt er.

»Ich weiß nicht, wie ich dir danken soll. Du hast mir wirklich geholfen und das nach allem, was … Also, danke, von Herzen danke, dass du das für mich getan hast.«

Ich überlege kurz, ihn zu umarmen, aber ich traue mich nicht. Ich habe zu viel Angst, dass er mir ausweicht oder es nur über sich ergehen lässt.

»Kaya, ich habe das wirklich gern gemacht. Kannst du noch Hilfe brauchen? Beim Saubermachen oder so?«

Ich winke ab.

»Das musst du nicht, das ist schon okay. Du hast wirklich mehr als genug …«

Er unterbricht mich.

»Ich möchte es aber. Ehrlich. Es ist höchste Zeit, dass der Stadtmensch mal was über Stallarbeit lernt.«

Ich muss lachen.

»Da kannst du heute aber direkt die Meisterprüfung machen. Ich binde Achterbahn eben draußen an und klingel bei Rob durch. Dann bringe ich die Karre und die Mistgabeln mit. Also krempel schon mal die Ärmel hoch.«

Ich spüre, dass er uns nachschaut, aber ich drehe mich nicht um.

Rob hebt nach dem ersten Ton ab und ist sprachlos, als ich ihm von Achterbahn erzähle. Ich habe ihm heute Nacht angesehen, dass er nicht damit gerechnet hat, dass mein Pony überlebt, und ich höre förmlich die Felsen von seinem Herzen poltern. Ganz Tierarzt fragt er natürlich genau nach, bis er eine Diagnose hat.

»Alles spricht dafür, dass er eine Dickdarmverstopfung hatte. Kann er sehr viel Stroh gefressen haben, Kaya?«

Ich zögere. »Ich weiß nicht. Eigentlich macht er das nicht.«

»Denk noch mal nach. Was ist mit dem Haferstroh, das verschwunden ist? Kann er da drangekommen sein?«

In meinem Kopf rattert es. Die Boxentür war fest verschlossen. Aber der Strohballen war definitiv am Tag vorher noch da. Plötzlich ist mir alles klar.

»Franz und Helga sind nicht da. Lothar hat morgens den Stall gemacht. Er hat bestimmt nicht gewusst, dass es Futterstroh ist, und hat bei Achterbahn damit eingestreut. Der liebt Haferstroh! Wenn es so war, hat er definitiv jeden Halm aufgefuttert.«

Rob lacht leise.

»Der Fall ist gelöst, Sherlock.«

»Dr. Watson, heißt das, er wird wieder ganz gesund?«, frage ich mit verstellter Stimme. Damit kann ich Rob nicht drüber hinwegtäuschen, wie wichtig mir seine Antwort ist.

»Ich schaue ihn mir gleich noch mal an, aber ich denke schon. Es gibt jetzt ein paar Tage Mash mit Paraffinöl. Und kein Haferstroh mehr!«

»Gut, dass ich den weltbesten Tierarzt habe! Ich bin dir so dankbar. Auch dafür, dass du Lasse Bescheid gesagt hast.«

»Seid ihr wieder ...?«

Ich seufze. »Ich hatte noch nicht den Mut, einen Schritt in die Richtung zu machen. Aber er ist noch hier.«

»Du schaffst das. Rede mit ihm!«

»Du bist der allerbeste Freund, den ich mir wünschen kann. Danke, dass es dich gibt!«

Es ist so lange still, dass ich mir sicher bin, dass Rob in ein Funkloch gefahren ist. Als ich gerade auflegen will, höre ich, wie er sich räuspert.

»Ich bin froh, dass es dich gibt, Kaya. Und dass du wieder glücklich bist.«

Einen Moment glaube ich, dass er noch mehr sagen möchte, doch er schweigt wieder. Ich warte eine halbe Minute, dann frage ich:

»Rob?«

Er räuspert sich noch mal. »Ich komme gleich vorbei und schaue nach dem Patienten. Ich bringe Kaffee und Brötchen mit.«

Ich drücke einen schmatzenden Kuss aufs Handy. Er will schon auflegen, da fällt ihm noch etwas ein.

»Was ist eigentlich mit Milli? Ist sie nicht dieses Wochenende bei dir wegen Cordulas Kongress?«

Erschrocken schaue ich auf die Uhr auf dem Display.

»Du hast recht. Sie kommt in zwanzig Minuten am Bahnhof an.«

Rob lacht.

»Dann sammele ich sie auf dem Weg ein und bringe sie mit. Bis gleich!«

Ohne eine Antwort abzuwarten, legt er auf.

Ich blicke auf die Stalltür. Lasse und ich haben noch ungefähr dreißig Minuten zu zweit. Schon wieder dreißig Minuten. Aber diesmal geht es um viel mehr.

Lasse kommt mir auf der Stallgasse entgegen und greift sich die Mistgabel aus der Schubkarre, die ich vor mir herschiebe. Wie er sie festhält, ist Beweis genug, dass er tatsächlich zum ersten Mal eine in der Hand hat. Ich muss grinsen, aber er lässt sich nicht beirren.

»Erklär mir, was ich tun muss. Aber du musst ganz von vorn anfangen.«

Damit hat er absolut recht.

Ich nehme ihm sanft die Gabel aus der Hand und lehne sie an die Wand.

»Ganz von vorn anfangen«, sage ich und drehe mich zu ihm um.

»Hallo, kann es ein, dass Sie der Klassenlehrer meiner Nichte sind? Ich will Ihnen gleich sagen, dass ich gerade mit meiner Freundin gewettet habe, dass ich mich eine halbe Stunde mit Ihnen unterhalten werde. Ich möchte nicht, dass das irgendwann zwischen uns steht.«

Ich strecke ihm wie zur Begrüßung die Hand hin.

Er schaut mich nachdenklich an, und ich wage nicht zu atmen. Dann greift er meine Hand und lächelt.

»Hast du mich gerade gesiezt? Lass das, dann fühle ich mich uralt.«

Er zieht mich an sich, ohne den Blick von meinen Augen zu lösen, und sagt leise: »Außerdem klingt es viel schöner, wenn ich sagen kann: Ich liebe *dich*!«

Bevor die Worte überhaupt bei mir angekommen sind, küsst er mich. Der Kuss ist nicht vorsichtig oder zögernd, sondern heftig und intensiv, als könnte es der letzte sein. Einen Moment genieße ich ihn nur, dann erwidere ich ihn, und ein zartes Kribbeln strömt durch meinen ganzen Körper. Ich dränge mich enger an ihn, spüre, wie meine Brüste an seinen Oberkörper drücken, und seufze leise in seinen Mund. Er zieht seinen Kopf zurück und schaut mich an. Sein Blick fühlt sich an wie eine weiche Decke, die er um mich legt.

»Kaya, ohne dich, das geht gar nicht mehr. Es tut mir leid, dass ich so ein Idiot war.«

Ich schüttele den Kopf.

»Ich kann dich gut verstehen. Ich hab's dir echt nicht leichtgemacht. Wahrscheinlich weil ich selbst nicht fassen konnte, wie viel ich für dich empfinde.«

»Trotzdem ...«, setzt er an, doch ich lege zart meinen Zeigefinger auf seine Lippen, löse ihn dann durch meinen Mund ab und lasse meine Hände sanft seinen Rücken hinuntergleiten bis zum Po. An seiner Atmung merke ich, dass das den gewünschten Effekt hat, und als ich ihn noch etwas fester an mich ziehe, schiebt er mich rückwärts an die Stallwand. Seine Jeans drückt an meine, wir atmen gemeinsam schneller, und die ganze Sehnsucht der letzten Tage scheint zwischen uns zu explodieren. Rasend schnell öffnet Lasse meine Hose und schiebt seine Hand hinein. Ich stöhne laut auf und reibe über die Wölbung in seiner Jeans. Als ich seinen Gürtel öffnen will, hören wir, wie draußen ein Auto vorfährt. Wir blicken uns an. Sanft zieht Lasse seine Hand aus meinem Höschen und zieht den Reißverschluss hoch. Er neigt sich zu meinem Ohr. »Bitte merk dir, wo wir aufgehört haben. Ich würde gern nachher darauf zurückkommen.«

Ich nicke nur und versuche, ruhiger zu atmen. Draußen schlägt eine Autotür.

»Achterbahn!«, höre ich Millis Stimme, die ihren Kumpel mit Fell am Anbindebalken entdeckt hat. Ich blicke zur Tür. Lasse schiebt mich in diese Richtung und grinst schief.

»Geh schon mal vor. Ich habe gesehen, wo es hier kaltes Wasser gibt.«

Ich drücke ihm einen Kuss auf den Mundwinkel. Dann zupfe ich mein Shirt zurecht und laufe den liebenswerten Störenfrieden entgegen. Die beiden stehen schon bei Achterbahn. Während Rob mit dem Stethoskop den Bauch meines Ponys abhört, was es mit unwilligem Schweifschlagen quittiert, hockt Milli an seinem

Kopf und krault ihm die Mähne. Als sie mich sieht, stürzt sie auf mich zu und fliegt mir in die Arme.

»Kaya, mir ist fast das Herz stehengeblieben, als Rob mir alles erzählt hat. Die Nacht muss schrecklich gewesen sein!«

Ich drücke sie an mich.

»Es war ein Albtraum. Aber unser Superpony hat anscheinend seine Strohfressorgie gut überstanden. Oder?«

Ich suche Robs Blick, der seine Visite gerade beendet hat und sich das Stethoskop um den Nacken hängt. Er nickt mir zu.

»Ich würde sagen, ganz der Alte und bei bester Gesundheit. Ich schreibe dir noch einen Futterplan für die nächsten Tage auf.«

Er klopft Achterbahn den Hals, der sofort drohend die Ohren zurücklegt. Rob ist einfach sein Lieblingsfeind. Er lacht. »Du hast uns vielleicht einen Schrecken eingejagt, Achterbahn. Mach das nicht noch mal.«

Millis Augen funkeln mich an.

»Ich war richtig sauer auf Rob und dich, dass ihr mir nicht Bescheid gesagt habt, dass es Achterbahn so schlechtgeht. Aber ...«

Sie verstummt und starrt an mir vorbei zum Stall. Ich brauche mich nicht umzudrehen, um zu wissen, dass Lasse aufgetaucht ist.

»Guten Morgen, Milena«, sagt er freundlich, als er neben mir ankommt.

»Guten Morgen«, antwortet sie, und es klingt wie eine Frage. Sie guckt von ihm zu Rob und dann zu mir. Plötzlich habe ich das Gefühl, dass mich alle erwartungsvoll anschauen. Ich räuspere mich.

»Milli, ich muss dir etwas Wichtiges sagen. Ich hoffe, du kommst damit klar.«

Sie kneift die Augen zusammen und schiebt die Hände in die Jackentaschen. Keiner um uns herum wagt zu atmen. Ich hole Luft.

»Also, Herr Fries und ich ... Wir ... Äh ...«

Ein Grinsen geht über Millis Gesicht.

»Ihr was? Ihr denkt echt, ich bin ein kleines Kind, stimmt's?«

Ich stutze.

»Wie bitte?«

»Wenn ihr glaubt, dass ich nicht mitgekriegt habe, dass da was läuft zwischen euch, seid ihr echt nicht zu retten.«

Ich werfe einen Blick zu Lasse, der hilflos die Schultern zuckt. Ungläubig wende ich mich wieder Milli zu.

»Und ... Ist das okay für dich?«

»Klar ist das okay. Ich find's voll gut. Nach meinem Referat hab ich mir schon Sorgen gemacht. Ich dachte ehrlich, ihr habt's verbockt.«

Lasse lacht auf.

»Das hätten wir auch fast. Wie sieht's aus, Milena? Hältst du es trotzdem die letzten Schultage bis zu den Ferien mit mir als Lehrer aus?«

Sie nickt.

»Unter einer Bedingung: Sie nennen mich endlich Milli!«

»Einverstanden.«

Er hält ihr die Hand hin, und sie schlägt ein. Aber mein Magen ist gerade zu Eis gefroren.

»Wieso nur bis zu den Ferien?«

Lasse legt den Arm um mich.

»Du weißt doch, dass mein Vertrag nicht verlängert worden ist.«

Mir wird schwindlig. Er drückt sanft meine Schulter.

»Kaya, hör mir zu. Ich kann in Dreisdorf am Mariengymnasium anfangen, nur wenige Kilometer von hier. Die Schulsekretärin hat wohl dort angerufen und denen von mir vorgeschwärmt. Den Vertrag habe ich letzte Woche unterschrieben. Als ich mich bei Frau Schuster bedanken wollte, hat sie tatsächlich gesagt: ›Sie sind doch fast schon ein Neuberger, Herr Fries. Da setzt man sich eben ein.‹«

Mir fallen tausend Steine vom Herzen. Aber ich verstehe das alles nicht.

»Aber seit wir ... wolltest du nicht ...?«

Ich weiß nicht, wie ich es sagen soll, aber er versteht mich und nickt lächelnd.

»Ja, ich war eigentlich fest entschlossen, zurück nach Köln zu gehen. Aber dann habe ich gemerkt, dass ich nicht schon wieder flüchten will. Außerdem gefällt es mir inzwischen ziemlich gut hier. Und ich glaube, irgendwie war ich auch nicht bereit, das mit uns einfach aufzugeben.«

Er schaut zu Rob.

»Dein Tritt in den Hintern kam genau zum richtigen Zeitpunkt.«

Rob winkt ab.

»Gerne wieder! Aber wenn du ihr noch mal das Herz brichst, muss ich dich leider töten.«

In seiner Stimme liegt nichts Scherzhaftes, und einen Moment knistert die Luft. Dann grinst Rob.

»Aber das hast du ja nicht vor. Also werden wir schon miteinander auskommen.«

Lasse schaut ihn einige Sekunden ruhig an.

»Ich gehe davon aus.«

Bevor Rob etwas erwidern kann, klingelt Millis Handy. Sie schaut auf das Display, runzelt die Stirn und läuft zu Robs Bulli. Ich hake mich bei den beiden Männern ein.

»So, High Noon beendet. Ich könnte zwei starke Typen brauchen, die mir helfen, das Chaos in Achterbahns Stall zu beseitigen.«

Tatsächlich sind wir zu dritt schnell fertig damit, und während ich Achterbahn zurück in seine frischgemachte Box führe, holen Lasse und Rob das mitgebrachte Frühstück aus dem Auto.

»Milli telefoniert immer noch«, sagt Rob, als die beiden Brötchen, Kaffeekanne und Tassen auf der Haferkiste abstellen.

»Scheint was Kompliziertes zu sein.«

Ich grinse. »Bestimmt ist es Justus. Seit die Rattenbabys da sind, telefonieren die beiden täglich.«

Lasse nickt.

»Ich habe gehört, sie haben ein großes Bauprojekt im Garten von Justus' Oma. Damit sie alle behalten können.«

»Und wahrscheinlich noch ein paar retten«, brummt Rob und öffnet die Brötchentüte. Der Geruch zeigt mir erst, wie ausgehungert ich bin. Der erste Bissen ist das Köstlichste, was ich je gegessen habe.

Als Milli zu uns kommt, wirkt sie blass und verzieht keine Miene. Wir verstummen und schauen sie an. Sie ringt nach Worten.

»Mama hat auf dem Kongress den Chef von der Pharmafirma getroffen, bei der ich Thelma und Louis mitgenommen habe. Er hat ihr alles erzählt.«

Erschrocken hebe ich die Hand zum Mund, und Lasse rutscht ein »Ach du Scheiße!« raus. Rob stellt die Thermoskanne so heftig ab, dass Kaffee auf den Boden schwappt.

»Und?«, frage ich und weiß nicht, ob ich die Antwort hören will. Millis Stimme klingt irgendwie glucksig.

»Sie hat gesagt, sie hält auch nichts von diesen Tierversuchen, und wenn ich deshalb Schwierigkeiten in der Schule kriege, soll ich ihr Bescheid sagen, dann schreibt sie mir eine Entschuldigung oder spricht mit meinem Lehrer.«

Zehn Sekunden sagt keiner ein Wort. Dann brechen

wir in so schallendes Gelächter aus, dass Achterbahn seine Nase neugierig über die Boxentür streckt. Lasses Hand umschließt meine, und ich streiche mit meinem Daumen über seinen. Ein Augenblick für immer.

# DANK

Vor allen anderen danke ich Daniel, dem Mann an meiner Seite. Er hat sofort an meinen Roman geglaubt (weit mehr als ich selbst), mir viel Schreibzeit und noch mehr Ermunterung geschenkt und jedes Kapitel als Erster zu hören bekommen. Vor allem aber lässt er mich beharrlich an die Liebe glauben und daran, dass es ein »Für immer« gibt.

Ich danke meinen Freundinnen. Sie waren begeisterte und kritische Testleserinnen, die mir immer geduldig zugehört haben, wenn ich voll und ganz schreibverliebt kein anderes Thema fand. Vieles von ihnen findet sich im Buch wieder, und bessere Freundinnen könnte ich nicht erfinden.

Ich danke Vanessa Gutenkunst von der Literaturagentur *copywrite*, die sich in mein Manuskript schockverliebte und mir zielstrebig und sicher auf hohen Schuhen einen Weg durch unbekanntes Gelände bahnte. Was sie für mich und meinen Roman getan hat, ging weit über das hinaus, was man von einer Literaturagentur (selbst von einer so hervorragenden wie *copywrite*) erwarten würde.

Ich danke meiner Lektorin Tanja Seelbach und meinem Team beim Verlag. Ich habe mich frisch geangelt schnell zu Hause gefühlt bei Fischer.

Ganz besonders danke ich natürlich Dir, liebe Leserin (und lieber Leser), denn letztendlich wäre *Bleib doch, wo ich bin* nichts ohne Dich. Wenn Du magst, dann besuch mich auf meiner Homepage (www.lisakeil.de) oder schreib mir eine E-Mail (schreibwasduliebst@gmail.com). Ich freu mich.

Und wenn alles ein gutes Ende nimmt, ist nicht immer alles zu Ende – denn Kaya, Lasse und Rob sehen sich auch im nächsten Roman in Neuberg wieder …

Leseprobe aus:

# LISA KEIL
# Hin und nicht weg

Alle außer Kaya haben befürchtet, dass es an ihrem Hochzeitstag regnen könnte. Nur die Braut selbst war sich sicher, dass die Spätsommersonne genau an diesem Tag noch einmal alles geben würde, und sie hat recht behalten. Durch das Fenster meines Hotelzimmers kann ich den strahlend blauen Himmel sehen und die goldgelben Stoppelfelder, deren Geruch mich immer daran erinnert, dass mir der Sommer früher endlos vorkam. Ich habe mich dagegen gewehrt, ein eigenes Zimmer zu bekommen, aber Kaya hat darauf bestanden.

»Ich bin weniger nervös, wenn du in der Nähe bist, Rob. Außerdem fällt so die hektische Anfahrt weg.«

Dabei wohnen wir beide im Nachbarort. Neuberg liegt nur wenige Kilometer entfernt, und wir hätten uns problemlos jeder zu Hause fertigmachen und hier treffen können. Selbst wenn Bauer Willi mit seinem museumsreifen Traktor auf der Mittelspur Überholen unmöglich macht, braucht man keine Viertelstunde. Kaya hat trotzdem Zimmer gebucht. Sie möchte, dass wir uns in Ruhe umziehen und vorbereiten können, ohne gestört zu werden. Dabei würde ich gerade ganz gern gestört werden. Vielleicht durch einen Feueralarm. Oder noch besser durch jemanden, der in mein Zimmer platzt und ruft, dass die Hochzeit abgesagt ist. Denn wenn ich ehrlich bin, ist mir das alles zu viel. Ich will das nicht. Ich kann das nicht. Trotzdem werde ich es tun. Natürlich werde ich es tun. Ich will, dass Kaya glücklich ist. Sie würde mir nie verzeihen, wenn ich jetzt kneife. Wenn ich einfach das Zimmer verlasse und aus dem idyllischen Landhotel laufe, an der alten Kastanie vorbei, unter der die weißen Stühle in Reihen stehen, in mein Auto steige und ohne Blick in den Rückspiegel aufs Gas trete. Das werde ich nicht tun. Kaya weiß das. Sie wusste ja auch, dass die Sonne scheinen wird.

Ich werfe einen prüfenden Blick in den großen Spiegel, der über dem schmalen Sekretär hängt. Ich sehe gut aus. Damit meine ich nicht nur, dass mir der dunkle Anzug über dem blütenweißen Hemd steht und die Krawatte richtig sitzt. Es klingt komisch und unglaublich arrogant und selbstverliebt, aber ich sehe wirklich gut aus. Richtig gut. Wo ich auch bin, drehen sich die Frauen nach mir um, beobachten mich verstohlen, als wären sie sich nicht sicher, ob es mich wirklich gibt, oder gehen direkt in die Flirtoffensive.

Ich war sechzehn, als das anfing. Als Kind bin ich immer ein bisschen pummelig gewesen, unauffällig und ruhig. Ich gehörte nie zu den Rabauken oder Klassenclowns. Die Erwachsenen mochten meine höflichen Umgangsformen und meine blauen Augen, bei den Gleichaltrigen war ich einfach irgendwie dabei, nicht störend, aber auch nicht wichtig. Dass ich nicht ganz als Außenseiter gelten konnte, hatte ich vor allem meiner Freundschaft mit Kaya zu verdanken, die zwar drei Jahre jünger war, aber ständig mittendrin, die immer was zu sagen hatte und es auch tat. Sie war eine, die auffiel und die man dabeihaben wollte. Weil wir wie Pech und Schwefel zusammenhielten, war ich eben dort, wo sie war. Manchmal denke ich, dass sich daran bis heute nichts geändert hat. Umso unglaublicher war es für mich, als die Pubertät wie ein Zaubertrank wirkte und mich vom Frosch in den Prinzen verwandelte.

Ich nahm es wie ein Geschenk, und ich weiß, dass es eigentlich auch eins ist. Aber es ist auch eine Bürde. Manchmal glaube ich, dass es die unscheinbaren Typen dieser Welt besser getroffen haben. Das klingt jetzt noch komischer und noch arroganter und selbstverliebter, aber es ist anstrengend, den ganzen Tag angeflirtet zu werden. Ich finde es wirklich unangenehm, ständig freundlich, aber bestimmt Körbe zu verteilen oder zum dritten Mal einer Pferdebesitzerin zu erklären, wie sie das Antibiotikumpulver verabreichen soll, weil sie mich zwar ununterbrochen anschaut, aber anscheinend kein Wort von dem hört, was ich sage.

Nie weiß ich, ob sich eine wirklich für mich interessiert oder nur für das, was man sehen kann. Nicht selten hatte ich bei Verabredungen den Eindruck, dass es mehr darum ging, mit mir gesehen zu werden und mich vorzuführen wie ein schickes Schmuckstück, als mich wirklich kennenzulernen. Auch deshalb ist Kaya so etwas Besonderes für mich. Ihr ist mein Aussehen egal. Sie war schon für mich da, bevor ich zum Adonis wurde, und es würde sich für sie nichts ändern, wenn mich ein Huftritt ins Gesicht entstellen oder ich hundert Kilo zunehmen würde. Für mich vielleicht schon. Wenn ich wirklich so mit meinem Aussehen hadere, wie ich behaupte, warum höre ich dann nicht auf, in jeder freien Minute zu joggen oder im Keller in der Rudermaschine zu trainieren? Die Antwort ist so einfach wie erschreckend: weil ich selbst nicht sicher bin, was dann noch von mir übrigbleiben würde.

Jemand wummert gegen die Tür und platzt in mein Hotelzimmer. Mark sieht mich flehend an.

»Rob, hast du die Ringe? Bitte sag mir, dass du die Ringe hast!«

Ich verschränke die Arme und betrachte ihn gelassen.

»Ich dachte immer, dass der Trauzeuge des Bräutigams für die Ringe verantwortlich ist.«

Mark stehen Schweißperlen auf der Stirn, und ich will ihn nicht länger zappeln lassen.

»Es sei denn, der Bräutigam traut seinem eigenen Bruder nicht und gibt sie stattdessen dem Trauzeugen der Braut.«

Ich ziehe die kleine Schachtel aus der Jacketttasche und halte sie ihm hin.

»Trauzeuge der Braut, Alter. Da hat sie dir was angetan.« Er klopft mir kumpelhaft auf die Schulter. »Aber danke, Mann, du hast mich gerettet.«

Er greift nach der Ringschachtel, wirft einen Blick in den Spiegel und zupft sich die Haare zurecht.

»Wir sehen Hammer aus. Sexiest Trauzeugen ever!«

Ich räume ein, dass nicht alle gutaussehenden Männer ihr Äußeres als Bürde empfinden. Er schlägt mir mit der flachen Hand auf den Rücken.

»Los geht's. Die warten schon auf uns.«

An der Tür dreht er sich noch mal kurz um.

»Wenn wir es hinter uns haben, dann treffen wir uns an der Bar. Der hausgebrannte Korn soll ein Besäufnis wert sein.«

Ich straffe die Schulten und folge ihm. Nie zuvor war ich so bereit, mich hemmungslos zu betrinken.

Als ich unter der Kastanie ankomme, haben die meisten Gäste schon auf den weißen Stühlen Platz genommen. Einige Schüler von Lasse stehen mit ihren Instrumenten bereit, um die Trauung musikalisch zu begleiten. Mark lehnt vorn am Tisch der Standesbeamtin und erzählt augenzwinkernd etwas, worüber sie herzhaft lachen muss. Neben ihnen steht Lasse. Er folgt dem Gespräch nicht, sondern wirft unruhige Blicke über die Gäste und Richtung Hotel. Als er mich über den Mittelgang auf sich zukommen sieht, scheint er überzeugt zu sein, dass ich schlechte Nachrichten habe, denn er strafft die Schultern und kneift die Augen leicht zusammen, als wolle er sich möglichst aufrecht einem rasenden ICE in den Weg stellen. Mit schnellen Schritten bin ich bei ihm.

»Alles gut. Sie kommt gleich. Es wäre nicht Kaya, wenn sie zu ihrer eigenen Hochzeit plötzlich pünktlich kommen würde.«

Ich kann förmlich hören, wie ihm Felsbrocken vom Herz poltern. Einen Moment sieht es so aus, als wolle er mir um den Hals fallen. Doch er berührt nur kurz meine Oberarme und seufzt erleichtert.

»Danke, Rob. Ich bin fix und fertig. Ich kann immer noch nicht fassen, dass ausgerechnet ich diese Wahnsinnsfrau heiraten darf!«

»Das können wir alle nicht.« Mark tritt neben seinen Bruder und klopft ihm auf die Schulter. »Sie muss einfach verrückt sein.«

Demonstrativ wirft er einen Blick auf seine Armbanduhr.

»Wo bleibt sie überhaupt? Sie bringt meinen ganzen Zeitplan durcheinander.«

Eine junge Frau kommt auf die Hochzeitsgesellschaft zu. Ich kenne sie nicht, und sie wirkt auch nicht wirklich, als würde sie dazugehören, doch zielstrebig lässt sie sich auf einen der Stühle in der letzten Reihe fallen. Als sie Lasse sieht, grinst sie kurz und hebt grüßend die Hand, was er mit einem freundlichen Nicken erwidert. Sie fällt nicht nur auf, weil sie fast so unpünktlich ist wie die Braut. Ihre halblangen Haare sind in einem knalligen Lilaton gefärbt, und überall in ihrem Gesicht hat sie kleine silberne Ringe. Schultern, Arme und Beine sind mit bunten Tätowierungen bedeckt, und sie trägt ein schwarzes Kleid mit weißen Punkten, das an die fünfziger Jahre erinnert und mit einer Schleife im Nacken gebunden ist. Scheinbar ungerührt von den neugierigen und argwöhnischen Blicken in ihre Richtung, bindet sie ihre schwarzen Stoffturnschuhe zu. Ihre Figur ist so, dass es dafür kein passendes Wort gibt, denn sie ist nicht schlank und auch mehr, als dass man sie als *normal* bezeichnen würde, aber keinesfalls übermäßig kräftig oder dick. *Schön was dran* hätte mein Vater sie beschrieben.

»Darf ich vorstellen: unsere Cousine Anabel«, raunt Mark mir zu.

Ich will etwas fragen, doch in diesem Moment bekommt das kleine Orchester das Startsignal und beginnt zu spielen. Ein Wispern geht durch die Menge und dann ein erfreutes Lachen, als Kayas Nichte Milli mit Achterbahn am Führstrick auftaucht. Am Stirnriemen des fuchsfarbenen Shetlandponys ist ein Blumenkranz befestigt, und der kleine Wallach schreitet stolz, als wüsste er, worum es geht. Auch Millis Lächeln wirkt andächtig, während sie die weißen Blüten auf den Rasen streut. Ihr helles Sommerkleid betont, wie sehr sie mit ihren sechzehn nicht mehr Kind und doch noch keine Frau ist.

Und dann kommt Kaya. Kaya mit ihrem strahlenden Lächeln, das von innen wärmt. Leichtfüßig läuft sie am Arm ihres Vaters mit nackten Füßen über das kurze Gras.

Ihre Augen leuchten, und das Kleid spielt sanft um ihren Körper. Ein paar Strähnen haben sich aus der Hochsteckfrisur gelöst und fallen ihr verspielt ins Gesicht. Sie ist mir so vertraut. Trotzdem habe ich immer wieder das Gefühl, sie zum ersten Mal zu sehen. Für einen kurzen Moment, den ich mir selbst kaum eingestehe, stelle ich mir vor, sie käme auf *mich* zu. Die Hände hinter meinem Rücken zittern. Dann sind sie vorn angekommen, und Kayas Vater übergibt sie mit einer freundlichen Geste an Lasse, den verdammt nochmal glücklichsten Mann der Welt. Als sein Blick den von Kaya trifft, kann keiner mehr daran zweifeln, dass die beiden das Richtige tun.

Ich hatte mir vorgenommen, die Trauungszeremonie einfach an mir vorbeiziehen zu lassen, doch selbst ein völlig Fremder könnte nicht unbeteiligt bleiben. Als Lasse mit ruhiger Stimme Kayas Lieblingsgedicht vorträgt, sehe ich, dass selbst Kayas kühle Schwester Cordula sich verstohlen die Nase putzt. *I love you not only for what you are but for what I am when I am with you ...* Es könnte für Kaya geschrieben worden sein. Mark hat tatsächlich zum richtigen Zeitpunkt die Ringe parat, und als wir unsere Unterschrift geleistet haben, dürfen wir als Erste gratulieren. Mark stürzt sich auf Kaya.

»Gratulation, schönste aller Schwägerinnen!«

Lasse und ich drücken uns kurz.

»Herzlichen Glückwunsch euch beiden.«

Er nickt. »Danke, Rob.«

Ich weiche seinem Blick aus. Glücklicherweise hat Mark gerade Kaya freigegeben, und ich nehme sie in den Arm. Sie legt ihre Stirn an meine Schulter, und ich schließe die Augen. Sekunden verharren wir so, ohne etwas zu sagen. Dann stehen die nächsten Gratulanten da, und Kaya schiebt mich mit einem leisen Lächeln von sich und wendet sich ihnen zu. Ich stehe am Rand des Trubels in weißen Rosenblüten auf kurzem Gras und wäre gern ganz woanders.

Kaya ist meine beste Freundin, seit ich denken kann. Sie wird es hoffentlich für immer bleiben. Mehr ist nicht drin. Ich weiß das. Ich weiß das seit Jahren. Ich weiß, dass es gut ist, so wie es ist. Warum fühlt es sich nicht endlich auch so an?

Als ich aufschaue, begegne ich Millis Blick, die den geschmückten Achterbahn etwas abseits grasen lässt. Sie lächelt und hebt die Hand.

»Hey, Boss!«

Seit ihrem zweiten Praktikum bei mir nennt sie mich so, und irgendwie gefällt es mir. Ich gehe zu ihr.

»Na, Blumenmädchen, alles gut bei dir?«

»Alles bestens. War das nicht ein Traum? Kaya sieht so toll aus. Ich heirate auch barfuß!«

Sie blickt wenig liebevoll auf die weißen Ballerinas an ihren Füßen. Ich lache.

»Dafür muss erst mal ein Kandidat gefunden werden, der meinen Segen kriegt. Das wird nicht leicht.«

Sie streckt mir die Zunge raus. »Du wirst nicht gefragt.

Bringst du mit mir Achterbahn zu seinem Paddock? Ich muss irgendwie den Blumenkranz abbasteln, damit er nachher beim Fotoshooting noch halbwegs vollständig ist.«

Sie führt das Pony von der Kastanie weg, und ich laufe neben ihr her.

»Fotoshooting?«

Sie schaut mich skeptisch an. »Ja, gleich nach dem Sektempfang im Saal. Hast du den Ablaufplan nicht gelesen?«

Ich versuche zerknirscht auszusehen.

»Ich glaube, die E-Mail war ohne Anhang.«

Sie schmunzelt. »Kaya hat dir deinen doch an den Kühlschrank gehängt. Und dir das bestimmt siebenundzwanzigmal gesagt. Hochzeiten sind nicht so deins, oder?«

Ich zucke die Schultern und versuche abzulenken. »Kann sein. Was macht die Schule?«

»Es läuft ganz gut. Aber in der Praxis mitzuhelfen macht mehr Spaß.« Sie seufzt. »Bis zu den Herbstferien kann ich das leider vergessen. Wir schreiben eine Klausur nach der anderen, und mein Boss hat gesagt, ich brauche gute Noten, wenn ich Tiermedizin studieren will.«

Ich lache leise.

»Dein Boss kennt sich aus. Du lässt dich also immer noch nicht davon abbringen, den dreckigen Job mit den schlimmen Arbeitszeiten und der schlechten Bezahlung anzustreben?«

Sie grinst.

»Einer muss es ja machen. Außerdem tu nicht so. Du liebst es, Tierarzt zu sein.«

Ich wiege zweifelnd den Kopf hin und her.

»Ich würde es eher als Hassliebe bezeichnen. Ich kann halt nix anderes.«

Wir sind an der kleinen Koppel angekommen, und ich helfe Milli, das geschmückte Zaumzeug vom Ponykopf zu ziehen, ohne dass zu viele Blüten dabei abknicken. Achterbahn schlägt unwillig mit dem Schweif und legt die Ohren an. Er kann Tierärzte nicht leiden, und ich bin da leider keine Ausnahme. Erst als ich mich ein paar Schritte entfernt habe, steckt er zufrieden die Nase ins Gras. Milli klopft ihm auf die Kruppe und dreht sich zu mir um.

»Sag mir aber Bescheid, wenn du meine Hilfe brauchst. Kaya hat mir erzählt, dass Gerda eine Weile ausfällt.«

»Ich komme schon klar. Es wäre doch gelacht, wenn ich es nicht schaffe, drei Monate ohne Sprechstundenhilfe zu überbrücken.«

Ich sehe an Millis Blick, dass sie davon nicht überzeugt ist. Sie weiß, wie sehr mich ständiges Telefonklingeln und der ganze Papierkram nerven. Auch die Sprechstunde dauert ohne helfende Hand einfach länger. Ich berichte ihr, dass die Ärzte mit dem Heilungsverlauf der komplizierten Oberarmfraktur sehr zufrieden sind und Gerda in sechs Wochen ihre Reha antreten soll, was der lebhaften alten Dame gar nicht in den Kram passt. Milli lächelt.

»Das kann ich mir vorstellen. Es ist unfassbar, dass sie mit über sechzig einen Kurs im Bergsteigen macht und sich dann am Flughafen den Arm bricht.«

Das ist wirklich bemerkenswert. Sie bezwingt völlig souverän die Wildspitze und landet im Krankenhaus, weil sie bei der Rückreise über einen Koffer gestolpert ist. Und bei allem ist ihre größte Sorge, dass ohne sie meine Praxisorganisation zusammenbricht.

Ich schließe hinter Milli das Koppeltor, und wir laufen nebeneinander zurück zum Hotel.

Dort sind bereits alle im Festsaal. Jemand hält mir ein Tablett mit gefüllten Gläsern hin, und aus alter Gewohnheit greife ich nach dem Orangensaft. Ich habe schon wieder vergessen, dass ich heute keinen Dienst habe und nicht nüchtern bleiben muss. Nicht nüchtern bleiben will. Ich halte Ausschau nach Mark und entdecke ihn an einem der Stehtische mit einer zierlichen Blonden, die ihn rotwangig anstrahlt. Es sieht nicht aus, als stände hausgebrannter Korn auf seiner Prioritätenliste noch ganz oben. Ich brauche jemanden, mit dem ich ein belangloses Gespräch führen kann und der verhindert, dass ich über irgendwas nachdenke. Gerade als ich auf Kayas Vater zusteuern will, klopft jemand ans Mikrophon. Amelie ist auf die kleine Bühne gestiegen und räuspert sich.

»Hallo, ihr alle, ich will gar nicht lange stören. Es ist nur so, dass wir das Brautpaar gleich für ein Stündchen zum Fotoshooting schicken, und ich finde, wir sollten sie nicht ohne einen Hochzeitstanz gehen lassen.«

Die Gäste rufen zustimmend, und einige klatschen Beifall. Arme Amelie. Kaya wird sie umbringen. Mit unschuldiger Miene fährt sie fort:

»Ich muss dazu sagen, dass die beiden sich weigern wollten, aber wir haben einen Song ausgesucht, bei dem sie nicht widerstehen können.«

Sie nickt dem DJ zu. Ich schaue mich nach Kaya um. Die Braut hat das Kinn vorgeschoben und wirft Amelie einen bitterbösen Blick zu. Die Musik beginnt. Es ist Bryan Adams. Natürlich ist es Bryan Adams. Milli und Kaya sind überzeugt, dass Lasse ihrem Lieblingsmusiker zum Verwechseln ähnlich sieht, und Amelie haben sie das inzwischen auch eingeredet. Und natürlich spielen sie *Please forgive me*. Es passt perfekt zu den beiden. Lasse lacht und zieht Kaya an sich. Sie sträubt sich kurz und gibt dann nach. Die Gäste bilden einen großen Kreis um das Paar, das engumschlungen tanzt, als wären sie allein. Ohne dass jemand auf mich achtet, fliehe ich durch die weit geöffnete Glastür auf die Terrasse. Ich wünsche den beiden nur das Beste, aber ich muss hier raus, sonst kotze ich. Draußen stütze ich die Unterarme auf die Brüstung und schaue zum Horizont.

»Na, auch auf der Flucht?«

Die junge Frau mit den lilafarbenen Haaren hat anscheinend in einem der Strandkörbe gesessen und kommt auf mich zu. Das kann ich jetzt gar nicht brauchen.

»Nö, ich musste nur irgendwie mal raus.«

»Geht mir auch so. Irgendwie zu viel Zuckerguss. Zigarette?«

Sie hält mir ein Päckchen hin.

»Ich rauche nicht mehr.«

Sie zuckt mit den Schultern und will die Packung einstecken.

»Ach, was soll's. Gib her.«

Sie grinst und gibt mir Feuer. Ich inhaliere tief. Sie steckt sich auch eine Zigarette an und lehnt sich neben mich auf die Brüstung.

»Ich bin Anabel. Cousine vom Bräutigam.«

Ich werfe ihr einen Seitenblick zu. »Robert. Oder Rob.«

»Du warst Kayas Trauzeuge, oder? Ich kenn mich da nicht so aus, aber ist das sonst nicht eher der Job für die Busenfreundin?«

Warum fragt mich das eigentlich jeder? Ich zucke mit den Schultern. Sie schaut auf die Felder und sagt nichts mehr. Ich räuspere mich.

»Kommst du aus Köln?«

»Berlin.«

»Hm, ich dachte, Lasse kommt aus Köln.«

Sie fährt sich unwirsch durch die widerspenstigen Haare. »Geboren bin ich da auch. Aber jetzt bin ich in Berlin. Was dagegen?«

»Ich frag ja nur.« Habe ich etwa sie angesprochen? Eigentlich wollte ich einfach nur meine Ruhe. Aber jetzt kann sie ja mal irgendwas erzählen, damit ich auf andere Gedanken komme.

»Was machst du denn so in Berlin?«

Sie stützt ihre Wange mit dem Unterarm ab.

»Backen.«

Eine Plaudertasche ist sie ja nicht gerade. Ich schaue sie an. Wie kommt man auf die Idee, sich so viele Löcher ins Gesicht stechen zu lassen? Dabei ist sie eigentlich ganz hübsch.

»Was backst du denn?«, frage ich weniger aus Interesse, als um sie nicht weiter schweigend anzustarren.

»Süßkram. Muffins, Cupcakes, Cakepops … so was halt.«

Ich muss grinsen. »Also Kuchen mit schicken Namen. Und davon lebst du?«

»Klar!«, sagt sie patzig.

Anscheinend kann man ihr nur falsche Fragen stellen. Sie schnipst ihren Zigarettenstummel über die Brüstung, wo er entweder im Rosenbeet oder im Zierfischteich landen wird. Ich nehme demonstrativ einen Aschenbecher von einem der Tische und drücke meine Zigarette darin aus, was sie gelassen ignoriert.

»Wie ich gehört habe, bestellt die Braut beruflich Leuten Bücher im Internet. Dass man davon leben kann, das find ich viel erstaunlicher.«

Anscheinend hat sie keine Ahnung von Kayas wunderschönem kleinen Buchladen und ihrer Fähigkeit, seltene oder verschollene Bücher aufzutreiben. Langsam geht mir meine wortkarge Gesprächspartnerin auf die Nerven. Und die sind heute sowieso ungewohnt gespannt.

»Das ist ganz anders«, sage ich deutlich zu scharf. »Das, was Kaya macht ...«

Sie unterbricht mich. »Ganz ruhig bleiben!« Kopfschüttelnd fummelt sie das Zigarettenpäckchen aus der kleinen Handtasche. »Kann ich ja nicht ahnen, dass du auf die Braut stehst. Biste deswegen hier draußen?«

Wahrscheinlich hat sie das nur dahingesagt, aber sie hat mich kalt erwischt, und mein Gefühl, dass ich gerade kein Pokerface mache, bestätigt sich, als sie mit hochgezogenen Augenbrauen durch die Zähne pfeift.

»Volltreffer, wa? Krasse Geschichte!«

Muss ich mich um Kopf und Kragen reden? Eigentlich ist es sowieso egal.

»Das weiß hier keiner«, sage ich knapp und starre wieder in die Landschaft. Sie hält mir die Zigaretten hin, aber ich schüttele den Kopf. Ein paar Minuten sagt keiner ein Wort. Sie holt hörbar Luft.

»Weiß sie es?«

Ich lasse die Frage einen Moment wirken, als hätte ich sie mir nicht selbst schon tausendfach gestellt.

»Keine Ahnung. Wahrscheinlich nicht. Ist eh zu spät.« Ich werfe ihr einen Blick zu. Ihr Gesichtsausdruck ist freundlicher. Auch die Stimme klingt weicher.

»Schöne Scheiße!«

Ich lege den Kopf auf meine Unterarme.

»Das kannst du laut sagen.«

Mein Handy klingelt. Carola von der Nachbarpraxis. Sie macht meinen Dienst heute mit.

»Rob, es tut mir sooo leid.« Sie spricht schnell, und es klingt, als ob sie im Laufschritt unterwegs ist. »Ich habe zwei Koliker gleichzeitig und einen Hund in der Geburt, der wahrscheinlich ein Kaiserschnitt wird. Jetzt hat der Reitverein auch noch angerufen, ein Pferd hat sich verletzt. Es blutet wohl ordentlich. Ich pack das nicht alles.«

Als sie Luft holt, falle ich ihr ins Wort.

»Du weißt schon, dass ich hier als Trauzeuge auf einer Hochzeit bin.«

»Klar weiß ich das. Ich würde dich auch nicht anrufen, wenn ich nicht absolut überfordert wäre.«

Das würde sie wirklich nicht. Und eigentlich hatte ich mir ja eine Auszeit von der Traumhochzeit gewünscht. Ich seufze.

»Okay, ich übernehme die Verletzung. Dann bin ich zur Vorspeise wieder hier.«

»Du bist der Aller-Aller-Allerbeste!«

Bevor ich antworten kann, hat sie aufgelegt. Ich stecke das Handy wieder ein.

»Ich muss weg«, entschuldige ich mich bei Anabel, die das Telefonat interessiert verfolgt hat.

»Weg? Bist du Arzt oder was?«

»Tierarzt.«

Sie legt den Kopf schief. »Wie cool.«

Ich nicke kurz und wende mich zum Gehen.

»Darf ich mit?«

Ich drehe mich erstaunt um. »Du willst mit?«

Sie zuckt mit den Schultern.

»Ich find's hier öde. Und Tierarzt ist spannend. So was interessiert mich total.«

»Ich weiß nicht.« Ich zögere. Viele Frauen fragen, ob ich sie mal mitnehme, und haben definitiv andere Interessen als Veterinärmedizin. Sie liest meine Gedanken und lacht.

»Krass, du denkst, ich will dir an die Wäsche. Keine Sorge, ich steh nicht so auf Schönlinge, ich bin mehr für Bart und Tattoo und Ring in der Nase.«

Schönling? Verdammt frech. Ich verschränke die Arme. »Außerdem hast du mir doch gerade gesagt, dass dein Herz einer anderen gehört.«

»Gar nichts habe ich gesagt.«

Sie hebt beschwichtigend die Hände. »Wie auch immer. Fahren wir?«

Ich werfe einen Blick Richtung Festsaal. »Sollten wir nicht wenigstens Bescheid sagen?«

»Quatsch. Schau mal, wie viele Leute das sind. Es fällt nicht auf, wenn wir mal eben abtauchen. Los geht's.«

Sie marschiert zur Terrassentreppe und Richtung Parkplatz, wo sie zu Recht mein Auto vermutet. Ich schaue ihr ein paar Sekunden völlig überrumpelt hinterher, dann folge ich ihr.

Copyright © 2020 S. Fischer Verlag GmbH, Heddericherstr. 114, 60596 Frankfurt am Main